文春文庫

かぶき大名

歴史小説傑作集 2

海音寺潮五郎

文藝春秋

かぶき大名　歴史小説傑作集　目次

かぶき大名

歴史小説傑作集

本書は昭和54年12月講談社文庫より刊行されました
海音寺潮五郎短篇総集①〜⑧を再編集したものです

かぶき大名

藤十郎奮迅

一

初陣は十六歳であった。天正七年三月。当時、徳川、武田両氏の勢力範囲の境界線は大井川にあって、両家とも隙あらばこの線を突破して地を広めようと、合戦のやむ時がなかったが、この時は武田方から出て来た。武田勝頼自ら乗り出して来たのだ。

報に接して、家康も自ら乗り出した。エイヤエイヤと、全軍掛声を上げながら、馬伏《まぶせ》塚《づか》まで行くと、前線から報告があった。武田方は退却したという。

「そうか、引きとったか。せん方ない。われらも引きとろう」

と、家康が言ったとたん、国松は口惜しさがこみ上げて来た。おさえてもおさえられない。声をあげて、オイオイと泣き出した。

突然のことだ、人々はあっけにとられて、年にも似ずたくましい体格と面魂《つらだましい》の国松が子供のように泣きさけんでいる様を見ていた。

「お国よ、どうしたぞい」

と、家康が声をかけると、国松は泣きじゃくりながら、こんな意味のことを言った。

「初陣というは、武士一代の晴れのことと申しますのに、せっかく、こうして物の具して出て来ながら、敵の旗色も見ず退陣するのが口惜《くちお》しゅうございます。また、人には運というものがあると聞いていますが、晴れの初陣にこのような目に逢うのであってみれば、生涯の武運のほどもはかばかしくないのではないかと、それも悲しいのであります」

「阿呆め！　運は自らの力で開くものじゃい。一度や二度の不運にそうまでめげて何とするぞ！　頼もしげない童《わっぱ》じゃ！」

と、声荒々しく家康は叱りつけたのだが、あとで国松の父水野惣兵衛忠重《ただしげ》に会った時、この話をした。

「汝《われ》がせがれは見所がある。ずいぶん気をつけて飼い立てるがよいぞ」

と、上機嫌であった。

家康のこの鑑識はあやまらなかった。その年夏、武田家の徳川家にたいする橋頭堡で

ある遠州高天神城《たかてんじんじょう》の城攻めに、国松は槍をふるって奮戦し、名ある敵の首二級を上げ、従者共もまた十八級の首を上げて、家康の実検にそなえた。

「それ見ろ、雛はやはり逸物《いちもつ》であったわ」

と、家康はほめた。

十六の少年の武功としては、当時でも稀有《けう》なことだ。高い噂となって、忽ち四方にひろがった。当時、徳川家と織田家とは攻守同盟を結んでいる親しい与国だ。信長の耳に

も入った。

「前髪にしては出来すぎた手柄じゃが、惣兵衛がせがれならば、それほどのことはするはず。あっぱれ、行く末頼もしい」

と、感動して、感状とともに、名刀左文字を与えた。

これを機会に元服して、藤十郎勝成《かつなり》と名のる。

この以後、度々の戦場働きに、あるいは一番槍、あるいは一番首、あるいは首かせぎと、人にすぐれた功を立てなかったことがなかったが、この頃から彼はおそろしく気の荒い人間になった。生れながらに持っていた性質が出て来たのか、力の自覚と共に驕《おご》りの気が出て来たのか、傲岸《ごうがん》で、短気で、殺伐で、気の荒いのが普通であった当時の武士の中でも、目立つ荒々しさとなった。

武士は激しいほど頼もしいとされている時代ではあったが、うっかり物を言いかけることも出来ないような荒者《あらもの》とあっては困りものであった。

惣兵衛は心配して、おりにふれては訓戒したが、一向にききめがなく、益〻《ますます》粗暴血気となって行った。

ところが、その粗暴と血気の故に、藤十郎が大手柄を立てたのだ。

二

天正十年七月、甲斐信濃の地に一揆《いっき》がおこった。

この両国は、この年三月武田氏がほろんで、その地は織田家の諸将に分配されたのだが、六月に本能寺の変があって信長が横死したとの報が伝わると、織田氏から配置されていた武将等は、思い思いに城地を捨てて上洛した。これに乗じて蜂起したのが、地侍《じざむらい》共だ。中にも甲州は武田の遺臣が最も多いだけにおそろしく強い。領主河尻鎮吉《かわじりしげよし》を攻め殺したほどの勢いであった。

蜂起はしたものの、地侍共には自立の自信はない。好き好きにまかせて、あるものは徳川氏に随従を申しおくり、あるものは小田原の北条氏に臣従を申しおくり、あるものは越後の上杉氏に頼ろうとした。そこで、一揆は変じて、三家の争いとなり、三家とも、それぞれ兵をひきいて当主が甲信の地に出張ることとなった。

三家といっても、はじめは上杉氏は問題にならなかった。先代謙信の念がけていた川中島四郡を占領すると、守備を固くして、それ以上には出ようとしなかった。戦いは、徳川・北条の間にはじまった。

徳川方八千、北条方五万、人数は懸絶していたが、家康の軍配の巧みさと、三河武士の剛勇によって、北条方はおされ気味であった。しかし、何分にも六倍以上の大軍だ、決定的な打撃をあたえることは出来なかった。

家康は七月二十四日に甲州に入り、古府《こふ》（今の甲府）に滞陣して、若御子《わかみこ》に滞陣している北条勢と小競り合いをくりかえしていたが、八月十日、古府には部将四人をとどめて、自らは新府に移った。この古府にのこされた四人の中に藤十郎がいた。

藤十郎の父忠重は、家康に従って新府に移った組であったが、若年の息子のことが気がかりでならない。そこで、藤十郎を連れて、残留組の中の最長老である鳥居《とりい》彦右衛門《ひこえもん》元忠《もとただ》の陣所に行き、藤十郎のことをねんごろに頼んだ。

鳥居元忠は、後年関ケ原役の時、家康の命によって伏見城を守って壮烈な死を遂げた男だ。数年前武田方と遠州路で戦った時、左の足を鉄砲で撃ちぬかれて以後、足を引きずるようになったが、智勇共にすぐれて、徳川家で屈指の武将だ。

「よろしい、よろしい。御辺が御子息ほどの勇士の介添えをすること、彦右衛門が一期《いちご》のほまれでござる」

と、快く引受けた。

古府に残留した徳川勢は、将こそ四人もいたが、勢《せい》といえばわずかに千五百しかない。しかし、油断なく守備していると、その翌日、初更すぐる頃であった。鳥居が陣所に来て、

「急ぎ注進申すべきことがござる」

と訴えた者があった。武田家の遺臣で、かねてから徳川家に心を寄せている者である

という。

元忠は早速に引見した。

百姓姿ではあるが、年輩三十前後、屈竟《くっきょう》な体格と面魂をしている。いかにも武田家の遺臣らしい男だ。

「北条勢の動きにいぶかしいものが見えます」

と、いう。

「ほう、どんな？」

「この昼頃、御坂峠《みさかとうげ》をこえて新たに総勢一万ばかりと見ゆる勢が当国に入って来て、夕方近く黒駒の姥口山《うばぐちやま》に入りましたが、陣中のどよめきがいつまでもやみません。必定《ひつじょう》、今夜のうちに何ごとか為さんと企らんでいると見ましたので、注進にまかり出ました」

一応疑ってみた。こういうことを言って来ておびき出して、伏勢《ふせぜい》にかけるのは、よくある術《て》だ。しかし、男の様子には誠意があふれていた。

「姥口というのは、ここから何ほどあるのか？」

「ざっと四里もございましょうか」

元忠の頭はすばやく働いた。

きっとここの手薄なことを知って、夜討をかけるつもりに相違ないと見た。

夜討は深夜にかけるものではない。引き上げの際の混乱を避けなければならないから、夜明け少し前に襲い、引き上げは白々《しらしら》明けの頃というのが定法だ。

は不安であった。

邀撃《ようげき》の手配をする時間は十分にあるが、一万の兵を以てする襲撃に千五百で迎えるの
（よし！　いっそのこと、逆寄《さかよ》せして油断を突いてこまそうわい。敵の出発は大方子《ね》の刻過ぎであろうが、これから出発して大急ぎで行けば、間に合うわい）

と、決断は早かった。

「よく知らせてくれた。いずれ恩賞の沙汰があろうぞ。これから逆寄せして行こうと思う故、そなた骨折りついでに案内に立ってくれい」

即座に命を伝え、従兵五百をひきいて馬を乗り出した。他の三将には全然連絡しなかった。一つにはそのひまがなかった。二つには、出撃の物音を聞きつけて追いついてくるにちがいないと思った。三つには、功をあせった。こんな場合でも、最初に敵に攻撃をかけた者の功が第一とされるのだ。

中秋八月十一日の明るい月の下を、もみにもんで東に向い、古府を去る十町ほどの善光寺まで行った時、後陣の方から疾風のように駆けて来た十五、六騎の一団があった。

「何者ぞ！　陣列を乱すな！」

と、兵士等が口々に咎《とが》めて立ちふさがったが、たじろぐ色もない。駆けたおし、蹴倒さんばかりの勢いで、真一文字に元忠の側に近づくや、いきなり一人がどなりつけた。

「彦右衛門のクソ爺い！」

黒革縅《おどし》の具足に、鹿の角の前立《まえだて》打った冑《かぶと》、三尺ばかりの穂のついた二間半ほどの大槍

を小脇にかいこんでいる。サッと馬を元忠の馬側に寄せた。冑の眉庇《まびさし》の下に爛《らん》と両眼がかがやき、息づかいが荒い。おそろしく腹を立てている模様だ。藤十郎であった。

ハハハ、と、元忠は笑った。

「早や気づいて追って来たか。若者中無双の勇者と聞くがほどのものはあるな。あっぱれじゃ、あっぱれじゃ」

と、ほめそやした。ごまかしもあったが、半分は本気でもあった。が、相手はグワンとどなりつけた。

「黙れ！　このクソ爺い！　ごまかそうとて、ごまかされるものか！　おれがおやじ殿は、貴殿に何と言うて頼まれた？　貴殿はまた何とお答えであった。つい昨日のことでござるぞ！　まだ耄碌《もうろく》なさる年頃ではあるまい。それを、この大事な戦さに、おれをおき去りにして、われひとり進まれるとは、何たる不信義！　大方戦功をあせってのことであろう。貴殿は年役《としやく》故、この手の主将を仰せつけられているが、さような不信義、強欲者《もの》のさしずは、おりゃ受けんぞ！　勝手働きする故、そのつもりでいさっしゃい！」

ガンガン、ガンガン、と、癇癪《かんしゃく》持ちが早鐘を打つようにどなりまくっておいて、返事も待たず、一鞭あてるや、無鉄砲な速さで駆け去った。つれて来た兵士等も、真黒な一団となって、月光の下を飛び去った。つづいて、藤十郎が手の者共であろう、二百人ほどの徒歩武者共がもみにもんで、元忠勢のわきを駆けぬけて行った。

こうなっては、元忠もあせらざるを得ない。功を奪われることもだが、この明るい月夜に、あの寡勢《かせい》で向う見ずに攻撃に出ては、事をあやまるおそれもある。

「それ！　追いつけ！　急げ急げ！」

と、部下に呼ばわり呼ばわり、追いかけたが、どうしても追いつけない。小一町のへだたりをちぢめることが出来ないのであった。

藤十郎は、憤激のかたまりになっている。

「クソ爺いめ！　クソ爺いめ！　……」

食いしばった歯の間からたえずつぶやきながら、火を噴くばかりに熱した眼で姥口山をにらんで、ひたすらに馬を飛ばせる。部下の武者共がおくれずについて来つつあるかどうかさえ念頭に上らない。敵陣に駆け入って馬蹄に敵を踏みにじること、槍で叩き伏せ突き伏せること、元忠を見返してやること、それだけしか考えないのであった。

目ざす姥口山を五町ほどのかなたに望むあたりまで迫った時、半馬身ほどおくれて馬を走らせていた家来が声をかけた。

「若殿！」

「なんだ！」

「ちょっと馬をおとどめ下さい。いぶかしい様子が見えます」

元忠に追いつかれるのが業腹《ごうはら》だから、馬はとめない。同じ速さで駆けながら言う。

「どこがいぶかしいのだ」

「向うの村里でござる」

鞭で行く手を指さした。

三町ばかり向うに、明るい月光の下に、黒々としずまっている村落がある。

「あの村里全体に、薄靄《もや》がかかっているように見えましょう」

言われてみると、たしかにそこを白気《はっき》がつつみ、その白気に月光がこもって、真珠色にかがやいている。

「靄もかかろう。霧もかかろう。山国甲斐の八月の夜じゃ。なんの不思議があるものか」

言い放って、依然として藤十郎は速度をおとさない。しかたがないから、家来も駆けさせる。

「あれは靄でも霧でもござらん。煙でござるぞ。敵が火をかけて焼きはらっているのでござるぞ」

「なに！」

さすがに驚いて、馬を乗りとどめるとほとんど同時であった。その村里の方々から、真赤な火がドッと吹き上り、すさまじい喊声《かんせい》がおこった。

喊声のおこったのは、村里からではない。村の小一町右手にあたるあたりだ。燃え上る火によって赤々と明りわたっているそこに、おびただしい人馬の集団が見えた。炎に向いた側だけが赤く染み、その半面は真黒な影に閉ざされた集団は、こちらの姿を見つけて、備えをみだして殺到してくる。寡勢とあなどり、一もみにもみつぶすつもりであろう。

　こんな時引き色を見せたら、一たまりもない。

「それ、行け！」

　槍を引きそばめ、真一文字に突撃して行った。兵士等もつづいた。

　忽ち藤十郎は敵中にあった。暴風の海の唯中にあると同じだ。荒れ狂う怒濤が八方からかぶさって来る。しかも、この怒濤は剣戟刀杖《けんげきとうじょう》をきらめかして襲いかかって来る。それをはねかえし、たたきつけつつ、藤十郎は必死に荒れまわった。一歩も退かない。

「エイヤ、エイヤ、エイヤ！」

　と、雷鳴のようにどなり立てながら、グイグイグイと馬を乗り進めては、突き伏せ、叩き伏せ、阿修羅《あしゅら》の働きだ。

　部下の兵共も勇敢であった。藤十郎を尖端にして、クサビがものをツン裂くように大軍の中に食い入って、奮撃した。

　鉄人の群のようなこの一団に駆けなやまされて色めき立った時、鳥居勢が追いつき、鬨《とき》の声と共に斬りこんで来た。

　ふんばりはきかなかった。北条勢一万は潰走し、山あいの道を先きを争って逃げに逃げる。

「得たりや……」

　徳川勢は、追いに追い、夜のほのぼのと明ける頃には、ついに黒駒山に追いこんだ。

この時の戦さはこれだけではすまなかった。黒駒山の中で備えを立てなおした北条勢は、昼頃逆襲に出たが、この時には徳川勢の方でもおくれた三将も到着していて、苦もなく追いのけ、御坂峠の麓まで追いつめた。北条方は、這々《ほうほう》のていで、御坂城に逃げこもった。

目ざましい勝利であったが、中にも藤十郎の勲功は抜群とされた。一番槍を入れて機先を制したばかりか、その手に討ち取る名ある者の首だけでも三百余級もあったのだ。

「敵の戦略はおそるべきものであったわな。気づかず古府が打ち破られたら、時をうつさず若御子の敵がここを撃ったであろう。そうなれば、おれは挟み撃されて、いのちからがら逃げかえるほかはなかったろう。古府の者共、よう働いてくれた。中にも、藤十郎が働き、いつものことながら、とりわけ珍重《ちんちょう》に思うぞ」

と、家康にほめられた。

おまけに、この敗戦によって、北条方の戦意はすっかりなくなり、和議を乞うて本国に引き上げたので、藤十郎の功はさらに花々しいものになった。

三

二年たって、天正十二年、藤十郎は二十一になった。

この年四月、小牧長久手《ながくて》の戦いがあった。

この戦いは、徳川家康と織田信雄《のぶかつ》の連合軍と羽柴秀吉との戦いであるが、信雄の実力は言うに足りない、実質的には家康対秀吉の戦いであった。

数次の前哨戦の後、家康は小牧山に陣し、秀吉は田楽《でんがく》に陣を取って、対峙《たいじ》の形となった。横綱同士の立合いだ。互いに満を持して、にらみ合ったまま数日過ぎた。

四月六日、秀吉方の池田勝入《しょうにゅう》斎《さい》は、一策を立てた。

「思うに、徳川勢はその全力をつくして当地に出ている。定めし、本国三河は空虚なるべし。ひそかに兵をまわして三河を衝いて荒しまわったなら、当地にある徳川勢は驚き狼狽《ろうばい》して敗亡せんこと必定なるべし」

「至極の妙計」

秀吉は、森長可《ながよし》、三好秀次《ひでつぐ》（後の豊臣秀次）、堀秀政の三将に命じて、勝入斎と行を共にさせた。

勝入斎の兵八千、森の兵三千、堀の兵三千、秀次の兵八千、合して二万二千の三河侵入軍は、四月六日の夜半出発、尾張東部の山岳地帯を潜行して、次第に進んで、七日の午前四時頃藤島についた。

ところが、この計画は、八日にはもう徳川方にわかっていた。羽柴軍の行軍の道筋にあたる百姓等が小牧山に駆けつけて来て知らせてくれたばかりか、放っておいた密偵等もそう報告したのである。

「よし！」

家康は、自ら出撃の決心をしたが、とりあえず先発隊をくり出した。榊原小平太康政《さかきばらこへいたやすまさ》以下の七将にひきいられた総勢四千余人。この七将の中に水野父子もいた。

夜半十二時、小幡城に入った七将が、軍議をひらいた時、藤十郎の父惣兵衛忠重が先ず発言した。

「敵は大軍、味方は寡勢、懸合《かけあい》の合戦は利がない。忍びの者共の報せでは、敵の陣列は、第一陣池田、二陣森、三陣堀、四陣三好隊で、それぞれかなりな距《へだた》りをもって行進しつつあるときく。音をひそめて三好勢の間近く忍びより、不意にこれを襲って息もつかず攻め立てて追い崩そうなら、三陣、二陣、一陣、仰天して乱れ立つこと必定であろう」

諸将同意して、直ちに城を出た。いつの間にか、外は濃い霧に閉ざされていた。その乳白色の気体の中を、一同は馬の轡《くつわ》を巻き、声をひそめて、粛々と行進した。

小一時間も行進した頃、物見の兵が馳せ帰って、三好勢が白山林《はくさんばやし》に休息していると報告する。

白山林は小幡城の東南約一里の地点にある小高い丘だ。白山権現を祀《まつ》ってある神社があるので、この名で呼ばれている。

「よし」

諸将はそれぞれの隊毎に横にひろく展開し、三面を包む形になって進んだ。

藤十郎は数日前から目をわずらって、鬱陶《うっとう》しくてならないので、冑をぬいで鞍の前輪にかけ、茜木綿《あかねもめん》の鉢巻だけで、隊のうしろから進んでいたが、敵合《てきあい》間近くなったと見て、

馬を速めて前に出ると、父が馬を乗りとどめて、霧をすかして前方を凝視していた。近づいて、

「父上、かかりましょうぞ」

と、言うと、

「うむ」

惣兵衛はふりかえったが、息子が冑をかぶっていないのに気づくと、いきなりどなりつけた。

「汝《われ》が冑は小便壺にでもするつもりか！　戦さというものは、風流踊とちがうぞ！　矢玉の飛び交う場だぞ！　茜の鉢巻などしめて、それで戦さ支度のつもりか！」

いよいよ突撃になれば冑を着るつもりでいたのだが、頭からどなりつけられて、カッとなった。おそろしい目で父をにらみつけた。

「いかに親なればとて、その言いようはなんでござる。藤十郎が風流踊、今見せて進ぜる。目をみはって、ようくごらんぜよ」

と、言うや、鞍にかけた冑をとって、大地に叩きつけ、馬を速めて進み出す。

惣兵衛はあわてた。

「待て！」

と、手をのばして、槍のこじりをとらえた。

「大事な場だ！　ほしいままな先駆けは、軍さの潮時をあやまる！　待てというに」

と、引きとめようとしたが、藤十郎はきかない。

「潮時はもう来ている。ええい！　放さっしゃれ！」

力まかせに槍を引きとるや、せい一ぱいの喊声を上げて、まっしぐらに駆け出した。

これが襲撃のきっかけになった。諸隊一斉に突撃にうつり、うろたえさわぐ三好勢を四角八面に斬り散らし、余勢を駆って堀勢を破り、森勢を破り、池田勢を破り、鬼武蔵と異名を取った森長可と池田勝入斎を討取るほどの大勝利を得たが、その一番槍一番首は藤十郎であった。

この日、藤十郎は、やがて出陣して来た家康の目前でも二度も功を立てた。一度は黒《くろ》幌《ほろ》かけた敵が目ざましく働いているのを、家康が遠く望んで、

「敵ながらあっぱれな勇士」

と言ったのを、旗本にいて聞くと、

「そのあっぱれな勇士を、拙者討取ってごらんに入れ申す」，
と高言して馬を飛ばして近づくや、一突きに突きおとして首をあげた。早いこと、目にもとまらない。

「なんともはや、あきれかえった乱暴者じゃて」

と、家康は舌を巻いた。

二番の手柄はその帰って来る途中であった。崩れ立つ敵勢の中にただ一人ふみとどまって、味方をなやましている剛敵を見つけるや、馳せちがいざまにおどりかかり、引っ

くんで同体になって大地に落ちたと見えたが、立ち上った時にはもうその首をあげていた。

「あきれたやつ！」

と、家康は再び言った。

四

この戦いは、終始徳川方の一方的勝ちにおわった。さすがの秀吉も、急には行かんと思って、それぞれ要地を諸将に守らせて大坂に引き上げたが、そのあとのこと。水野父子は、家康の命で、滝川一益《たきがわかずます》のこもる蟹江城《かにえじょう》を攻めおとした上、桑名の守備に任じた。

その間のことである。

その頃の戦さには、少し長期にわたると、どこからともなく遊女共が集まって来て、荒っぽい稼ぎをしたものだが、この時桑名にもそんな女共がうじゃうじゃと集まって来た。遊女といっても、どうせ戦場かせぎの女共だ。大して美しいのがいるわけではない。上等なのが普通、大ていは女であるというだけの連中。その営業場だって、百姓家を借りたり、葭簾《よしず》か荒板ばりのみすぼらしい小屋であったりしたが、明日のいのちをはかられない武士共にとっては、これで結構満足で、大へんな繁昌であった。

この遊女の一人に、藤十郎がほれた。

戦さにもはげしいが、恋にもはげしい男だ。素人の中にはザラにいる平凡な器量のその女に、徹底的に打ちこんだ。自分以外の男がその女を抱くことに我慢出来なかった。

「あの女はおれ以外の男には抱かせん」

と、心にきめた。

相手は遊女だ。そうなると、買い切りにするほかはない。買い切りにした。夜毎、日毎、通いつめた。何かの用事で行けない時には、金だけ払って他の客に出ないようにした。

重なる戦功でもらった褒美金がかなりたまっていたが、こんな無鉄砲なことをしてはもつものではない。一月半ほどの後には無一文になってしまった。

そこで、家の勘定役である富永半兵衛に金を出してくれと要求した。

半兵衛は藤十郎の近頃の行状を知っている。渋い顔になった。

「いかほど」

「三十両もあったらよかろう」

三十両といえば、今の金（昭和三十二年当時）にして三十五、六万円だ。

「御用途は？」

「それを汝になぜ言わねばならんのか」

「三十両は大金でございます。うかがっておきませんと、役目が立ちません」

藤十郎はジリジリして来たが、とにかくもおさえた。

「おれは当家の嫡子だ。やがてはこの家を譲られる身だ。当家の宝はのこらずおれのものになるのだ。そうじゃろう」

「仰せの通りでございます」

「そしてじゃな、汝《わい》らもやがてはおれの家来になるのじゃ。そうじゃろう」

「仰せの通りでございます」

「それだけわかっていて、なぜシチむずかしいことを言うのじゃ。きりきりと出せい」

半兵衛はおじぎした。

「仰せごもっとものようではございますが、てまえは大殿の仰せによって、おあずかりしているのでございます。少額なら知らず、大殿の仰せがない以上、さような大金を奉るわけにまいりません。てまえが大殿のお叱りをこうむるのはかまいませんが、若殿がお叱りを受けられましょうに」

「おれがかほどまで事をわけて言っているのに、出さんというのだな」

「大殿のおゆるしをお受けになって来ていただきとうございます。大殿のおゆるしがありさえしますれば、いかほどなりとも御所望にまかせて奉りましょうに」

藤十郎は完全に逆上した。

「父上に申し上げるくらいなら、汝らにこうまで言って頼もうか！　主人に恥かかせて、不埒《ふらち》な奴め！」

と、どなり立て、つい刀を抜いてしまった。

この時、半兵衛が逃げてくれればよかった。せめておそれ入って平伏してくれればよかった。

半兵衛はそのいずれもしなかった。クルリと大肌ぬぎになり、眉をあげてつめよって来た。

「これは面白い。拙者を手討になさるというのでございますか。その極道のお刀が、忠義を守る拙者の首に立つか立たぬか、さあ、斬れるものなら、斬っていただきましょう」

とタンカを切った。

「斬れぬというか！」

と、絶叫した時には、水もたまらず、打ちおとしてしまった。

同時に、しまった！　と思った。覚えず刀をなげうち、落ちた首をひろい上げ、切口におっつけたが、どうなるものか！

「馬鹿なことをしてしまった」

と、悔恨は骨を刺すものがあったが、追っつく話ではない。

半兵衛にも気の毒であり、父の怒りもこわかった。そこで、桑名を逃げて、小牧の陣所を志した。家康に嘆願して、父にわびてもらうつもりであった。

桑名を離れて五、六里行った頃、女のことを思い出した。かつての恋しさも、やるせなさも、燃えるようなものも、何もなくなっていた。

「どうして、あんな女におれはああまで熱を上げたろう」

自分ながら不思議でならない。とんと憑《つ》きものが落ちた気持であった。益〻ばからしく、益〻後悔切なものがある。

五

「阿呆なやつめ！　売女風情にのぼせて、何ということをするのだ」

話を聞いて、家康は叱った。

「今はもう十分に後悔していることでございます。お叱言《こごと》はやめていただきとうございます」

「それ、また口答えする。後悔したら、おとなしゅう叱られているものじゃ。こまった性質じゃの」

と家康が嘆息すると、藤十郎も嘆息した。

「こまった性質でございます」

家康は吹き出してしまった。

「まあよいわ。しばらくここに忍んでおれ。そのうち、おれがわび言言うてやろうわい」

「お願いいたします」

こうして、小牧の陣所にとどまることになったが、十日ばかりの後、桑名から家康にあてて猛烈な抗議が来た。

「息男藤十郎、不埒《ふらち》千万なることを働き、拙者の許を逐電《ちくでん》仕りましたが、たしかなる筋から聞き及びますれば、殿の許にまいり、殿またこれを庇護《ひご》し給うの由。恐れながら、これは息男を以て拙者に見かえ給うお心としか思われません。あくまでも息男を庇護してお手許にとどめ給うならば、拙者はお家に仕えまつることをやめ申すべし。早々に追っぱらい給うよう願い上げます」

家康はおどろいた。しかし、どうせ父子のこと、腹を立てたといっても一時のことにすぎまいと思った。藤十郎には知らさず、心きいた者を使いに立てて慰撫にかかったが、惣兵衛は頑固だ。

「いやでござる。藤十郎をお取りなさるか、拙者をお取り下さるか、二つに一つでござる」

と、きつい返答だ。家康は藤十郎の武勇がおしくてならないが、惣兵衛の多年の奉公と勲功を思うと、どうしようもない。藤十郎を呼んで、委細のことを話した。

「なるほど、拙者が父でございますな。あっぱれなる頑固ぶり。さようでございましょうとも」

と、藤十郎は呵々《かか》と笑った。思い切りはしごくよい方だ。そうときまれば、未練はない。浪人のかくごをきめた。

家康は、金子五十両出して、藤十郎の前にならべて、

「しばらく時節を待て。やがて、きっと父のきげんを宥《なだ》めて、呼びかえしてやるでな」

と言った。くりかえして言う。水野藤十郎勝成、二十一歳の時。

喧嘩藤十郎

一

家康の許を立去った藤十郎は京を志した。懐ろに抱いた五十両がそうさせたと言ってよい。五十両といえば、現代の金額にして、六十万円余のものがある。女遊びを覚えた二十一の青年、とりわけ藤十郎のような性質の青年が、これだけの金を懐ろにしていれば、考えることは古往今来同一轍だ。

「京おなごというのは美しいそうな。雪のような肌と温い淡雪のようにしなやかなからだをしとるそうな。そして、遊びの場所もなかなか面白いそうな。行ってこまそうわい。これだけの金があれば、ずいぶん堪能《たんのう》出来ようわい」

ノソリノソリと京へ上った。

京の遊女が五条柳ノ馬場《ばんば》に集められて公娼となったのは、五年後の天正十七年のこと、この頃は京の至るところに散らばっていた。その中で有名なのが、桂女《かつらめ》と加賀女《かがめ》。桂女というのは京の西郊桂の里の女共で売色渡世をするもの、加賀女は以前加賀の国から上って来た遊女の団体の流れ。いずれも本人の家に出かけて行ってもよし、わが宿所へ呼んでもよい。京の水に磨かれ、京の洗練された風俗でよそわれて、顔も姿も優婉鮮麗であり、遊芸のたしなみがあり、ことばは柔媚《じゅうび》にして婉転、一切が男を楽しませるためにのみ出来ている。藤十郎の魂は天外に飛んだ。

「てんとこたえられんわい！」

エイサエイサと矢声を上げんばかりの勢いで日毎夜毎に遊びまくった。

その遊んでいる間に、羽柴家と徳川家との和議が取り行われ、家康の子於義丸《おぎまる》が秀吉の養子となるべくさし送られて来た。養子というのは名目で、実質は人質だ。於義丸は二男だが、長男の信康《のぶやす》が死んでからはあととりむすこの地位にある。それを差出したのだから、家康が完全に和解する気になっていると思わなければならなかった。

「フウン、そうか。戦さは勝ちつづけに勝っていたのじゃに、人質を差出してまで和議を取り結ばねばならんとは面妖《めんよう》なことだな。しかし、殿のなさることじゃ。深いお考えのあることであろう」

小面倒なことはきらいだし、遊びは面白いし、思考の外に追いやって、ひたすらに惑《わく》溺《でき》する。

三ヵ月立つと、五十両の金は一文もなくなった。

「きれいさっぱりとなくなったな。さあ、これから食う方法を考えなければならん」

後世太平の時代とちがって、武勇の名ある者には就職難はない。羽柴家へ乗りこんで奉公したいと申し出た。

秀吉は藤十郎が武名のほどを知っている。

「三州刈屋の城主である水野惣兵衛が長男じゃな。年若ながら無双の剛の者だ。召しかかえよう」

と、早速に引見する。

「汝《われ》が高名手柄は、おれはのこらず知っているぞ」

こんな時の秀吉の人あしらいは巧妙をきわめる。藤十郎が、十六歳の時の遠州高天神城攻めの時の手柄に信長から感状をもらったことからはじめて、甲州の合戦、ついこの前の長久手の奇襲、蟹江城攻めに至るまで、一々ならべ立て、

「まことに日本一の剛の者というべきじゃ。しっかりと奉公せい。おれは人の奉公を無にはせん男じゃ」

と結んで、摂津国豊島郡《てしまごおり》で七百石の知行地をあたえた。

秀吉に奉公するようになったからとて、別段役目があるわけではない。戦さがはじまった場合に働きさえすればよいのだ。ところが、その戦さがこのところない。しかたがないから、女買いをしたり、町へ出て喧嘩したりして退屈をしのいでいた。

しかし、それもしばらくのことであった。年が改まって三月になると、紀州の根来《ねごろ》攻めが行われ、つづいて四国攻め、それがすんだかと思うと越中の佐々成政攻めと、八月末まではずいぶんいそがしかった。相当には手柄も立てたが、とり立てて言うほどのものはない。ただ退屈がまぎれただけが儲けものであった。

越中から京へ帰ったのが閏《うるう》八月の末、また退屈な日がつづいたが、十一月下旬のある日のこと、久しぶりで出仕すると、詰所で妙な話が出ている。徳川家の重臣である石川伯耆守数正《ほうきのかみかずまさ》が秀吉の誘いに応じて国許を退転して来たという話だ。石川数正は酒井忠次《さかいただつぐ》とならぶ徳川家の重臣として、岡崎城をあずかっているほどの人物だ。信ぜられないことであった。

「その話待った！」

と、藤十郎はさけんで、一座の中につかつかと入って行き、むずと坐るや、

「石川伯耆守がことを話していたのは、誰じゃ」

と、見まわした。

「わしじゃが」

と、一人が名乗って出た。田中源右衛門という男であった。

「おお、貴殿か」

藤十郎は膝をねじ向けて、

「証拠を聞こう」

と、詰めよった。

「証拠といって、もっぱら世の取沙汰じゃ。殿下はかねて徳川家の力を殺《そ》がんため、色々とかの家中にお手入れ遊ばされ、伯耆守に、徳川家を去ってわが家に仕えるなら十万石あてがおうと仰せつかわされてあったところ、この程それに応じて岡崎の守りを捨

てて上洛の途につき、唯今大津にあってお指図を待っているというのだ」

「それが何の証拠だ！　うわさにすぎんではないか。石川伯耆守は徳川家譜代の老臣、しかも忠誠無二の人物じゃ。皆も聞いていよう。家康公の御嫡子信康君御幼年にして今川家に人質となっていらせられた時、今川氏真《うじざね》無道にして、ややもすれば失いまいらせんとした。伯耆守これを聞いて、単身駿河へまいり、信康君をうばい取り、信康君を肩車にのせまいらせ、駿馬にまたがって帰国したので、三河の人々涙を流してよろこび迎え、あわれ、数正の忠誠と武運のほどこそ羨ましけれと申し合ったと、今に語り伝えているほどの伯耆守だ。何で十万石くらいの目腐れ知行に目をくれて、譜代のお家を見限ろうぞ、馬鹿も休み休み言わっしゃい」

　事情やむなく徳川家を退散はしたものの、藤十郎は徳川家を愛している。その家中に生れたことを誇りとしている。その徳川家の柱石とも言うべき人物がそんなことをしたとは信ぜられないのだ。嘘としか思われないのだ。悪口を言われているとしか考えられないのだ。

　田中はせせら笑った。

「なるほど、貴殿は以前徳川家の御家来であったな。悪う思いたくない気持はよくわかる。しかし、拙者は根も葉もないことを申しているのではない。拙者はもっと色々な話を聞いているぞ」

　藤十郎は逆上しきった。

「何を知っているというのだ！」

と、絶叫した。

「即ち、石川伯耆守につづいて、信州深志《ふかし》の城主小笠原《おがさわら》右近大夫《うこんだゆう》貞慶《さだよし》、つづいて三州刈屋の城主水野惣兵衛忠重も、あの家を脱して参る手筈になっている由。おお、おお、水野惣兵衛とは貴殿の親父であったな」

藤十郎は全身火になったように感じた。口がきけなかった。

「うそだ！」

ややあって叫んだ。おそろしい顔になって、つめよった。

「口が裂けたればとて、出放題なることを申す。ゆるさぬぞ！」

「ゆるさぬとはどうするのだ！」

田中もすごい目になった。

「うぬを斬る！」

「面白い！」

殿中のことである。脇差だけしか帯びていない。双方ともにぱっと飛び退って、脇差のつかに手をかけた。

居合わせた人々は驚いた。

「待たっしゃい、待たっしゃい。それはおだやかでない。殿中ですぞ！」

と、中へ入っておしとどめた。

なるほど、殿中だ。

プイと立って、藤十郎は退出した。このままで済ませるつもりはない。果し状をつけて、邪魔の入らない場所で、思うがままに闘う決心をきめていたのだが、その帰途、通りすがりの町角に旅姿の武士が四、五人いて、物めずらしげにキョロキョロしているのを見た。

ハッとした。髪の結いざま、刀の差しようが、三河風なのだ。

立ちどまって、見ていると、互いに話し合っている言葉も三河言葉だ。

「おい」

と、声をかけた。

武士共は一斉にこちらをむいた。一人がこたえた。

「おお、何ずら？」

たしかに三河人だ。

「汝《わい》ら三河の者共じゃと見たが、徳川家の者か」

「ちがうだ。御直参ではねえだ。石川の家中だア」

シーンと胸が冷えて来た。顔色の変って行くのが自分でもわかった。

「石川というと、伯耆守数正殿か」

「そうだア。よう知っていなさるなあ」

武士共はうれしげな顔になった。心細い旅路に知る人に会ってホッとした表情であった。しかし、今の藤十郎はそんなことに気がつきもしない。

「伯耆守は何の用事があって当地に上って来られたのだ。家康公の御使者でもうけたまわってまいられたのか」

武士等の顔に苦渋の色があらわれたが、すぐヤケな表情にかわった。わめくような調子で言った。

「そうではござらねえ。徳川様に見切りをつけて、羽柴様に奉公なさるために上って来られましただあ」

深い深い真暗な穴にグーンと沈んで行くに似た気持であった。

「馬鹿もの！　大馬鹿もの！」

絶叫して、走り出した。

武士等は、ポカンとして見送っていた。顔を見合わせた。

「何ずら、あれ？」

「京は妙なことがはやる所だのう」

「大方、気が狂《ふ》れているのずら。いい御身分のように見えたがのう」

「気の毒なものしゃ」

と、ささやき合った。

二

「けしからん伯耆守め！　累代の忠誠、多年の奉公を何としたぞ！　クソ爺いめ！　老いぼれて、死に慾をかきおったな！　……」

心のうちで罵倒しながら、邸にかえったが、居間に坐った時、ふと思い出したのは、伯耆守につづいて小笠原右近大夫貞慶、さらにつづいて父水野惣兵衛忠重が徳川家を離脱して来るということであった。

小笠原家も、水野家も、徳川元来の家臣ではない。小笠原家は信州の豪族であるし、水野家は三河の豪族で、惣兵衛の兄の信元の代までは徳川家と同格の家であった。親しくしたこともあり、争闘したこともある。親しくした頃には嫁のとりやりもした。現に家康の生母お太《ひろ》は惣兵衛忠重の姉である。お太が家康を生んで数年立った頃から、徳川家は今川家に所属し、水野家は織田家に所属した。こうなると、強国にはさまれている小国のかなしさだ。従来の懇親をつづけることは出来ない。お太は離縁されて水野家にかえされ、両家は宗主国の命令にしたがって、欲せざる戦争をし合わなければならないことになった。例をあげれば、桶狭間《おけはざま》の戦さの時、水野家の当主信元は織田方の部将として出陣し、家康は今川方の部将として出陣したのだ。

その水野家が徳川家に臣属するようになったのは、信元の弟惣兵衛忠重にはじまる。

惣兵衛は兄と仲が悪く、家を出て浪人暮ししていたが、蛮勇の名の高い男だったので、家康に招かれてその家に仕えることになった。

一方、信元はずっと織田家に属していたが、信長の怒りに触れて死を賜わり、家は亡び、刈屋城は召し上げられてしまった。

この処罰は信長の誤解にもとづくものであったが、後数年、信長もそれをさとって後悔し、また惣兵衛の武勇を惜しんで、惣兵衛に刈屋城をあたえることを条件として幕下に招いた。家康にも諒解をもとめた。

家康は、惜しい家来だと思ったが、当時徳川家と織田家とは攻守同盟を結んでいる仲であり、また水野家代々の居城である刈屋城をあたえるというのであるから、拒むことが出来なかった。諒解した。

惣兵衛は徳川家の臣籍を離れて、織田家に所属した。しかし、一年半の後、本能寺の事変があって信長が横死したので、惣兵衛は徳川家にかえって、現在に至っている。

こんな工合に、小笠原家といい、水野家といい、根からの徳川家の家臣でなく、勢いのある所に従わなければ存立を保てなかった時代であったがために従っていたにすぎない。だから、今日徳川家以上に勢いのある羽柴家に所属してもちっともさしつかえはないではないか、譜代の臣である石川伯耆守とはまるで違うのだとの理窟は十分に成り立つ。

しかし、藤十郎はこの理窟の上に安んじて坐っていることが出来ない。理窟なんざ、どんなことだって立てようと思えば立つと思うのだ。大事なのは、この腹立たしさ、なんとも言い表わしようのないこの不潔感だと思うのだ。

「いまいましい！　おれがおやじ殿にもあるまじきことをしなさる！」

と、腹が立ってならなかった。

が、やがて思った。

「待て、待て、早まるまいぞ。石川伯耆が来たのは間違いないが、おれがおやじ殿はまだ来たわけではない。あるいは単なるうわさだけかも知れん。〝水野家は徳川家では別格の家、石川が来るなら、水野も来るかも知れん〟と心得顔に言うた者があったのが、あのうわさになったのかも知れん。大いにありそうなことじゃ。きっとそうじゃ。おれがおやじ殿は強情ものだけに、薄汚いことはせぬ人じゃ」

安心したが、しばらくすると、今日の殿中でのことを思い出した。

「こうなると、あいつの言うたことは本当であった。おれが負けたことになるわ」

残念千万であった。

「クソッたれめ！　それ見ろ、と、やつはほざくにちがいないな」

ギリギリと歯をかみ鳴らしていたが、忽ちこんな論理を組み上げた。

「やつの言ったことが本当であろうがなかろうが、おれはやつを斬ると決心し、斬ると言明したのだ。斬らんわけに行かん！」

硯箱をおろして来て、ゴシゴシと磨りながらして、果し状をしたためる。

一筆啓上。

本日殿中で貴殿と口論いたした件は、その後、貴殿の申されたことが真実であったことが実証された。貴殿をウソつきと申したことは、拙者のあやまりであった。この点、いく重にもおわびする。しかし、あの節、拙者は貴殿を斬ろうと決心し、斬ると言明した。男として、一旦心に誓い、口に出したことは、必ず履《ふ》まなければならない。これは明らかなことだ。されば、本夕六ツ時、三条の磧《かわら》へお出向きありたい。いさぎよく雌雄を決したいと思う。当方は、助勢の者は一人も召し連れないが、貴殿の方ではいく人同道されようとも随意である。恐惶謹言。

こんな意味の文面であった。

乱暴千万な言い草だ。道理もヘチマもありはしない。しかし、藤十郎は、一点の疑いを入れる余地なき堂々たる論理を持ったものと信じて疑わない。

「うまく書けた」

読みかえして、満足の微笑をもらした。文筥《ふばこ》に入れ、下僕を呼んで、しかじかの家に持って行けと命じておいて、夜具をひっかぶって寝てしまった。

三

二時間ほどグッスリと眠って眼をさました。枕許に、先刻の文筥がおいてある。返書が入れてあった。

承知した。たしかに六ツ時までに三条河原へ出張るであろう。

という文面。

「よし、さすがだ。相手に取って不足はない」

時刻までには、まだ二時間ほどあるが、湯を沸かさせて、湯漬飯を五、六ぱいかきこんだ後、下人共を呼んだ。

「おりゃ訳があって、当地を退散する。縁あって、汝《わい》らと主従になったが、浪人となっては養い切れぬ。いずれへなりと立ち退くよう。家財はみんな汝らにつかわす故、どうなと処分せい。これは給金じゃ」

と、一人一人に銀子《ぎんす》をわたした。

下人等は仰天して、急には口もきけなかったが、やがて火のついたようにしゃべり出した。

「黙れ！　今日あって明日ないのが武士の常じゃ。一言も口を叩くことならん！」
叱りつけて、鎧櫃《よろいびつ》をかつぎ、槍を小脇にかいこみ、馬に乗って、三条河原へ向った。
十一月下旬といえば、今の暦では十二月下旬、一番日の短い季節だ。目的の場所につ
いた頃には、とっぷりと暮れていた。ウソ寒い風が葉の落ちつくした堤の上の柳を吹き、
河原の枯蓬《かれよもぎ》に乾いた微かな音を立てていた。
相手はまだ来ていないようであったが、時刻がまだ来ていないから、カンぐって疑い
はしない。河原の半ばまで馬を乗り入れ、鎧櫃をおろし、その負い紐に馬の口綱をつな
ぎ、腰かけて、槍をひざにかかえて待つことにする。
およそ三、四十分、吹きざらしの中のこととて、手がこごえそうになったので、馬の
胴に手をこすりつけて温めながら待っていると、やっと堤に人影があらわれた。四、五
人の影だ。
「助勢を連れて来たな」
と思ったが、不安もなければ、恐れもない。
「オーイ、ここだぞーッ！」
と、呼んだ。
人影は堤を下りて、近づいて来た。四人である。
五、六間の距離まで来ると、立ちどまった。
「水野藤十郎か」

と、問いかけた。

「おお、そちらは田中源右衛門殿か」

「いや、田中源右衛門はここに同道しているが、かく申すのは松山新兵衛だ」

「他は誰と誰だ」

他の二人がそれぞれ名乗った。皆、今日あの席にいた連中であった。なるほど、おれの言い分を無理と見て、田中に助勢するのだなと合点した。藤十郎は槍をかまえた。

「いずれも相当には武勇の名ある連中だな。相手に取って不足はない。サア、行くぞ！　抜けい！」

猛々しく叫んで、突進に移ろうとすると、松山はあわてて叫んだ。

「待たっしゃい、待たっしゃい。われら、かくまかり出たのは、助勢のためではない。仲裁のためだ。先ず槍を引かっしゃい！」

「いやだ！」

「しかし……」

「いやだ！」

「土台、そんな乱暴な！　……」

「いやだ！　助勢がいやなら、そこを退かっしゃい！　男が一旦心に誓い、人の前で公言したことを遂げずになろうか！　退かっしゃい！　退かっしゃい！　ええい！　退けと言えば！」

相手方は途方に暮れた。夜目にも白い槍の穂先をギラつかせて、今にも突撃して来そうな藤十郎の気勢にあわてた。

「待たっしゃい！　待たっしゃい！　待たっしゃい！　……」

といいながら、ジリジリと退る。しかし、わきへ寄りはしない。田中の側により添いながら少しずつ退るのだ。

藤十郎は戦術をかえる必要を感じた。構えた槍を引いて、右に脇立てた。

「田中殿、出なさい。話がある」

と、言った。おだやかな調子であった。そのおだやかさに引かれたのであろう。田中は一歩出た。

藤十郎はなおおだやかな声で言った。

「田中殿、貴殿は拙者の果し状にたしかに承知したと返事なされたな。今になって、仲裁を立てて和睦を申し入れるのは、卑怯未練の振舞いであると拙者には思われるが、貴殿はそうはお考えにならんか」

「しかし、あまりに馬鹿げているので……」

「馬鹿げていてよろしい。男の道と申すものは、もともと馬鹿げているものなのだ。馬鹿になるのが厭なら、武士をやめて坊主か町人になるのがよいのだ」

田中は答えない。考えこんでいるようであったが、やがて言った。

「仰せの通りだ。よし！　立ち合おう！　支度する。しばらく待ってもらいたい」

「おお、待つぞ」

田中は、同行者等をふりかえって、

「お聞きの通りだ。手を引いて、そこをひらいていただきたい」

と、言った。

「さようか。いたし方ないな。どうも少しおかしな理窟のような気がしてならんが……」

と言いながら、三人は少し遠のく。

田中は刀を抜いて身がまえた。

「いざ！」

と叫んだ。

それと同時であった。藤十郎の槍がサッとたおれ、からだぐるみ閃《ひら》めきこんで来た。粗笨《そほん》な槍法だが、戦場鍛えの気魄が漲《みなぎ》り切っている。田中はうしろに飛んで引っぱずした。

はずされて、藤十郎はタタラをふんだが、その足をふみしめるや、思いきり横に薙《な》いだ。二間半青貝摺《あおがいずり》握り太な柄に三尺の穂のついた大槍だ。飛び退っても避けられず、また受けることも出来ない。

「エイヤ！」

田中は大喝して、手許におどりこんで来た。

藤十郎は槍をすてて引ッ組んだ。田中は左の手に藤十郎の髪をつかみ、右手の刀をふりまわして藤十郎を刺そうとしたが、刀が長すぎて刺すことが出来ない。あせっている間に、藤十郎は足がらかけておしたおし、同体にたおれたが、もうその時には腰の脇差をぬき、相手の下腹部をえぐっていた。

「無念な!」

田中はただ一声叫んだ。

藤十郎は更にもう一刀心臓を突きさしておいて、立ち上ろうとすると、断末魔の苦しみと末期《まつご》の苦痛をこめた田中の手がきびしく髪をつかんでいる。一本一本、その指をこじあけて立ち上った。

三方に立ち別れて、検分するように見ていた人々を見まわして、藤十郎は、

「尋常な勝負であったことは、各〻《おのおの》ごらんになったであろう。さらば、拙者は立去りますぞ」

と言って、鎧櫃を負い、槍をひろい上げ、馬にまたがった。

四

田中源右衛門を斬って京を立去ったのが、天正十三年の冬、二十二歳の時。

この後二年間、格別のことがない。常山紀談によると、虚無僧となって諸国を遊歴し

て武者修行して歩いたというが、その間にどんなことがあったか、その書にも伝えなければ、他の書にもない。

しかし、彼の父惣兵衛忠重が徳川家を去って秀吉に仕え、石川数正と共に武者奉行に任ぜられたことは藩翰譜に記述があるから、彼が大いに怒り、失望し、恥じて、知る人のない遠国に行ったことはうなずかれる。

天正十五年、二十四の時、肥後において、佐々成政に仕えて、千石を給せられた。成政はこの年の六月、肥後一国の太守となったのであった。

佐々は織田信長麾下《きか》の猛将である。信長の死後、秀吉の勢威が日に昌《さか》んであるのに快からず、最後までこれに楯ついたが、二年前についに屈して降伏し、五千石だけもらって秀吉のお伽衆《とぎしゅう》の一人となっていたのである。

佐々にとっては、二年ぶりの日なたの生活だ。功をあせって、地侍共を圧迫した。この地侍共は皆秀吉から本領安堵の朱印状をもらっている。憤激して至る所に一揆をおこし、肥後一円蜂の巣をつついたようなさわぎとなった。

さすがに佐々は猛将であった。大童《おおわらわ》になって鎮定に乗り出し、忽ちの間に平定はしたが、秀吉の怒りにふれ、自殺を命ぜられ、家はほろんでしまった。この間に藤十郎は数々の功名を立てた。一揆のトップを切った熊部但馬某父子の首を上げたのも彼、佐々の不在をうかがって一揆勢が隈本城《くまもとじょう》（後の熊本）を囲んだ時これを打ちはらう勢の先鋒をつとめたのも彼、毛利家からの援軍が兵糧《ひょうろう》を持って来てくれたのに一揆勢がむらがって道をさえぎった時、これを撃退したのも彼、有力な一揆勢のこもる由計城《ゆげじょう》攻めに一番乗りしたばかりか冑首二級を上げたのも彼、功名の格から言っても、数から言っても抜群であったが、かんじんの主家が亡んだのだから、すべてせんないことになった。また浪人。

佐々の死後、肥後は北部を加藤清正、南部を小西行長にあたえられた。藤十郎は小西家に仕えた。千石。

小西家の所領中には天草がある。この天草の地侍が一揆をおこし、勢いは猖獗《しょうけつ》で、加藤清正が助勢に来たほどであったが、ここでも藤十郎は常に先鋒をつとめ、度々敵の勇士の首を上げた。しかし、ここでも人を斬って飛び出さざるを得なくなった。原因はわからないが、恐らく喧嘩であろう。

次に仕えたのは加藤清正の家。ここでも千石とったが、しばらく後、また人を斬って飛び出した。これも原因はわからない。喧嘩であろう。

次に豊前国《ぶぜんのくに》中津に行って、黒田長政に仕えた。また千石。

以上は、天正十五年から文禄五年（慶長元年）の六、七月頃まで、彼の年齢で言えば、二十四から三十三までの間の出来ごとで、その間には第一回の朝鮮の陣もあるが、どうやら彼は朝鮮には行っていないらしい。

五

黒田家に仕えて間もなくのことであった。黒田長政が大坂に上ることになって、藤十郎も随従した。

当時の九州の大名等は、こうした場合、皆海路を取ったもので、この時もそうであった。

中津の港から出帆して二日目、備前と伊予の間のやたらに島の多い海にさしかかった。このへんは今日でも航海に危険な区域で、よく衝突したり坐礁したりする所だ。船は帆をおろし、艪だけで用心に用心しながら、まる一日もかかって通り抜けて、広い燧灘《ひうちなだ》に出た。

帆を上げることになったが、帆柱に帆綱がからみついて、うまく上らない。長政は自ら甲板に出て、水手《かこ》共の作業を見ていたが、ふとその目を同じように見物している武士等の方に向けると、

「藤十郎」

と、呼んだ。

「は」

近づいて来て、膝まずいた。

「その方、登って行って、あの綱をとけ」

藤十郎は急には答えなかった。追い風《て》ではあるが、かなりに強い風があって、波が激し、船はひどく動揺している。高い帆柱の揺れはとりわけはげしい。

長政はたたみかけた。

「おそろしいのか。そちが出来ずば、余人に命ずるぞ」

おそろしいのか、というのがグッと来た。

「おそろしくはござらん。出来るか出来んかを考えていたのでござる。拙者は、戦場に於ての一番槍、一番乗り、剛敵を討取ることは修業いたしていますが、走る船の帆柱によじのぼって綱を解くことは修業したことがないのでござる」

高言めいた言い方が、長政には小癪にさわったらしい。

「言訳は無用、出来ねば出来ぬと言うがよい」

益〻グッと来た。

「出来ぬとは申しません。出来るか出来んかを考えていたと申しただけでござる。やってみましょう」

身支度してのぼりはじめた。子供の頃には子供なかまで一番といわれた木登りだが、大人となってはうまく行かない。まして、たえず大きく動揺する帆柱だ。綱のところまで上るのすら容易でなかったが、片手働きでもつれを解きほぐすのはなかなかのことであった。いくどか胆を冷やしつつも、ともかくも解きほぐした。

「なるほどな。うわさにたがわず、そちは生命《いのち》知らずだの」

いきさつがいきさつだ。長政にとっては、藤十郎が見事にやりとげたことが面白くなかったに相違ない。皮肉な口調で言いすてて、船室に入った。

藤十郎はムッとした。船首《みよし》に行き、青い海を見ていたが、次第に決心がかたまって来た。

（おれほどのさむらいに、こんなことを申しつけるということがあるものか。臆したと見られるのが口惜しいが故にやりはしたが、あまりにもさむらいの心を知らなすぎる。面白うない殿じゃ。おりゃ立去ろう）

その夜、船が備中《びっちゅう》の神《かみ》ノ島《しま》の外浜について碇泊すると、そのまま脱出して、再び船にかえらなかった。

こうして、また浪人したものの、行くべき先きはない。多少の金はあるが、旅の空であってみれば、一月ももつまい。しかし、放浪生活にはなれている。

「やがてどうにかなるはず」

と、タカをくって、足にまかせて、この国の惣社《そうじゃ》というところまでたどりついた。

ここは王朝時代この国の国府のあった所で、ずいぶんにぎやかな町だ。惣社明神《みょうじん》といって、備中国内三百二十四社の神々を祀った社もある。

その惣社明神に参詣に行き、拝殿の前にぬかずき、周囲をまわって社殿の模様など拝観した後、また拝殿の前に来ると、社家の門から数人の人の出て来るのが見えた。

白い狩衣《かりぎぬ》に烏帽子《えぼし》姿の祝《はふり》に導かれた四人の女であった。かなりな身分の家の人々らしく、服装もよければ、祝の態度もうやうやしい。

はじめ、藤十郎は何の気もなく眺めていたのだが、先頭から二番目の女の顔を見た時、一種異様な、言いあらわしようのない衝撃を、グンと胸に感じた。

「ああ、美しい」

とつぶやいた。

同時に、瘧《おこり》の発作をおこした人のようにふるえ出した。全身を流れている血が一瞬にして熱湯のように熱くなり、一瞬にして氷のように冷えるように感じた。動くことが出来なかった。目をはなすことが出来なかった。足も目も釘づけになったようであった。

女等は、彼の立っているつい二間ほど前を通って行く。藤十郎は他の三人には目もくれない。一筋に二番目の女だけを凝視して、見迎え、また見送った。

女の年は十七、八と見えた。若い柳のようにしなやかなからだつきであった。抜けるように白い肌に美しい血色が匂って、高雅で、初々《ういうい》しくて、またいかにも健康そうであった。狂的なくらい執拗な藤十郎の視線を意識していた。かすかに頰を染め、目を伏せて歩いて行く。澄んだ黒い目。

藤十郎はまたふるえた。

女等は祝に導かれて拝殿に上り、そこでおいのりをしてもらった後、また社家へかえって行った。その相当長い時間を、藤十郎はその場を動かずにいたが、やっと我にかえった。苦笑した。

「三界に家もない天竺《てんじく》浪人が、何を血迷ったのだ」

とつぶやいて、惣社を出た。

その夜の宿は土地の遊女の家であった。酒をのんで、女を抱いて寝たが、夜半に眼をさまして、いぎたなくわきに寝ている女を見ているうちに、気がついた。あれから以後、ずっとあの娘のことを考えつづけている自分であることに。

「何たることだ！」

狼狽した。女が大好きな自分であることは、十分に自覚している。しかし、これまでは遊女、または遊女同様な女だけで用を足して来た。それで十分に満足であった。良家の子女などに思いをかけたことはなかった。

だが、今のこの気持はこれまでとまるで違う。このものがなしいような気持、このなんとも言えず切ない気持は、これまで経験したことのないものだ。

「ああ、これは恋だ！　これこそ本当の恋だ！」

と、気がついた。

そう気がつくと、こんな不潔な床に、不潔な女なんぞと寝てはいられない。ガバとはね起きた。

遊女はおどろいて眼をさました。

「ああ、おどろいた。どないしやはりました？」

「おりゃ帰る！」

目もくれない。忽ち着物を着てしまった。金を投げ出して飛び出した。

「あれまあ、夜も明けしまへんに」

遊女はあわてて胸をかき合わせて、追って来た。

「夜なんぞ明けんでもかまわん。帰るといったら帰る！」

さっさと出た。

夜気がすがすがしかった。胸によどんでいる濁った不潔なものを全部洗い去るつもりで、深い呼吸をくりかえしながら、惣社明神へ急いだ。

明神へつくと、すぐスッ裸になって、御手洗《みたらし》の水を頭からザアザアかぶって、全身を洗い清めた後、着物をつけて拝殿に上り、熱いいのりを捧げた。

「拙者の妻となるべき者は、あの娘以外にはござらん。仰ぎ願わくは神助を垂れ、あの娘を拙者に下し給え。帰命頂礼《きみょうちょうらい》、つつしんで願い奉る」

くりかえし、くりかえしいのった。

夜がほのぼのと明ける頃、拝殿を辞して来ると、社家の横から社の使丁《よぼろ》が箒をかついで出て来た。それを見たとたん、藤十郎は心中に占いを立てた。——もし、この使丁があの娘の素姓を知っていたら、おれのこの願いは叶う！

つかつかと歩みよった。

「ものたずねる！」

気負いこんだ心が鋭い調子のことばになった。使丁はおびえて、あとしざりしながらいった。

「な、な、なんどすえ？」

「昨日、このお社に四人づれの女性等がお詣りであったが、あれはいずれの方々であろうか」

「ああ、びっくらした。――あれどすか、あれはな、三村紀伊守様のお姫様とお乳母と女中衆ですわの」

ありがたや、わが恋叶うと思った。この使丁が明神の化身のように思えて、ひざまずいて礼拝したい気持であった。

「三村紀伊守と申すと？」

「お知りにならんかいな。もとはここから高梁川《たかはしがわ》をさかのぼった松山にお城を持って、そのへん一帯を領していなさったお大名でありましたが、今では毛利家の御被官となって三千石ほど知行していなさるお家。ここから一里と少しばかり西に行くと、山田いうところがありますわな。そこにお屋敷がありますて」

「ありがとう。よくわかった」

社前に引きかえし、膝まずいて報謝のことばを捧げ、なおこの上の加護をいのった。

駆落藤十郎

一

備中国山田は、吉備《きび》郡の西端に近く、吉備平野がつきて山岳地帯に移りかける位置にある。

ここの領主は、二、三十年前まではここから四里ほど山中に入った高梁川のほとりにある松山（今の高梁）に居城をかまえて岡山の宇喜多《うきた》氏と抗争して下らなかった三村氏だ。その後、安芸《あき》の毛利家の勢力がこのへんまで及んだ時、三村氏は降伏してその被官（家来）となったが、領地はうんと減らされ、山田附近三千石を領するにすぎなくなった。

何せ三千石の小豪族だ。城というほどのものは持てない。従って、村も、やや城めいた館《やかた》を中心に二、三十戸の半農半士の家来共が集まってつくっているにすぎなかった。

藤十郎がここへ来てから、早や一年立った。この国の惣社明神で三村家の姫君お才を見そめると、真一文字にここに飛んで来て、三村家へ奉公したいと願い出た。仲介者もきもいり手もあるわけがない。

三村家の玄関に乗りこんで、

「東国の浪人三島権平勝成と申す者、当三村家は中国路屈指の名家とうけたまわる。お召抱えていただきたい。口はばたき申し条ながら、戦場の覚えは数々ござって、いまだ人に越えたることもござらぬが、人に越えられたることもござらぬ。お召抱え下さっても、御損の行く男ではござらぬ」

と、談じこんだ。

唐突きわまる話だ。三村家では驚いて、家老格の者が応対に出たが、見るからに勇壮の気にあふれている相貌だし、話してみると実戦における功名談にも真実感があふれているので、「しばらく待たれよ」と、一旦奥へ引っこんだが、すぐ出て来て、客殿に通して、言う。

「当家は昔にかわって唯今では毛利家の被官となり、わずかに三千石を知行する身代でござる。俸禄の点が御満足がまいらぬと存ずる」

「禄の多寡は問う所ではござらぬ。拙者は御当家にほれこんでまいったのでござる。何石でも結構、何俵でも結構、お召抱えいただきとうござる」

どうやら見込みがありそうなので、藤十郎は必死だ。

「さようでござるか。それでは……」

相手は言いにくそうに口ごもってから、

「二十石——と申したいところでござるが、譜代の者との振合いもござる、十八石進上つかまつろう。それでよろしければ、奉公していただきましょう」

素姓はといえば三河国刈屋の城主水野惣兵衛忠重、――今では従五位下和泉守に叙任して、太閤殿下の武者奉行となっている由だが、その嫡子であり、力はと言えばどこの大名でも黙っていても千石はくれた身が、わずか十八石とはと、多少の感慨はあったが、そんな感慨など、今の藤十郎にはなんの力もない。

「十八石、大いに結構でござる。それでは今日唯今より御当家に随身つかまつる」

キッパリと言った。

さて、かくして三村家の家臣となったものの、かんじんの姫君にたいしては手も足も出ない。言いよる術どころか、姿をかいま見ることさえ稀だ。

勤務は、つらくはないが、実に面白くない。隔日に出仕して、老職のさしずに従って、やれ年貢の取立てだ、やれ川普請の監督だ、やれ殿のお出ましのお供だ、と、小侍でも出来そうなことばかりだ。屈辱の感にたえず、時々ムラムラとして来るが、

「ホイ、おれはその小侍なのであったわい」

と、気づいては、苦笑して胸をおさえた。

こうして、一年立ったある日、これではならんと思った。

「恋ほどおそろしいものはないな。このおれが、こんな片田舎に、こんな身分で、こんなことをして、まる一年もまごついているとは！　しかし、もう沢山だ。このへんで辛抱は切り上げにしよう。有無の一戦だ！」

心がきまると、実行に躊躇はない。

その夜更けて、館の外に現われた。

館とは言いながら、ちょいとした小城くらいはある構えだ。濠《ほり》をめぐらし、入口は大手の門搦手《からめて》の門しかなく、これは番の者が詰めて厳重に警戒しているから、もちろん入れない。そんなところから入る気はもちろんない。

城外に達するや、素っ裸になり、ぬいだ着物と大小を頭にくりつけて濠に入った。初秋とは言いながら、山国の深夜の水はつめたかったが、恋に熱した身にはそれも感じない。音を立てないように水を掻いて泳ぐ。月のない夜であるのがありがたかった。もっとも、月があっても、中止はしなかったろう。思い立ったら真一文字に行かずにおられない性質だ。

大した濠ではない。四掻き五掻きで向う岸についた。土手の草をつかんで這い上り、土居《どい》をこえた。大きな松があるので、その下でからだを拭き、着物を着た。大小も差した。

館内《やかたうち》を研究しているとは言っても、女だけのいる奥の方には入ったことがない。見当をつけているだけだ。ザラザラした松の幹にもたれ、腕を組んで、あたりを見まわしながら、頭の中にある図面と照らし合わせてみる。

どうやらわかった。姫君の居間は目の前の大きな建物の裏側にあるはずだ。歩き出したが、背をかがめたり、物陰から物陰を縫って鼠のように小走るなどということは、男の誇りとして出来ない。ノソリノソリと歩く。もっとも、出来るだけ足音は立てないようにした。

見当は狂わなかった。大きな建物の裏には一段屋根の低くなっている建物があり、その前は樹木や石の配置があり、小庭になっている。

藤十郎は爪先でさぐりながらそれらの間をぬけて、建物に近づき、軒下の沓脱石《くつぬぎ》に達した。撫でまわしてみると、大きな自然石の沓脱石であった。ややしばらく、潜入すべき場所をさがしたが、どこにもない。

これが戦さなら押し破ればいいのだが、これは夜這いだ、手荒なことは出来ない。

「はてさて、どうしたものか？　なれぬことは、何とも不都合なものだな」

ドッカリ、沓脱石に坐って、腕を組んで考えこんだ。

二

およそ四半刻《はんとき》（三十分）、そのままの姿勢でいたが、次第にあせって来た。あと四半刻もすれば、夜警の者がまわって来るはずだ。

「ええい！　くそ！　どうにかならんか！」

心中につぶやきながら、また入口をさがしていると、ふと屋内に人のけはいがし、カチカチと燧石《ひうち》を切る音がしたかと思うと、雨戸の上の欄間にボウと灯明りがにじんで来た。そこにいる人が夢を破られて起き上ったことは確実だ。

藤十郎は立ちすくんで、様子をうかがっていた。

待つ間もなく、その人はやわらかな衣ずれの音を立て、障子を開けて縁側に出て来た。手燭《てしょく》をたずさえているのであろう、欄間に射している灯影が強くなり、足音と共に移動して行く。

(厠《かわや》へ行くのだ)

と、さとったとたん、工夫がついた。灯影が厠と思わしい所へ消えた時、すぐそこへ行った。

思った通りであった。そこに石の手水鉢《ちょうずばち》が水をたたえていた。手水鉢のわきにうずくまった。

「祈願成就。運がよいぞ」

おぼえず微笑した。

やがて、厠を出た人は、雨戸のサルをおろして、サラリと開けた。柄杓を取って、手を洗う。縁側においた手燭の灯が逆様《さかさま》にその姿を照らし出していた。たしかに姫君であった。真白な絹の寝衣《ねまき》に緋の帯をしめ、少し乱れた髪が抜けるほど白い頰にかかっているのが、言いようもないほど艶《えん》だ。

藤十郎は、つめたいしずくが飛んで顔にかかるのもまるで感じない。清純で、健康で、甘く香んばしい処女の体臭が、夜の清冷な空気に鋭敏になった嗅覚を打って、豊醇な美酒に酔わされたようになっていた。熱いものが胸にあふれ、茫然と自失している気持であった。

しかし、相手が手を洗いおえて立ち上ると、ハッと気づいた。獲物を搏《う》つ豹のようであった。おどり上るや、姫君の右の手首をつかんだ。

相手は仰天した。叫ぼうとしたが、縁にはね上った藤十郎の左手は早くもその口をおさえていた。

「おしずかに。あやしいものでござらぬ」

姫君はなおお身をもがく。

「あやしいものではござらぬ。決してあやしいものでは……」

藤十郎も夢中だ。しきりにくりかえした。しかし、これは藤十郎が無理だ。いくらあやしい者でないと言っても、姫君に信ぜられるわけがない。姫君は一層もがいた。

藤十郎はのぼせた。面倒くさくなった。

「さわぎなさると、殺しますぞ」

耳に口をあてでささやいた。姫君はおとなしくなった。その耳の香ぐわしさ！　藤十郎はまた夢見心地になったが、こらえてささやく。

「お静かになさるなら、決して乱暴はいたさぬ。拙者は拙者の心のたけを申し上げるだけのために参ったのですから。さあ、おへやにかえって、拙者のまいるのをまっていて下さい」

危険だとは思った。いきなり大きな声でさわぎ立てるかも知れないとは思ったが、この人からこの上の悪意は持たれたくなかった。そうなった時はそうなった時のことと、覚悟をきめて、手をはなした。

もうふりかえらない。ふりかえってはすまないような気がする。雨戸をしめ、縁側に置きっぱなしにしてある手燭をひろい上げた。

姫君は自失したように茫然たる様子で立ったままであった。

「さあ、お入り下さい」

姫君をうながして、へやに入り、障子をしめ、手燭の灯を行燈《あんどん》にうつした。

姫君はまだ立ったままだ。真青な顔をし、恐怖にあふれた目をみはっている。

「お坐り下さい」

それでも立っている。

どうにも照れくさくてならない。先ず自分が坐ってみせた。

「さあ、お坐り下さい」

とまた言って見上げた。たくらんだわけではないが、下から見上げられる気持は、若い娘には裸にむしられるような羞恥心に近いものがあるらしい。大急ぎで坐った。

坐らせてはみたものの、藤十郎は途方にくれた。

女は大好きだから、二十一の年から三十四の今日まで数十人の女を知っているが、これらはすべて遊女、または遊女同然の女だ。金さえはらえばなんの面倒もなかった。しかし、これは先ず説得しなければならない。どんな調子で切り出したらよいか、まるで見当がつかない。藤十郎は自分の無力を痛感した。人生において最も大事な能力の修業をまるで怠っていたと後悔した。

「拙者はあやしいものではござらん」

とりあえず言ってみたが、すぐ、先刻から同じことを何べん言っているのだと、自分に愛想がつきた。そこで、エヘンエヘンとせきばらいしたが、益〻不調和に感ぜられた。穴があったら入りたいほど恥かしくなった。

こうした藤十郎のまごつきの間に、姫君はおちつきをとりかえしたらしい。きびしくしずかな目つきになって、男を凝視していた。

藤十郎は逃げ出したくなったが、そうも行かない。ついに言った。

「拙者は姫君に恋しています。そうです。恋しているのです」

せっぱつまって、やぶれかぶれに口走ったのであるが、言ってから、要領はこれ以外にはないことに気がついた。とにかくもレールに乗ったのだ。勢いこんで、まっしぐらにつづける。

「拙者は東国の浪人です。去年の夏、姫君を惣社明神の境内で見ました時、拙者の胸に火がつきました。この人こそおれが妻となるべき人と思いこんだのであります。それで、御当家に奉公を願い出て、御家来の端に加えていただきました。これほどまでに思いこんだ心を、姫君に知っていただきたいのです。おわかり下さいましたろうか」

姫君は答える風はない。更にきびしい目になって、まじろぎもせず、藤十郎を見ている。それが、藤十郎には言いようもないほど威厳にみちた美しさに見える。われながら弱い気になっているのを感じた。彼はまたしゃべった。

「拙者は御当家においては、三島権平勝成と名のっていますが、それは偽名であります。まことは三州刈屋の城主水野和泉守忠重が嫡子藤十郎勝成であります。もっとも、只今のところは父の勘当をこうむっている身でありますが……」

言ってしまってから、余計なことを言ったと思った。そこで、おっかぶせるように、

「生年三十四。武士一匹としての働きは十二分にござる。九州にて佐々陸奥守成政の家中にあった時は……」

と、一々戦功を語りかけたが、これも余計なことだと思って中止した。至る所に逆茂《さかも》木《ぎ》が引いてある感じで、手も足も出ない。

「つまり、姫君の夫となっても不似合ではない男でござる。それを御承知下さればよろしゅうござる……」

その時、庭の遠い所に夜廻りの拍子木の音と声が聞え、次第に近づいて来た。

姫君の表情がかわった。これまでの彫《きざ》みつけたような不動の表情がくずれて、藤十郎と外のそれとを見くらべている顔になった。

藤十郎は身がつめたくなった。きっと夜廻りを呼び立てるに違いないと思った。しかし、威迫してとめる気も、反抗する気もなかった。おとなしく縛られようと観念していた。

そのうち、姫君がつと身をのばしたかと思うと、フッと行燈を吹き消した。

真暗になった中に、かすかな油煙の香がただよった。藤十郎はおどろいていた。さっぱりわけがわからない。

夜廻りの者は庭をすぎて遠ざかって行った。緊張のとれた藤十郎はぼんやりして、姫君の坐っていたあたりの暗を見つめていたが、ふと、これは風向きがかわったぞと思った。音を立てないようにそちらによって、両腕をひろげてかき抱いてみた。その腕の中に、やわらかな女体がかき抱かれた。かたく身をひきしめてふるえているが、声は立てない。藤十郎はにわかにわくわくとふるえ出した。

「ほんとでしょうね、ほんとでしょうね」

切ないあえぎと共に、姫君は低く叫んだ。熱い呼気が顔にかかって、藤十郎を悩乱させた。

「ほんとでござるとも、ほんとでござるとも……」

ささやきかえしながら、藤十郎は何もかもおっぽり出して逃げたくなった。そのくせ、益〻強く抱きしめて行った。

三

夜明け前に、濠を泳ぎわたってかえった。有頂天なうれしさだ。終日前夜のことばかり思ってすごし、夜になると、また濠をこえて行った。

それからは非番の夜は毎晩だ。必ず行った。雪の夜もあれば、濠に薄氷の張っている時もあり、あらしの夜もあったが、決してめげない。そんな時にはかえって痛快感すらあった。事が困難であればあるほど気力のふるい立つ性質なのだ。

一年立った八月、秀吉の死が伝えられて来た。大ていなことには無感動なこの片田舎も、これには仰天した。

「やれやれ、なくなられたかのう。太閤様ほどのお人も寿命だけはどうにもならんものじゃのう」

「高麗《こうらい》の方はどうなるのぞいの」

「引き上げになるよりほかはあるまいのう。しかし、無事にそれが出来るじゃろうか。えらいことになったわの」

「えらいことじゃ。しかし、何にしてもこれで戦さは済むのじゃ。うれしいわのう」

人が寄ればこんな話がかわされる。大体において、人々は秀吉の死をよろこんでいた。前後七年、泥沼にふみこんだようにはきつかぬ外戦に日本中が疲れていた。

無鉄砲な乱暴者ではあるが、世間を広く見て来ている藤十郎は、この片田舎でばかり年を取った同僚等のように当面の現象だけに目をうばわれてはいない。これからの天下の形勢がへんにキナ臭く感ぜられてならない。

（天下第一の大大名は徳川家じゃ。毛利が大きいの、前田が大きいのと言った所で、徳川家にくらべれば半分の身代じゃ。それに人物のケタがちがう。太閤と互角の戦の出来たのは家康公だけじゃからな。こりゃ面白いことになったぞ。ちょいと京大坂をのぞいて来たいような気がするな）

なにかムズムズと胸にうごくものがあった。

しかし、お才の引力はまだ強い。引きはらって飛び出す気にはならない。

ところが、その頃のある夜のこと、意外なことをお才がささやいた。

「わたくし、嬰児《やや》が出来たように思います」

女を胸に抱いていた藤十郎は、呼吸《いき》のとまるほどおどろいた。しかし、こんな時にはおどろいた様子を見せてはならないのだと、すぐおさえた。それは男に対する女の信頼感を失わせる。

おちつきはらって言った。

「ほう、そうか。意外におそかったたな。今までそうならなんだのが不思議であったよ。いく月になるのか」

「やがて四月になると思います」

「四月！　とすれば来年だな」

「どうしましょう」

さあ、これだ！

「しばらくすると、もうかくせません」

「そうだ。五月になるとかくせんものだそうだな」

「どうしましょう」

「思案するまでもないことだ。途は一つしかない。即ち、殿、つまりそなたのおやじどのに願い出て、晴れておれが女房になるのだ」

「父が許してくれましょうか」

易々と行くとは思われない。ずいぶん面倒なことになるにちがいないとの予感があった。しかし、こんな時そんなことを女に言うのはいくじなしの男にきまっている。何がきらいと言っても、いくじなしほど藤十郎のきらいなものはない。満々たる自信ありげに言った。

「大丈夫だ。安心しているがよい。こうなったものを、許さんと言ってもしかたがないではないか。おれが本当の素姓を明かして頼んだら、そうすげなくもなさるまい。明日早速に願い出ることにする」

「ああ、うれしい！」

お才は藤十郎のはば広い胸に顔を伏せ、さめざめと泣き出した。

その翌日、藤十郎は早目に出仕して、近習の者に、殿に申し上げたいことがあるから御意をうかがってくれと、頼んだ。

「さあ、今日は少しおりが悪い故、どうかな」

と、近習の者は言った。

「どう悪いのだ」

「万松寺《まんしょうじ》の老和尚が見えて、囲碁を遊ばされることになっている」

万松寺というのは、三村家の菩提寺だ。

「お家にとって重大なことを申し上げたいのだ。ほんのしばらくで結構だ。お目通りかなうよう骨折り願いたい」

「さようか。それでは御意をうかがってみる」

奥へ引っこんだが、しばらくして出て来た。

「昼頃、ちょっと御休憩になる。そのおり、お会いになると仰せられる。時刻を見はからって、奥庭の方にまいって、御縁近くで待っているようにとの仰せだ」

藤十郎は礼をのべて詰所に引き上げた。

正午三十分くらい前に、藤十郎は庭先から指定された場所に行き、秋の明るい日が障子一ぱいにさしている縁先きの沓脱石に腰をおろした。そこの座敷の障子は明けはなしてあるので、中庭をへだてた向うの客殿が見通しになっていた。その客殿で饗応がはじまっている。紀伊守と万松寺の老和尚だ。向い合って談笑しながら食事している。

ずいぶん長い食事だ。小一時間もかかってやっと終ったかと思うと、薄茶をささげた茶道坊主《さどうぼうず》があらわれて茶をすすめる。

主客はゆっくりとそれを飲んだ。まことにうまそうであった。とりわけ、老和尚が白い眉の顔をちょっとかたむけたしぐさには、濃厚な液体を舌の上でころがしているような風情があった。藤十郎は久しく忘れていたさわやかな香気を思い出して、覚えずのどが鳴った。日に照らされて長い間待っていてのどがかわいていたせいもある。

その時、縁をまわって茶道坊主がやって来た。藤十郎を見ておどろいたようであったが、何も言わずに通りすぎようとする。

「おい」

と、呼びとめた。

「何でござる」

「所望がある。殿のお出でを小半刻もここで待っていたら、のどがかわいた。向うで茶を召しておられるのを見たら、のどが鳴った。おれにも一服立ててくれぬか」

十分に親しみと愛嬌を見せて言ったつもりであったが、坊主は目に角を立てた。

「薄茶がほしゅうござると？　薄茶と申すものは、そなたのような身分の人の飲むものではござらぬ。ほしくばもっとえらい身分になってから望みなされ。今の身分では薄茶など飲みなされたら、口が曲りましょうぞ」

持前の短気だ。カッとしたが、今日はほかに大事なことがある。おさえて、笑いをたたえておとなしく言った。

「武士に飲み食いのもので恥をかかせるものではない。平に頼む。立ててくれい」

坊主はあざ笑った。

「ハハ、ハハ、ハハ、そなた様も武士の数と思うておられるのか。あらおかしや」

もうがまん出来なかった。

「おい！」

おそろしい目でにらんで、手をのばして腕をつかんだ。

「何をなさる？」

「ちょっと来い。言って聞かせることがある」

「そなた様は……」

「声を立てるな！　この上声を立てたが最後、この腕をへし折って、二度と茶の立てられぬようにしてくれるぞ」

ズルズルと庭に引きずりおろし、人気のない庭の奥へ連れて行った。

坊主は真青になっていたが、なお虚勢を張っていた。

「もう一度頼む。茶を立ててくれい」

「いやでござる」

「よし！」

これが掛声になった。抜く手も見せず首を打ちおとした。

明るい日ざしに血が奔騰《ほんとう》して霧のようにしぶいて胴体がのけぞり、青い頭は一間ほど向うに飛んで、庭木の根元に切り口を下に、手ですえたようにすわって、こちらを向いていた。びっくりしたように目をみはっていた。

「しまった！」

斬ってしまってから、最も大事なことを忘れていたことに気づいたが、追っつくことではない。

足早やにそこを去り、相番の者に急に気分が悪くなったとことわって、退出した。

四

しばらくの後、館中は大さわぎになった。藤十郎に疑いがかかったのは当然だ。人々は藤十郎の家に走った。

壁に一札の書がはりつけてあった。

(男の意気地やみがたく討ち果した。家人《けにん》となって露命をつながしてもらったのに、報恩のこともなく退転する段、はなはだ心苦しいが、やむを得ぬなり行きである。他日を期して、恩情に報じたい)

という意味の書。

近所の人々の言う所によると、つい今し方帰って来たが、槍をかつぎ出して出て行ったという。

「すわこそ逃がすな。遠くへ行くひまはないぞ」

と、人々は八方に飛んだが、どちらの方角でもそれらしい者を見たという人すらない。

短い秋の日はやがて暮れた。人々は疲れ果ててかえって来た。

どうやらこのあたりに潜伏しているらしいと判断されたが、今夜はもうしかたがない。村の出口出口に番の者をおいて、夜の明けるのを待つことになった。

紀伊守はおそろしく腹を立てていた。大盃で酒をあおりながら、

「けしからんやつめ！　逃がしてなろうか。草を分けても捕えねばならぬぞ！」

と、家来共にどなり立てていた。身許も定かでない旅烏を面魂にほれこんでうっかり召抱えてこんなさわぎを引きおこした自分の軽率はもちろん口惜しかったが、これが数万石の家ならこんなことはあるまい。わずかに三千石という小身の家であるからこんな見くびったことをするのだと、それが腹が立ってならないのであった。

このさわぎは、もちろん、奥にも聞こえた。お才は胸のつぶれる思いだ。彼女には藤十郎の心がわからない。どんなことがあったにしても、こんな大事の際、忍べないことはないと思うのだ。

（あの人はわたしのことを考えてくれなかったのであろうか。こんな身になっているわたしのことを……）

うらまないではおられない。

父が激怒していると聞くと、身もすくむ気持だ。

いつか、お才の胸には死ぬ覚悟が出来た。

けれども、お才は死んだ後妊娠しているのがわかるのがいやだった。誰にも死体を発見されない所で死にたかった。熱心にその方法を考えた。しかし、どう考えても工夫は

つかない。誰も知っている人のいない他国なら死体が見つかってもかまわないと思ったが、そんな所に行くことの出来ないのはわかり切っている。連れもどされたが最後、生きているうちに身持であることがわかる。おお、いやなこと！

次第に夜が更けて来たが、お才は考えつづけた。今はもう涙は出ない。頭の芯に燃えるような熱があり、ズキズキと痛んだ。

ちょうどその頃、藤十郎は濠端に姿をあらわした。大身の槍をかつぎ、荷物を入れた網袋を斜めに背負っていた。

槍と有金と旅道具を持って家を飛び出した後、彼は山に逃げこもった。夜更けを待って館に忍びこみ、お才を連れ出して駆落ちする算段であった。冒険すぎる計画であることは知っている。第一、館を忍び出るには、お才共々濠を泳ぎ渡らねばならないわけだが、深窓に生い育ったお才に泳ぎの出来るはずはないと見なければならない。どうにか力を貸して泳ぎ渡れるにしても、妊娠四月の身だ。中秋の深夜の水のつめたさにたえないかも知れない。しかし、どう考えても、これ以外に方法はない。唯一の方法だ。「それなら、それを断行することだ」と、割切ったのであった。

いつもの場所でスッ裸になり、短刀だけをたずさえ槍も、荷物も、着物も、大小もそこにおいて水に入った。

水はおそろしくつめたかった。

「いかんなあ、これは。こうつめたくては難儀だぞ」

と、思いながら、向う岸についた。

お才の居間には灯がついていた。

(あわれに、どんなに案じていたことであろう)

自らの計画を追うことに熱中して、まるでお才の気持を忘れていたことに驚きもすれば、胸を打たれもした。

「おい」

雨戸にすり寄って、低く呼んだ。

返事はない。

胸をとどろかせて耳をすましている様が想像された。

「おい」

と、また呼んだ。

立上るけはいがし、障子を開け、縁に出て来た。しかし、まだ答えない。

「おれだ。開けてくれい」

「あなたですの」

「うん、おれだ」

大急ぎでサルを上げ、雨戸をあけた。

藤十郎は上へ上った。雨戸をしめるや、たくましい腕で女をかかえ上げ、室内にはこんだ。裸の胸に女の顔が涙に濡れているのが感ぜられた。おろすと、口早に言った。

「男の意気地だ。いたし方はなかった。ところで、こうなった以上、とてもおだやかな話ではいかんことは明らかだ。おれと一緒に逃げてくれんか。上方へ行こう。上方なら、おれを召しかかえたい大名は山ほどいる。決してそなたに苦労はさせん」

泣きながら、お才は言った。

「村の入口はどの方角も番の者がきびしくかためているのです。どうして逃げられましょう」

これは案外であった。「そうか」と腕を組んだが、すぐ、

「番の者なんぞ、かまわん。蹴散らして通れる。それより、おれはこの濠をそなたを連れて越すことを心配しているのだ。もし、そなたが水を恐れてきつくしがみつくようなことをせず、おれの肩に片手をかけるだけでいてくれるなら、たやすく越すことが出来るのだ。どうだ」

男の自信にあふれる強い態度は、お才に生気をふきこんだ。にわかに生き生きとなり、目をかがやかせて、言い放った。

「それは出来ます。わたくし、今の今まで死のうと思っていたんですもの。あなたと御一緒なら、どんなことだって出来ます」

「よし、それではそうしよう。京についたら、うんと美しい着物を買ってやる。道中着るものだけを包め。一揃いだけでよい。濠を越すまではそなたも裸だ」

「えッ！　はだかですの」

「知れたこと。着物を着ていてどうして泳げるものか」

「だって……」

お才は紅い顔になり、羞恥にたえなげなしなをつくった。こんな危急な場合にもなお羞恥心を失わない女ごころが、藤十郎には不思議であった。可愛ゆかった。

笑いながら言った。

「とにかく、濠のきわまではその寝間着のまま行けばよい。そこで脱ぎ捨てる。あとは水の中だ。おれすら見ることは出来んのだ。恥かしがることはない。早くせい」

「だって。向う岸についたらまた水を出るのでしょう」

「そりゃ出る。いつまでも水の中にいるわけには行かんからな」

「そしたら、あなたがごらんになるじゃありませんか」

「おれが見たってかまわんじゃないか、隅から隅まで知りつくしているおれだ」

「あれ!」

どうもいかん。まるで痴話だ。

「急げ!」

と、こわい顔になった。

お才も急に気がせかれて来たらしい。衣桁にかけてあった着物を包みにした。

五分の後、二人は土居《どい》をこえて、濠端に立った。こうなると、お才も緊張のあまり、恥かしがる余裕はない。藤十郎のさしずを待たず寝間着をすてて裸になった。スラリとした真白な裸身が、夜の沼べに立つ白鷺のようであった。

水に入るのが一難儀だったが、ついに入った。泳ぎわたるのもうまく行った。まるで水心のないお才であったが、素直に男を信じ切って、肩に手をかけただけで全身を遊ばせていたので、藤十郎はきわめて容易に泳ぐことが出来た。

二人は寒さにふるえて、ともすればカチカチと鳴る歯をかみしめながら着物を着て、歩き出した。もう一言も口をきかない。

出来ることなら、番の者のいる場所は避けたかった。道を畠の中に取って迂回して、二町ほど先の地蔵堂の手前で道に出たが、その時、村の方で鶏の声が聞こえた。

一層心がせかれて来た。

「少し急ぐ。つらかろうが、我慢せい」

と、お才に言って、地蔵堂の前を通りすぎた時、堂のわきからつと出て来た者があって、道をさえぎった。

「待てッ！　あッ！　三島権平！」

その男はさけんで飛び退ったが、もうその時には、藤十郎は槍をすてて飛びついていた。片手にのどをおさえ、足がらをかけておしたおし、おそろしい力で、グイ、グイ、グイと、一気にしめおとした。

露じめりした路面に長々とのびているそいつの袖をちぎって引き裂き、猿ぐつわをはめ、うつ向けにひっくりかえして後ろ手にしばった上、地蔵堂の中にかかえこんだ。

お才はおそろしさに口もきけない。

「おれにとってはまる一年の朋輩、そなたにとってはおやじ殿の家来だ。殺しはせん。息を吹きかえしてからすぐ知らせに走られると面倒だからこうするのだ」

槍をひろい上げて、ふるえているお才の手を取って歩き出した。

ほぼ一時間半ばかり、東の空が白んで来たが、道もかなりに捗《はかど》った頃であった。にわかに遠いうしろの方に、ののしりさわぎつつ疾走して来る多数の人のけはいがあった。

「やれやれ、とうとう追いつかれたわ。とてもこのままでは逃げのびることは出来ん。一働きして辛《から》い目を見せたら、あるいは逃げのびられるかも知れん。こちらに来い」

道から五、六間入ったところに、早刈りの田の稲堆《いなむら》がある。そこに連れて行って、その蔭に坐らせた。

「どんなことがあっても、ここから出るでないぞ。おれは必ず追いのけてここへ来るからな」

お才はうなずいた。これまで見たことのないほど青い顔になっているのが可憐であった。行きかけると、

「殺さないで下さいな」

と、言った。

「うむ。おれもそのつもりでいるが……」

末尾の「が」は聞きとれないほど低かった。そううまく処理出来る自信はなかったが、

肉親をすてて何の疑いも躊躇もなくついて来る女心がいとしくてならなかった。

槍の鞘をはらい、道の真中に仁王立ちに立った。二間半、青貝摺《あおがいずり》、穂の長さ三尺にあまる大槍だ。右の手にそれをつかんで立て、左の手を軽く腰にあて、次第に近づいて来る追手を凝視していた。自信に満ちた姿であった。

追手は疾走して来たが、十間ほどのところまで来ると、ピタリと停止した。数えてみると十人。槍を持った者があり、薙刀をかついだ者があり、刀を抜きそばめいている者があり、様々だ。

「来い。東国仕込みの槍踊り、したたかに見せてやる」

藤十郎はからかうように声をかけた。

追手は犇《ひし》めいて叫んだ。

「おのれ不敵なやつ！　ほしいままに人を殺すのみか、言おうようなき悪逆を働いて立退くとは！　姫君を渡せい！　おのれ、どこにかくし申した！」

藤十郎はカラカラと笑った。

「茶道坊主はおれに雑言《ぞうごん》をたたいた故、無礼討ちにした。お才はおれが女房だ。悪逆とは何を以て言う」

追手の者共は口惜しげに歯がみをしていたが、一人が、

「問答無益《むやく》だ！　それ！　引っつつんで討取れい！」

と叫ぶと、ドッと走り寄って来た。

「心得た！」

立てていた槍を高々と振りかざすや、先きをかけて来る男を目がけて、うなりを生じて中天から斜めに叩きつけた。太刀が折れてケシ飛んだと思うと、本人も田圃《たんぼ》の中にはね飛ばされた。

二番目の男は薙刀をたずさえていたが、これまた獲物をはね飛ばされ、たじろぎ退って刀を抜こうとするところを、股ぐらに槍を突っこまれ、一声の気合と共に一間ばかりもはね上げられて、路上にへたばった。

追手等は左手に五人、右手に三人、二手に分れて左右の田圃に散った。左手の五人は遮二無二攻撃して来るが、右手の三人は稲堆を目がけて走って行く。お才のかくれている場所はここより外はないと見当をつけたものと思われた。（しまった！）藤十郎は一薙ぎして五人をたじろがしておいて、疾風の吹きつけるように三人の側面から迫り、忽ち追いしりぞけた。稲堆を背に、槍をかまえて叫んだ。

「おれが本名は水野藤十郎勝成。三州刈屋の城主水野和泉守忠重が嫡子だ。生年十六の初陣から今に至るまで、大小の合戦二十余度、武功のほどは東国にかくれない。故太閤殿下のお耳にも、江戸内府のお耳にも達している男だ。素姓といい、男一匹の働きといい、三村家の聟となっても恥かしからぬ者だ。まかりかえって、紀伊守殿にそう申し伝えい。それとも、まだかかって来るならば、それもよかろう。女房が実家の家来共であり、まる一年の朋輩であり、手心してあしらっていたが、そうなれば容赦はない。片ッぱしから芋ざしにしてくれる！　来いッ！」

とどろくばかりの大音声であった。正視出来ないほどの威風にみちた姿であった。

追手等はしばらくは動かなかったが、ふと互いに顔を見合わせたかと思うと、少しずつ退りはじめた。明らかに戦意を失っているのであった。

藤十郎帰参

一

秀吉の死後、京大坂の上層部はあわただしかった。なによりも朝鮮から兵を帰還させなければならないが、これがなかなか面倒であった。五大老相談の上、在鮮の諸将に使者をつかわし、和睦をとりむすんで引き上げるようにと指示してやったが、どこからどう漏れたか、敵側では早くも秀吉の死を知って、なかなかうんと言わない。

苦心さんたんしてやっと和議の約束が出来て引きはらいにかかると、約束を変じて攻撃を加えてくる。それをどうにか撃ちはらって船に乗ったが、こんどは敵の水軍が待ち伏せしていて襲撃してくるという有様。

帰還将士の苦労はいうまでもないが、五大老の心労も一通りや二通りのものではなかった。

こうして、どうやら十一月下旬に朝鮮を引きはらい、十二月に入って博多港に入ったが、それから約一ヵ月、新しい正月の上旬まで、五大老は軍状報告のために大坂に来る帰還の大名等に応接して報告を受けたり、辛苦をねぎらったりしなければならなかった。

目のまわるようないそがしさであった。

　ところが、この繁忙の間に、家康は着々と天下取りの手を打ち進めていた。しきりに諸大名の屋敷を訪問して懇親を重ねるばかりか、伊達、福島、蜂須賀の諸豪とは嫁のやりとりまでする。一体、諸大名の縁組みは必ず願い出て許可を得てからなすべきものと定められている。この法度《はっと》は秀吉の死の二週間前に出されたもので、いわば秀吉の遺言ともいうべきものであり、家康はその連署人の一人になっているのだが、そんなことはまるでかまわないのであった。

　備中から出て来て京の七条にわびしい住いをかまえて、天下の形勢を見ている藤十郎は、家康のこのやりかたが愉快でならない。

「ほ、やりなさる、やりなさる。長い間の御辛抱の甲斐があって、やっとめぐって来た好機じゃ。大いにやりなさるがよいわ」

と、心中喝采していたが、一面どんな反応があるかと案じてもいた。

　あんのじょうであった。大名達との縁組みが問題になった。家康の同僚である大老等と五奉行等は、かんかんに腹を立て、中老の生駒一正等を家康の許につかわして、厳重に詰問した。

「きびしい御法度になっているものを、あまりなるなされ方、御逆心と申す者さえござる。御返答の次第では、大老職をやめていただくとさえ申される方々もござる」

　家康はハハと笑った。

「ほう、さてはまだ願い出てはなかったのか。これは飛んだ手落ちであったな。わしはまた媒酌人共から願い出て、お許しを得ていることじゃとばかり思うていたわ」

と、しらばくれた返事をしておいて、急に居直った。

「わしがお許しを得ずして婚儀を取り結んだのは、もちろん手落ちだ。しかし、それを以て、わしに逆心ありとは、何たる申し条。聞きずてにならん。ましてや、これを理由として、わしを十人衆（五大老や五奉行のこと）から除こうとは、わしを秀頼公輔佐の役目に任じ給うた太閤殿下の御遺命にそむくことではないか。誰がさようなことを申したのじゃ。わしは決して承知せんぞ！」

喜怒を容易にあらわさない家康が猛烈な勢いでどなり立てたので、生駒は仰天し、青くなって飛びかえった。

五大老の中で、閲歴貫禄、家康にならぶのは前田利家であるが、生駒の報告を聞いて激怒した。五奉行筆頭の石田三成はもとよりかねてから家康に好意を持たない。豊臣家にとって最も危険な人物は家康であると信じている。力をきわめて利家を煽動する。両者の間は険悪になるばかりだ。

当時、家康は伏見におり、利家は秀頼を擁して大坂にいたが、双方それぞれに加担する大名等が多く、一触即発の切迫した空気となり、京坂の人心は恟々《きようきよう》たるものとなった。戦禍をおそれて右往左往して避難をはじめる有様だ。

「さあ面白いことになったぞ！」

藤十郎は、臨月間近い妻を西の岡の農家に託して、単身伏見に出て、民家に泊りこんだ。事がはじまったら一手柄立て、それをしおに家康に帰参を願い出るつもりであった。

しかし、戦がはじまるのは、家康と利家の両方に義理のある大名等にとってはこまることであった。加藤清正だ、浅野幸長《よしなが》だ、細川忠興《ただおき》だという人々は、懸命に両者の和解につとめ、ついに成功した。十人衆と家康とが互いにこんどのことを水に流し、向後とも故太閤の定めおかれた掟《おきて》を堅く守って決して破るまいとの誓書をとりかわした上、先ず利家が伏見に家康を訪問し、次に家康が大坂に利家を訪問し、和解は完全に成った。おびえきっていた京坂の人々は皆安心した。

ひとり藤十郎は面白くなかった。

「やれやれ、もよおしばかりはすさまじかったが、ついにあらしは来ずか」

ぼやきながら妻を迎えに西の岡に行くと、おりもおり、妻は産気づいていた。無事に生れた。男の子。藤十郎に似て、骨太く丈夫そうな子だ。

「やあ、こりゃよい子だ。勇士の骨相十分だぞ」

生れたての赤ん坊というものは、他人にとってはなんともいえず気味の悪い、へんなものだが、親の目は赤くて皺だらけでブヨブヨした顔の底にちゃんと愛すべきものを発見する。藤十郎はあてにしていた戦がはずれたうめ合わせが出来た気持で、大喜びで「長吉《ちようきち》」と名づけた。

しばらくは西の岡の農家にいて、日にまし愛らしくなる子供に心をうばわれていたが、間もなくまた世の形勢がおかしくなった。

和解があって一月ほどの後、利家が死んだのだ。すると、その日のうちに大へんなことがおこった。加藤清正、黒田長政、細川忠興、福島正則、加藤嘉明《よしあき》、浅野幸長、脇坂安治《やすはる》の七人、つまり秀吉取り立ての大名中、武勇を以て称せられている連中が、石田三成を征伐すると言い出したのだ。七人はずっと以前から石田とそりが合わなかったのであるが、利家の死を機会に、朝鮮の役の時石田がえこひいきをしたばかりか、秀吉に讒言《ざんげん》をかまえたというのを理由に、兵を用意して今や打たんばかりとなった。

三成はこの情報を受け取るや、急遽大坂を逃げて伏見に上り、家康の屋敷に飛びこんで、保護をもとめた。

七人はこれを追いかけて、家康に引き渡しを要求したが、家康は頑として渡さない。七人をなだめて引き取らせ、子息結城宰相秀康を護衛につけて、石田の居城である近江の佐和山《さわやま》までおくりとどけた。

藤十郎のところにこの話がとどいたのは、事がすんで両三日後のことであった。

「はてわからぬ」

首をひねった。

石田は豊臣家に不利な存在として、秀吉の生前から家康に好意を持たない。秀吉の死後はなおさらだ。事ある毎に家康の不利をはかっている。この前のさわぎも彼の煽動による所が多い。家康もそれは十分に知っているはずだ。その家康のところへ石田が逃げこんだのは、家康以外には七人をおさえ得る人物がいないからでもあるが、一つには平素仲が悪いからかえって助けてくれるにちがいないと計算を立てたからにちがいない。

　率直単純、敵は敵、味方は味方とはっきりわけて真一文字に世を渡って来た藤十郎にしてみると、こんなやり方は腹が立ってたまらない。しかも、家康がまんまと石田の思うつぼにはまって、庇護し通して無事に国許に送りとどけてやったと聞くと、一層腹が立った。

「お人のよいにもほどがあるぞ。鴨がねぎを背負って飛びこんで来たようなものではないか。これほどの好機を見のがすということがあるものか」

　と、地だんだをふみたいほどだ。

「さすが江戸の内府様じゃ。胸の広さ、ほどが知れぬわ」

　と、世間の人が家康の器局の大きさに感心するのを聞いても、てんで同感が出来ない。うれしくないどころか、嘲弄されているような気さえする。

「おうように過ぎなさるぞ。そのおうようさゆえに、小牧長久手の戦いで立派に勝ちながら、この長い年月、太閤の下馬《したうま》でいなさらねばならなかったのではないか。この期になって、それは馬《ば》鹿情《かなさけ》というものでござるぞ」

　乗りこんで行って諫言《かんげん》したい気すらした。

　そうこうしているうちに、またふと考えた。

「待てよ。うっかりしとったが、石田が佐和山に去ったとて、お身の上がすっかり御安泰になったわけではないな。殿を邪魔ものと思っている者が、豊臣家にはうじゃうじゃいるはずだ。そいつらが、石田が去って御用心がゆるんだと見て、かれこれ企てないものではないな。こりゃこうしてはおられんわい」

そこで、また伏見に出ることにする。

もちろん単身だ。知らぬ他国で、生れて間もない子供とのこされて、妻は心細げであった。藤十郎もあわれと思わないわけではなかったが、男として、武士として、やむを得ない。

「いつかは、これを楽しい思い出話にする時が来る。その時を楽しみに、辛抱せい」

と、言いなぐさめて、西の岡をあとにした。

二

伏見に出た藤十郎は、裏町の町家に身をひそめて、夜な夜な家康の宿所の周囲をまわっては警戒していた。格別なこともなく数日過ぎたが、藤十郎は心をゆるめなかった。徳川家でも用心を怠っていない。家康はある時は本邸に、ある時は向島の別邸に泊って、どちらに泊っているか、人にはわからないようにしていた。

一月ほどもこんな状態がつづいたある夜のことであった。いつもの通り藤十郎が本邸のまわりを巡邏《じゅんら》していると、夜半近くになってにわかに裏門から一団の人が出て来た。

それと見て、藤十郎はすばやく物蔭に身をひそめて見ていたが、「はてな」と、思った。その人々の様子があまりにもものものしかったからだ。およそ三十人ばかりのその人々は、一人のこらず小具足に身をかため、鉄砲をたずさえている者があり、槍をひっさげている者があり、しかもその鉄砲は全部切火縄をはさんでおり、槍はドキドキと光る抜身だ。夜討にでも行くのではないかと思われるような支度だ。

尾《つ》けるつもりになった。もし夜討をかけるのであれば、見過ごしには出来ない。出すぎたことをすると叱られるかも知れないが、戦さと知りながら拱手《きょうしゅ》していては男が立たない。

小一町の距離をおいて尾けたが、しばらく行くうち、気がついた。一団の中心になっている人物だけが平服でいることに。さらにまた気づいた。それが家康自身であることに。しかも向島の方に向いつつあった。

(なんだ。お下屋敷へいらせられるのではないか)

夜討ではないらしいので、ちょいと失望した。尾行はつづけた。危険はいつどこにあるか知れない。ひょっとして向島に行きつかれる間に不祥なことがあるかも知れない。それではこれまでの辛苦が無になる。

向島は伏見の南郊だ。宇治川をわたったところにあるから、こんな名前がついた。現在では島になっていないが、この小説の頃は宇治川とその遊水池である巨椋《おぐら》ノ池とにかこまれた大きな島になっていた。家康の別邸はこの島にあった。元来は秀吉が城として築いたものだが、数年前の大地震で大部分が崩壊して廃城となったので、のこった部分を修理して、家康が別邸としているのであった。

この島は豊後橋（今は観月橋）によって伏見と連絡しているのだが、家康の一行は橋の袂をさっさと過ぎて上流へ向う。

（はてな、御別邸ではないらしいぞ）

藤十郎はまた緊張して尾行したが、二町ほど行くと、一行は岸に立ってホトホトと手をたたいた。すると、岸べの枯葦の中から三艘の舟が漕ぎ出されて来た。一行は三手に分れて分乗し、家康の舟をはさんで左右の楯となって、薄い川霧のこめた河心へ漕ぎ出して行く。

（ああ、やはり御別邸だが、きびしい御用心だ。これなら案ずることはないな）

藤十郎は感心したが、今夜の警邏をやめるつもりはない。夜の明けるまで別邸のまわりを巡邏するつもりで、豊後橋に引きかえして渡った。

半ばまで渡った時、遅い月が出た。遠く宇治、醍醐から江州境にかけての山々の上にのぼる二、三分がた欠けた月が、薄い霧のかかった宇治川に光をおとしている風景は中々のものであったが、先きが急がれる。ほんのしばらく足をとどめて鑑賞しただけで、橋を渡り切った。

別邸は橋の袂から小一町上手にある。そこについて、築垣にそって一巡した。家康はとっくに到着したのであろう、邸内はしんとしずまりかえっていた。

道のわきの木立に入って、ちょいと一服することにしたが、しばらくすると、築垣をまがって、一団の人数が姿をあらわした。皆槍をたずさえている。月の光に穂先がキラキラと光った。裁着袴《たっつけばかま》にわらじがけだ。どうやら着物の下には衷甲《きごみ》をつけているらしいように見えた。

（今夜はまたえらい厳重ないでたちのはやりだな。しかし、何者であろう）

数えてみると、きっちり十人だ。しとしとと足音をひそめた歩きぶりだ。時々邸内の様子をうかがったり、八方に目をくばったりして来る態度に、まことにあやしむべき節が多い。

（来たわな、とうとう。やれやれ、長い辛抱の甲斐があったわい）

藤十郎は半身をおこし、左の手に刀の鯉口をおしきって、目をはなさず見ていた。敵が築垣を越えかけるか、あるいは適当な間合にまで近づいて来たら、おどり出して斬り伏せるつもりであった。槍のないのが残念であった。十人ぐらいの敵だ、槍さえあればわけはないが、刀だけでは相当骨が折れると思った。

（先ず槍を奪おう）

作戦を立てて、なおよく敵の様子を見ようと、腰をかがめて敵の方をすかし見たところ、そのわずかな動きがわかったのだろう、一人が何やら低い声で言うと、十人の者全部が一斉に立ちどまって、キッとこちらに目を向けた。

もう猶予はならない、藤十郎は木立をおどり出し、刀をぬきはなって真向にふりかぶり、真一文字に突進して行った。

猛烈にして果敢なこの突進に、相手方はザザッと二、三歩退って、一様に槍をかまえた。ものなれて、敏捷で、無駄のない動きであり、堅固なかまえであった。十本の槍が鉄桶《てっとう》の槍ぶすまをつくっていた。不用意にはかかれない。藤十郎は五間ばかり近づいた所で立ちどまり、大上段に刀をふりかぶって叫んだ。

「怪しい奴ばら！　うぬらは何者だ！　来い！　片ッ端から一人のこらず斬りころしてくれる！」

敵に変化が出たら、そこにつけこんでやろうと思っての恫喝《どうかつ》であったが、乗って来ない。一層堅固に槍をかまえたまま、皆そろってジリジリと押して来る。敵ながらあっぱれなしぶとさであった。

仕方がないから、少しずつ退りながら、再び悪たいをつくつもりで、

「やい、やい、やい！　……」

とどなりかけた時、にわかに敵中から叫びがおこった。

「うぬは藤十郎だな！」

聞きおぼえのある声であった。

はて、誰であったか、と思ったのが先きであったか、おやじどのだ！　と気づいたのが先きであったか、藤十郎は仰天し、狼狽し、度を失った。

「げえッ！」と叫んで、一足に一間ほども飛びさがった。

「待て！　おのれ！」

惣兵衛忠重は家来共の間から飛び出した。両鬢《びん》においた霜が月光の中に逆立ちふるえている。槍をしごきながら、一段と高い声でどなりつけた。

「おのれ、親不孝の限りをつくしたばかりでなく、瘦浪人の生活《たつき》のつらさに負けて不忠の臣となりさがり、必定大坂方に頼まれて、故主たる内府様に不穏な心を抱いてまいったに相違あるまい！　それへ直れい！　久離切って勘当くれた者ではあるが、せめてもの父が情、成敗してくれる！」

藤十郎はあわ食った。

「ちがう！　ちがう！　大ちがいでござる！　てまえは内府様のお身の上を案じ申して、夜な夜な……」

しどろもどろに弁解にかかったが、惣兵衛は皆まで言わさない。

「瘦浪人め！　しゃらくさいことを。おのれごとき小童が内府様を案じ申し上げるとはなにごと！　内府様には、瘦浪人の助けなどいらぬ。お旗本には猛者勇卒雲のごとくかぎりはない。数ならねども、おれもいるわい。どうでも成敗せねばならぬやつ！　そこうごくな！」

りゅうりゅうと槍を引っしごいて、ジリジリとつめて来る。

惣兵衛の家来共は、思いもかけずはじまった主人父子の争いに仰天している。惣兵衛が藤十郎に突ッかけて行く度にあえぐように短い叫びを上げてうろたえているだけで、とめる智恵さえ出ないようであった。

年はとっていても、惣兵衛の手練はさすがなものだ。くり引く時は穂先が光る鞠《まり》のようにちぢみ、くり出す時は流星の走るようだ。危くてならない。藤十郎はよく知っている。殺すといったら必ず殺す人で、決しておどかしだけではないことを。全身につめたい汗を流しながら、引っぱずし引っぱずし後しざりしていたが、すきを見て逃げにかかった。

「卑怯者！　なぜ逃げる！」

雷のはためくように怒号して、惣兵衛は追って来る。

「ごめん、ごめん、ごめん……」

叫びながら、藤十郎はただ逃げ、また逃げた。

三

這々のていで、やっとのこと逃げのびて、宿舎にかえった。汗をふきふき考えた。

「出すぎたことをするな、と、おやじ殿はどならしゃったが、おやじ殿のような人があして見張っているのであれば、なるほどたしかに出すぎたことだわ。やれやれ、それではこちらはまた西の岡にかえるよりほかはないわい」

ともあれ、万事は明日のことと、夜具を引っぱり出して寝についたが、いつになく疲れがひどくて、目が冴えて眠りを結びかねた。

「あの工合ではずっと見張りをつづけているようであるが、どうしてこれまで逢わなかったのじゃろう。不思議なものじゃな。それともこれまでは御邸内だけの見張りをしていなさったのじゃろうか……」

という感慨をトップにして、色々なことがひっきりなしに考えられる。めっきり髪が白くなって、月光の中ではほとんど真白に見えたこと、自分が父の気に入りの家来を斬り捨てて父の許を逃げ出してから十五年にもなること、それからそれへと湧いて来た。

戸のすき間から暁の光がさしこんで来る頃、やっと眠りについた。

どれほどの時間を眠っていたろうか、しきりに戸をたたく音に夢を破られた。

「……もしもし、起きとくなはれ。……もしもし、起きとくなはれ……」

そう言っている。

「誰だア！」と、どなりかえすと、

「へえ、家主どす。起きとくなはれ。お客さんどすよってな」

外ではおどおどという。

「待て」

誰が来たのであろう。妻子に変事があって急ぎの使いでも来たのではないかと、手早く帯を引き結んで土間におり立ち、心張棒をはずして、ガラリと戸を引きあけた。明るい日が洪水のように流れこんで来た。よく晴れた日で、太陽は中天をこえる所にあった。

「へえ、お客さんを御案内してまいりましてん」

家主のおやじはこう言って頭を下げた。ツルツルにはげた頭に春の日があたって、光がピカリと目を射た。その光る頭がスッとのくと、わきから一人の男が立ちあらわれた。武士であった。老人であった。立派な服装をしていた。しかし、藤十郎はにらむように見て、切口上で、

「どなたでござる。こちらは水野藤十郎勝成と申す浪人ものでござるが」

といった。

相手はニコリと笑った。

「見忘れたか。彦右衛門じゃ」

鳥居彦右衛門元忠であった。

「や！　これは！」

武士の貧は恥ずべきではないとの自信は十分にあるのだが、少からず狼狽した。家の中を見せまいとして、立ちふさがる形になった。

「久しぶりじゃのう。きつい成人ぶりじゃ。ハハ、入らせてくれ。おり入って話したいことがある」

「待って下され。掃除はまだいたしておらぬ。昨夜少し夜更しをして、唯今まで寝ていたのです。ほんのしばらく……」

ピシャリと戸をしめ切った。

大急ぎで掃き出し、顔を洗ったが、その間ずっと、どういう用件で訪ねて来たのだろうと考えつづけた。どうやら昨夜のことに関係がありそうだとの見当はついたが、それから先きのことはまるでわからない。

（シネクネと気をまわして考えることはないわい。会いさえすれば一切合財わかることだ）

ガラリと戸をあけた。

「失礼いたしました。さあ、お入りください」

「世話をかけるな」

彦右衛門は若い頃戦場で負うた傷のために、少しばかり足をひく。コッツリコッツリと入って来た。

たった二間ぎりのせまい家だ。しかも、そのいずれも壁は落ち、畳は煤《すす》び、障子は破れて、おとりなくみすぼらしいが、奥の六畳がいくらか広いだけが取柄だから、そこに請じた。

そのみすぼらしいへやに彦右衛門は端然と坐って、興味ありげにまわりを見まわしながら言う。

「気楽そうだな」

「あんまり気楽でもござらぬ。貧乏に気楽はござらん。食うにこまるということは切ないものでござるぞ」

つけつけと答えた。藤十郎は貧しくはあっても食うにこまるほどのことはない。九州で諸家に奉公中に自然にたまった金がある。備中では薄給ではあったが、片山里のこと、いくらも費いはしない。まだまだ二年や三年は居食いしても大丈夫な額がある。しかし、この際、貧を誇示せずにおられないのであった。

「ハハ」

彦右衛門は軽く笑って、

「時に、突然まいったのは余の儀ではない。昨夜のことだ」

「であろうと思っていました」

「昔の義理を忘れず、毎夜殿様に忠勤をはげんでくれる条、まことにうれしい。殿様をはじめ、皆々感じ入っているぞ」

「殿様が拙者のことをごぞんじなのでありますか」

思いもかけず、胸がキュッとしまって、声がのどにつかえた。平静な調子を保つのに骨がおれた。

「もちろん、御承知である」

「父が御報告申したのでありますか」

「和泉守殿は申されぬ。〝不埒千万なる者め、お家に人なきがごとく、出過ぎたことをいたしおる〟と、えらい不機嫌じゃからな。昨夜のあのさわぎの時、殿はわれら数人の者と御一緒にごらんになっていたのじゃよ」

「殿が……？　そうでござったか。ごらんになっていたのでござるか……」

　これは思いもかけないことであった。そうとは知らず、醜態を演じてしまったと、背に汗が流れた。

「それでじゃな。殿が一度そなたに会いたいと仰せられる。今夜、御本邸の方に来てくれんか」

「ありがたいおことばでござる。かしこまり申した。かならず参るでありましょう」

覚えず両手をつき、平伏していた。声まで涙に濡れていた。

四

　その夜、藤十郎は本邸に伺候した。家康は頭巾をかぶり、炉べりに坐って引見した。

「そちのことは、一日として忘れたことはなかった。そちも随分長い流浪であったが、もうこのへんで落ちついてよかろう。しかし、そちのおやじは稀代の強情者ゆえ、何かと頑固を言い張るであろうから、当分の間かくし扶持として百人扶持取らせる。やがておりを見て、おやじの機嫌をとりなして和解をさせてやる故、当分のところ、おやじの目にふれぬようにしているがよい」

　ことばはなくて、ただ藤十郎は平伏していた。

　数ヵ月立って、家康は側衆の一人山岡道阿弥を惣兵衛の許につかわして、父子の和解をすすめた。惣兵衛はなかなか承知しなかったが、道阿弥が根気よく説いたので、つい に我をおった。しかし、なお言った。

「それほどまでに殿が仰せられる上は、背《そむ》き申すのも恐れ多くござる故、勘当をゆるしてやることにいたしましょう。しかしながら、男が一旦七生まで義絶と言い切って勘当いたしましたものを、いかにわが子なればとて、おめおめと赦《ゆる》すことは、家来共の思うところも恥かしゅうござる。必定家来共は拙者を甘く見て、今後のしめしにもさしひびきがあると存ずる。されば、和解は当分の間は内分のこととして、世間へは依然として義絶のていでいたたく存ずる。このことを殿様がお含み下さるなら、勘当をゆるしましょう」

道阿弥は惣兵衛の頑固さにあきれながらも、このへんが手の打ちどころと見た。

「よろしゅうござる。拙者引き受けて、殿の御諒解をいただくでござろう」

と言って、かえって家康に復命した。

「はてさて、一徹なおやじだの。しかし、まあよかろう」

家康は笑って承知して、早速支度をさせ、父子を呼び、夜半ひそかに、誰にも見せないようにして、自分の面前で和解させた。

この和解の席で、惣兵衛は言うまでもなく、藤十郎も一言も口をきかなかった。二人ともおこっているようにムッツリした顔で、盃を取りかわした。家康は面白そうに、ただニヤニヤと笑っていた。

五

翌年、慶長五年夏、徳川家康は上杉景勝が大老の一人でありながら居城会津にこもってしきりに戦備を修め、度々の上洛命令に応じないのを怒って、征伐のため大坂を出発して東へ向った。

家康は、上杉家のこの叛形が自分を東へ引きつけるための計略で、自分が上方を去ったら、必ず石田三成を中心とする反徳川軍が結成されるに相違ないことを見通していた。

「よしよし、ワナにかかったふりで、行ってやろう。このへんがいい潮時だろうて」

ニヤニヤ笑いながら決心した。昨年加藤・福島等の七将が石田を誅殺《ちゅうさつ》しようとした時、家康が石田を庇護して佐和山に落してやったのも、やがて石田に反徳川の勢力を結集させて一挙にしてこれを叩きつぶそうと思っていたからである。その機会が来たと見たのであった。

もとより冒険である。まかりちがえば、相手を叩きつぶすどころか、こちらが潰されるかも知れない。家康は用心深いこと無類の人物だが、冒険を必要とする時、それを回避するような惰弱な性質ではない。

彼は伏見城の留守居を鳥居彦右衛門に命じて、

「ことがおこったらよう防げよ。もし鉄砲玉が尽きたら、かまわぬから城にたくわえてある金銀を鉄砲玉に鋳直してつかうがよいぞ」

ケチだと言われたくらいにつましい家康がこんなことまで言ったのだ。その決心のほどがわかるのである。

家康に従って東下する者は多かった。徳川家の家臣等は言うまでもなく、諸大名の従うものも雲のようであった。藤十郎もまた従った。

藤十郎の父惣兵衛忠重も家康について下ったが、家康の密旨を受けて居城刈屋まで行くと、あとは動かなかった。西にことがおこったら、先鋒として攻め上るためであった。

七月十九日、今の暦なら八月半ばの頃だ、遠州浜松の城主堀尾帯刀可晴《たてわきよしはる》が家康の命を受けて、彼のもう一つの領地である越前府中に行って、北陸方面の反徳川勢に備えるために、浜松を出て東海道を上って来た。堀尾はかねてから惣兵衛と親しい友垣《ともがき》だった。

「かくかくの次第で越前へ行くことになった」

と知らせて来た。

刈屋は本街道をはずれているので、惣兵衛は池鯉鮒《ちりゅう》(今の知立)まで出て、これを迎えた。池鯉鮒は刈屋から一里数町の位置にある街道筋の宿駅だ。

堀尾には同道者があった。豊臣家の臣で加賀井《かがい》弥八郎という男。堀尾はこの男と以前から面識があったが、今日ここへ来る途中で、ひょっこり逢ったのであった。

その時、加賀井は言った。

「拙者は秀頼公の仰せを受けて、内府様への陣中おん見舞として江戸へ下って、今帰坂の途中でござる。実は大坂へ帰って復命した上で、また東国へ下り、この度の会津征伐に従って一手柄《ひとてがら》立て、それを機に徳川家に随身したいと思っていたのでござるが、世間せまい拙者は徳川家へ紹介してくれる人を知りません。貴殿は徳川家にはずいぶんお知り合いのあるお方、どなたか御紹介下さらんでしょうか」

これは大ウソなのであった。加賀井が豊臣家から家康へ陣中見舞の使者としてつかわされたことは事実だが、それ以外に彼にはかくれた使命があった。石田三成の密命を受けていたのだ。

三成は加賀井に言った。

「その方江戸へ下って、内府に拝謁したら、すきを見て刺し殺せ。もししとげたなら、その方の子孫には永く関東において二十万石の領地をあたえるであろう。もし内府を討つことが出来なんだら、誰でもよろしい、徳川家で名ある武将を討ち取れい。必ず重き恩賞を以て、子孫を取り立てるであろう」

加賀井はこれを承諾して東下したのだが、家康刺殺は他愛なく失敗した。用心屋の家康が病気と言い立てて加賀井に会わなかったのだ。加賀井は失望して帰坂しつつあるわけであった。

しかし、そんなことが堀尾にわかろうはずはない。日にまし隆盛となりつつある家康の勢いを見て、徳川家の家臣になりたいと望んでいる者は天下に多いのだ。まことに当然な希望であると受け取ったのは無理からぬことであった。さらに、三成が白羽の矢を立てるほどあって、加賀井は中々の勇士だ。もしこれが徳川家に仕えて忠勤をぬきんずるなら、徳川家としても大へん喜ぶであろうと、堀尾が考えたのも、また無理からぬことであった。

「おお、おお、それには丁度都合のよいことがござる。御承知か、三州刈屋の城主である水野和泉守忠重殿というお人を。これは徳川家の与力大名としては中々の人であるばかりでなく、内府公の御生母の弟君、つまり内府公がためには母方の叔父君にあたるお人だ。これが拙者の年来の親しい友垣で、今日も池鯉鮒の宿駅まで、拙者を送るために出ていなさるはずだ。これにお引き合せいたそう」

加賀井は大喜びだ。

「それはこの上もないこと。何分ともよろしく願い申す」

と、頼んだのであった。

堀尾は惣兵衛の迎えを受けるや、すぐ加賀井のことを告げた。

「ああ、さようか。おやすい御用でござる。引受け申した。ともあれ、はなむけの支度をしておいた。一献くみましょうぞ。加賀井殿もござれ」

惣兵衛はかねて借り受けておいた土地の豪家峰惣左衛門（一説には庄屋伝右衛門）の家の奥座敷に案内して、用意の酒肴を供してもてなした。早や日も暮れ近いことだし、今夜はこの宿泊りときめているから、堀尾も腰をすえて飲む。惣兵衛も飲《い》ける口、加賀井も下戸ではない。さしつさされつ飲むうちに、日はとっぷりと暮れて来た。

腹に一物ある加賀井はなにげなく席を立って、自分の従者を呼び、乗馬を庭から小路に出る小門の所につないでおくように言いつけて、座敷にかえってみると、堀尾は酔いつぶれて、肘を枕に大いびきをかいて眠っており、惣兵衛一人がともし灯にたいして盃を上げている。しかし、これも酔いが深く、目許もしどろな姿だ。

「失礼いたしました」

加賀井はあいさつして刀をおきなおして席につこうとするように見えたが、とたんに、中腰のまま、サッと右足をふみ出すや、抜きうちに惣兵衛に斬りつけた。

酔いは深し、油断しきっている所だ。肩先深く斬られて、どうとたおれたが、剛気な気性だ、たおれながらに刀をかきよせ、

「おのれ、乱心したか！　出合え！　者共！」

と叫んで抜き合わせようとしたが、半分抜いただけで、また真向を斬られて目がくらんだ。

堀尾はこの物音に目がさめた。見ると大へんなことがおこっている。仰天したが、戦場往来のふるつわものだ。あわてながらも脇差を引きぬき、加賀井に斬りかかると共に引っ組んでおしたおし、背中から胸までさしとおし、したたかにえぐった。

このさわぎに、次の間にひかえていた水野家の家来共は驚いて走って来た。主人も加賀井も朱に染まってたおれており、堀尾一人が血刀をさげて立っているのを見て、堀尾が二人を斬ったのだと思った。抜きつれて斬りかかって来た。

「ちがうぞ！　ちがうぞ！　加賀井が和泉殿を斬った故、おれが加賀井を討ち取ったのだ」

と、呼ばわるが、逆上しきっているので耳に入らない。

「なにを！　なにを！　なにを！……」

と、ののしりながら、無二無三に斬り立てて来る。

堀尾はふせぎふせぎ、大刀をひろい上げて脇差とかえ、行燈を蹴返して、暗にまぎれて庭におどり出、辛うじて助かった。

この報告が野州小山まで出陣していた家康の許にとどいたのは七月二十五日のことであった。この前日には鳥居彦右衛門が伏見からおくった報告書がとどいている。いよいよ石田が公然と兵を募りはじめたという報告書。

家康は藤十郎を召して、父の横死の次第を語った。驚きのあまり、藤十郎はものも言えない。その場を去らず仇を討取ることが出来たのはせめてものことだが、不孝の数々をつくして父を心配させただけでその償いをしなかったのは、何としても心残りであった。シンとしてうつ向いている藤十郎に、家康は言った。

「汝《われ》はこれから急いで刈屋に帰って家督を相続し、上方への先鋒をづとめよ。これは惣兵衛の役目であったもの故、家督はじめにつとめい」

光栄とは思ったが、不安があった。

「恐れながら、てまえは殿のお骨折りをいただいて、既に父と和睦して勘当がゆるされることはゆるされていますが、刈屋の家来共はこれを知りません。長子であればとて、このまま行きましては、てまえを迎え入れてくれぬかと存じます」

家康は笑い出した。

「いかさまな。それはそうかも知れん。よしよし、添状を書こう」

祐筆に命じて、水野家の家老植田清兵衛、鈴木次兵衛、同久兵衛にあてて書面をしため、自ら署名してあたえた。

水野藤十郎儀、昨年来、余が世話にて父惣兵衛にわび言ゆい、勘当ゆるされ候こと実正なり。然れば家督の儀は藤十郎相続すべきことなり。家中一統、藤十郎を主と仰ぎ仕えて、違背あるべからず。違背あるにおいては、曲事《くせごと》たるべきこと。

慶長五年庚子《かのえね》七月二十五日

家康花押《かおう》

遊女出来島隼人

一

夜更けて、ずいぶん酔ってかえって来た。

「水」

玄関を上るや、迎えに出た家来にそういって、座敷に通り、家来の持って来た水を、立てつづけに三、四はいのんだ。

「ごきげんで」

と、家来が言った。

「うむ。すすめ上手にだまされて、ついうかうかと飲んだわ」

上機嫌に言って、意味もなく呵々と笑うと、

「寝るぞ、寝るぞ、誰がなんといっても、もう寝る」

立上って、さっさと寝室に入った。にわかに酔が深くなったようだ。家来に手伝わせて、着がえをするのもやっとのことで、寝床に入った。

家臣は枕許をかたづけ、行燈の灯を細め、脱ぎすてられた衣類をかかえて、隣室に退

去したが、もうその時には主人は雷鳴のようないびきをたてていた。間もなく、家来共も寝についた。主人はなお高いびきをつづけていたが、およそ三十分ほどもたつと、はたとそのいびきがたえた。

身動き一つせず、よく寝入っているようであったが、

「うーん」

と、うなり声を立てたかと思うと、ガバとはね起きた。行燈の灯をかき立て、床の上に大あぐらをかいて、腕組みした。

「どうもいかん。おかしな工合じゃ」

と、つぶやいた。

関ケ原役があってから七年目、徳川家康が将軍となって幕府をひらいてから四年目、子の秀忠に将軍職を譲って、自らは大御所と称せられるようになってから二年目、まだ大坂には豊臣氏がいることはいるが、世は九分九厘まで徳川家の天下になっている慶長十二年の秋なのである。

三州刈屋三万石の城主水野勝成は、京の秋色を賞するために京に上って来て、伏見の屋敷に入った。徳川幕府が大名統制の綿密な規則をこしらえたのは、豊臣氏が亡んだ直後の元和元年のこと。この頃は大名の旅行は届け捨てでよく、ほぼ自由であった。

勝成はこの時四十四歳であった。まだ少年といってよい頃から家《さつき》を飛び出して、あふるる生命力《ヴァイタリティ》と奔放な気象にまかせて、思うがままに世をわたり、数奇な運命をたどって

来た彼は、関ケ原戦争直前に父が横死したため、家にかえって家をつぐことが出来たのだが、刈屋三万石の当主となってみると、われながら大人になっていることに気づいた。

多年の流浪の間に広く世を見、多くの人に接して来た彼には、家臣等の心理が鏡にうつすようにわかる。彼は思いやり深く、名君と称してもよいほどの人がらになっていた。そのために、手のつけられない放埒者、狂気じみた乱暴者として、彼を迎えることを喜ばなかった水野家の家臣等も、しだいに彼を見なおし、今では心服しきっている。

「可愛い子には旅をさせよとはよう言うたものじゃ。殿がこのようにならっしゃったとはのう」

「闊達豪気は昔にかわりはないが、それでいてものわかりがよく、よう気がつきなさる。よほどに苦労なさったのであろうな」

「この殿のためには、いつでも笑って死ねる」

などと、皆言い合っているのであった。

今日勝成は久我三位《さんみ》中納言家の招きを受けて出かけて行ったのだが、饗応の席の酒間をあっせんしていた若い女がいた。

勝成はその女の美しさと、酒席のあしらいの巧みなのとに感心して、同席の者に何者であろうと聞いた。

「御存知ないか。出来島《できしま》隼人《はやと》とて、当時都で名うての歌舞伎遊女」

と、相手は言った。

「ああ、歌舞伎女でござるか」

と、うなずいていると、女はそれをききつけたらしい。こちらを向いて、ニコリと笑って、

「ごひいきを」

と、会釈した。

その場はそれですんだ。勝成もその女に特別な関心はなかった。

ところが、先刻、一寝入りして目をさましてみると、その女のおもかげが目の前にちらついて、どうしても消えない。

けしからんことに、胸をやくような思いまである。

「ほれたのかな……」

と思うのである。

二

歌舞伎の興行されているのは、北野天満宮の南、巨大な松がまばらにすくすくと立っている松林の中であった。この時から十九年の昔、天正十六年に豊臣秀吉が近畿の数寄《すき》者共《しやども》を集めて、最も平民的で最も大仕掛な茶の湯興行をした場所だ。それ以後、こうした見せもの的なことには、よくここがその場所になる。

出来島隼人の興行の場所は、天満宮の表参道から少し西によった位置にしつらえられていた。竹矢来を結いめぐらして、内側にまん幕を張って外からの目をさえぎり、正面に舞台を組み、客席には荒むしろをしいてある。舞台には屋根を上げてあるが、客席は野天だ、晴れた日にはさんさんと日光が降りそそぎ、風のある日にはほこりや松葉が舞いおちて来た。雨の日は——休演である。

木戸口にはとくに美しい色模様の幕を張り、上をやぐらにして、舞台で使う槍、薙刀、つく棒、さす叉、毛槍等を立てならべて飾りとしてあった。ここではまた太鼓をたたいて客寄せしたが、やぐら太鼓より、舞台の奥やわきに居ならんだ囃子方が三味線、小鼓、大鼓、笛などの楽器をたえず奏《かな》でているのが、浮き浮きと楽しげなひびきとなって、人々を吸いよせたにちがいない。

当時の歌舞伎の出しものは踊りを主にしたものが大部分、演劇的なものもいくらかあったが、それは現実社会のスナップめいたものに過ぎなかった。しかし、それでも当時の人々には新鮮であったし、ことに美しい女等が演ずるので、ずいぶん魅力があったのである。

前章の翌日、勝成は早速ここへ来た。最も早く来た見物人であったので、舞台正面の一番よい席をしめることが出来た。彼は家来共に持たせて来た毛氈《もうせん》をしかせて陣取り、重箱をひらかせ、かん鍋をしかけて酒をあたためさせて酌みながら、終日飽きずに見物した。

四十四という年の、いかめしい風采の彼が十人も家来を引きつれて見物しているので、はじめのうち見物人等は恐れはばかっているようであったが、彼が終始かわらず上機嫌でいたので、しまいには皆なれて気にしなくなった。

勝成はどの女の演技も面白く見たが、とりわけ出来島隼人の出演の時は熱心に見た。見れば見るほど、隼人にこのもしさを感じた。

隼人は十六か十七、とても十八にはまだなるまい。若い柳のようにたおやかですらりとしたからだつきを持っている。ぬけるように色白の細おもての顔はいくらか下ぶくれだ。やや厚めの大輪のような紅い唇は彼女が庶民の出であることを示している。せまい富士額にもあまりかしこくはなさそうな感じがある。しかし、鼻筋と目のあたりに何ともいえず品のよい可憐なものがあった。とりわけ、黒々とすんだひとみと長いまつ毛には、男ごころをゆすぶってやまないしおらしい色気をふくんでいた。

隼人は紅しぼり地に金糸で大小の巴の模様を繍《ぬ》い散らした小袖に、紫紺の名護屋帯《なごやおび》をしめ、金地に緋ぼたんをえがいた舞扇《まいおうぎ》をとり、

身は破《わ》れ笠よのう
着もせで
懸けて置かるる

かわす枕に
涙のおくは
明日の別れの
思われて

蓮の葉の露の
ひぬ間《ま》のいのち
ころころと
人の恋しや

などという唄を自分でうたいながら、幽婉に舞うのであった。

おししずめて低く歌う美しい声とともに、白くきゃしゃな手が軽快に扇をひるがえし、細っそりとした腰がしなやかにうねり揺れるのを見ていると、勝成は胸が熱くなり、いきがはずみ、肩があえぎ、強い力で魂がぐいぐいとたぐりよせられる思いであった。

(疑いもなく、これは恋だ。おれはこの小娘遊女にほれてしもうたわ)

と、なっとくした。

夕方、興行がはねると、家来に、酒の相手をしてもらいたいから、屋敷に来てほしいと申しこませた。

「かしこまりました」

家臣は楽屋に入って行ったが、間もなくこまったような顔をして出て来た。

「お屋敷が伏見では帰るにこまると申します」

「おれを知っていたか」

「存じていました。昨夜、久我三位様のお屋敷でお目もじしたと申していました」

満足であった。

「伏見ではあるが、かえりは乗物で人をつけて送ってやると申して来い」

「それは申しましたが、そうしていただいても、かえりつくのは夜半《よなか》を過ぎると申しまして、承知しないのでございます」

「京《みやこ》の内ならまいるのだな」

「まいることと存じます」

「しからば、京の内で酒宴する故、来てくれと申して来い」

「京のどこで遊ばされるのでございましょうか。うかがっておきませぬと、聞かれた時にこまります」

「はて、どこにしようの？」

料理屋などというものが出来たのははるかに後世のことだ。この時代にはそんな家はないのである。いやが応でも、是が非でも、呼んでそば近く坐らせて、しみじみと眺めながら飲みたいのである。

こうなれば、知人の家を借りるよりほかはないが、まさか久我三位の家を借りるわけには行かない。久我三位だけではない。身分ある人の家は遠慮しなければならない。熱心に考えているうちに、ふと思いついた。

「そうだ。茶屋四郎二郎の家がよい。あそこの座敷を借りよう」

御朱印船による貿易商として名の高い茶屋四郎二郎は、元来は徳川家の家臣小笠原なにがしである。家康がまだ東海道の地方大名であった頃、中央に情報がかりを置く必要があったので、旨をふくめて町人とし、京都に移住させたのである。勝成は格別こんいというほどのなかではないが、頼めば一刻や二刻座敷を貸すくらいのことはきいてくれよう。

家臣はまた楽屋に入って行ったが、すぐ出て来た。

「まいるそうでございます」

「でかした！」

四十四歳の胸が少年のようにおどった。

三

茶屋四郎二郎は快く承諾したが、こう言った。

「同じことなら、てまえの別邸が五条の東の橋詰近くにございます。閑静なところでございます。これをお使いになってはいかがでございましょう」

「それならば、なお結構」

茶屋ほどの大町人が気の保養のために費用に糸目をつけずにしつらえたものだ。けばけばしさはないが、まことに見事なものであった。

茶屋は酒肴まで支度して持たせてよこしてくれた。

ただ一つ遺憾であったのは、中秋の季節の夕方かけてのことで、冷涼にすぎるので、河原にのぞんで戸障子をあけはなって眺望をほしいままにしながら酒宴の出来ないことであった。しかし、好きな女に酌をさせての酒宴だ、それもかえって興趣の深いことであるかも知れなかった。

側近く坐らせて眺めて、勝成は隼人の近まさりする美しさに益〻執着をおぼえた。間もなくその細く真直ぐな鼻筋のつけねに薄青く静脈の浮いているのを見つけた。ほのかに青いその静脈は言いようのないほど繊細で、可憐で、幽婉なものに、勝成には感ぜられた。ほとんど悩乱した。

なにごとによらず、手のこんだ、段取りの多い方法はとれない性質だ。

かたりと盃をおくと、

「おい」

と呼んだ。

「はい」

隼人はにこりと笑って答えた。それが職業的な媚びの笑いであると知っていながら、勝成はやはりうれしかった。

「まぶしいようだ。あまり美しくて」

がらにもないことを言うと、人は言うかも知れない。が、勝成はお世辞でなんぞ言ってはいない。ほんとにそう感じたから言ったのである。

しかし、美しいという自信があり、人の賞讃になれている相手だ、気の毒ながら効果はなかった。

勝成はがむしゃらだ、

「さて、それでだな。わしはそなたにほれた。好きで好きでたまらぬ。どうじゃ、わしの言うことをきかんか」

と、真一文字に本願にとりかかった。

「そんなお約束でうかがったのではございません」

隼人はまた笑いながらかわしてすり抜けようとしたが、勝成はかわされない。

「そなたの申す通りだ。もちろん、そんな約束ではなかった。しかし、男と女のことだ。そちが承知してくれるなら、そうなったところでかもうことはあるまい」

いいかげんなことでは、かわしおおせないと、隼人は見てとった。見えるか見えないかに青くなったが、なお微笑して言った。

「殿様とわたくしとは、昨日はじめてお会いしたのでございます。そんなことを仰しゃるのは早すぎます。恋とはそんなものではございますまい。それは好色《すき》ごころと申すものでございます」

「うむ、うむ、うむ……」

と、勝成はうめいた。そうかも知れないと思った。

その夜はそれですんだ。勝成は過分な金をあたえてかえしたが、それから毎日の北野通いがはじまった。昼の間は舞台見物、夜は茶屋のこの別荘を借りて隼人を呼んで酒宴、雨で興行の休みの日には昼から呼んで酒宴した。紅葉を見るために上京して来たことも忘れた。清水、高雄、清滝、嵐山の紅葉が見頃になったという噂を聞いても、さらに心は引かれない。ひたすらに隼人隼人であった。

ほぼ一月、こんなことがつづいた。時々口説いたが、隼人はうんと言わない。歌舞伎女は遊女である。本来なら金さえ出せば言うことをきくはずであるが、どういうわけか、隼人は勝成の言うことをきかない。川は適当に障害になる岩石のある所でなければ激流とならない。恋にもある程度の障害があってはじめて熱恋となる。勝成の恋はついに熱恋となった。

「この女を手に入れるためなら、いのちもいらぬ、家もいらぬ、名もいらぬ」

とまで思いつめた。中年のおちつきも、多年の放浪生活で身につけた人生智も、名君の名も、引きとめる何の力にもならなかった。はたちの青年のような逆上状態となっていた。

ある日、勝成はいく十度目かの口説きにかかった。隼人はあぐねたが、とうとう言った。

「あたしは親方がかりの身の上でございます。先ず親方に仰しゃって下さいまし」

「親方にももちろんあとで話をする。おれはその前にそなたの心をききたいのだ」

「親方が承知なら、あたしがどうしていやを申しましょう。殿のお心はわたくしよくわかっていて、いつもありがたく思っているのでございますもの」

「よし」

勝成は親方を呼んだ。
三十五、六の、見るからにいやしげな顔をしたその男は、もみ手をしながらぺこぺこと頭を下げて言った。
「歌舞伎女と申しましても、わたくし共、あの子は特別あつかいにしているのでございまして、唯今まで客をとらせたことはないのでございます。かしこく、また心もよい娘でございますので、一しおふびんがかかりまして、てまえ共としましては、一時のもてあそびものでなく、末長くあの子を可愛がって下さる方にさし上げたいと思って、今日まで娘を通させて来ているのでございます。へえ、ほんとでございます。決してうそいつわりではございません」

身受けしてくれという謎であると、勝成は解いた。

「よろしい。身受けしよう。身《み》の代金《しろきん》はいくらだ」

男は手の皮がむけはしないかと思われるほどはげしく手をこすり合わせ、ばったのようにおじぎして、やや口ごもった後、低く言った。

「へい、銀三十貫目いただきたいのでござりまして、へい」

「なに？　銀何十貫目といった？」

「へい、三十貫目で」

「三十貫！」

といったまま、勝成はしばらく口をつぐんだ。この小説の時代の翌々年の定めでは、銀五十匁を金一両と等価値としている（後世は大体六十匁一両）。だから、この年も五十匁一両であったとして大差ないと思うが、とすれば、銀三十貫は金六百両である。当時の小判には金分が四・〇五三匁ふくまれている。六百両では二貫四百三十二匁弱の金分になる。今日、金は一匁（三・七五グラム）三千円だ（昭和四十七年二月の値段）。二貫四百三十二匁では七百二十九万六千円という計算になる。勝成ほどの男でも口をつぐんだのは無理はないといえよう。

が、すぐ立ち直った。

「よろしい！　おれがほれた女だ。銀三十貫が値打ちはずんとあろう。たしかにおれが身受けしよう」

きっぱりと答えたのである。

銀は国許から早便で取りよせた。取引きは仔細なくすんだ。隼人は伏見の水野家の屋敷に引き取られた。

四

うわさは風のようにひろがった。

「聞いたか、三州刈屋三万石の水野様が出来島隼人を身受けなされたというのを」

「聞いた段か。なんと身の代銀が三十貫目やったというぞ」

「きつい御執心で、北野の興行場に日参しておられるとは聞いていたが。また思い切って出さはったものやなあ」

「おなごもええのになると、金目《かねめ》なもんやなあ。三貫目でええよって、誰ぞうちのかかあを買うてくれんかいな」

などと、至る所で高い風評になった。

当の勝成はそんなことは知らない。ほれてほれてほれぬいていた女を手活けの花とした喜びに無我夢中だ。屋敷に閉じこもって、隼人との情痴におぼれ切っていた。武勇にも情痴にも節度を知らない性質である。

二十日ばかりの後、勝成は帰国の途についたが、その帰国ぶりがまた人目をおどろかせた。

勝成は隼人を連れて旅立ったのであるが、飾り馬をしたて、目もあやな色模様の積みぶとんをし、その上に美しく化粧し、美服をまとった隼人をのせ、自らは騎馬で、槍を立てさせ、供侍に行列をつくらせて下ったのである。

勝成がこの計画を家来共に発表した時、家来共の中に、

「御寵愛《ちょうあい》はさることながら、それはいかがでございましょうか」

と諫《いさ》めるものがあった。

勝成は問いかえした。

「なぜいかぬ。諸国の大名衆の中には、旅往来の際、寵愛の小姓を飾り馬に乗せて従えている者が多くいる。おれにかぎっていかんという道理はなかろう」

伊達をきそい、意気を尚び、けんらん豪華をきそう時代の風である。勝成のいうような事実は少くない。世間もまたそれを闊達豪気とし、そんなことの出来る人を羨ましがりはしても、非難などする者はないのである。

「しかし、隼人は女でございます」

「男であればよく、女であれば悪いという道理はあるまい。自然の理を正しとするならば女である方がよいのだ。申しつけた通りにはからえい。諫言珍重」

と、押し切ったのであった。

見るべきものの少い時代だ、うわさを聞き伝えて、沿道の宿々《しゆくじゆく》は人垣をつくるほどに人出して、この華麗異様な行列に視線を集めたが、勝成は晴れがましがったりなどはし

ない。

（見ろ。これが水野勝成が手活けの花とした女だ。以前は歌舞伎遊女として日本にかくれもなかった出来島隼人よ）

と言わんばかりの顔で、傲然として馬を進めた。

隼人もまた人の賞讃や凝視にはなれている。一足毎にシャンシャ、シャンシャンと鈴の鳴る馬の積みぶとんの上に、おちつきはらっていた。

五

水野家には先代忠重以来の家老が三人いる。上田清兵衛、鈴木次兵衛、同久兵衛。父の勘当を受けていた勝成が父の急死によって家にかえって家督をついだのは、家康の命令によるのだが、その時勝成は家中の侍共が自分を拒むかも知れないという不安があったので、家康に添状を書いてくれるように願った。すると、家康は承知して、この三人にあてた添状を認《したた》めてくれたのである。家中の信頼も厚ければ、勢力もある。

こんな三人であるから、いつも一筋にお家大事と思っていて、なかなかうるさいのである。勝成はきっと三人がむずかしいことを言うにちがいないと覚悟した。だから、その際の応答のことばなど工夫しながらかえって来た。けれども、三人は別段なことは言わなかった。

しかし、そうなると、かえって薄気味が悪い。勝成は先手を打って言った。

「年甲斐もないとおかしかろうが、この道は別だ。察してくれい」

相手は至ってしずかに、

「御本務さえお忘れなくば、御寵愛の三人や四人、かまわぬことであります」

と答えた。

相当りきんで来ただけに、いささか張合ぬけがしたが、こんなことはその方がよい。ひそかに安心のといきをついた。

勝成は城内の一隅に新殿を設けて、そこに隼人をおいたが、日をふればふるほど愛情は増すばかりだ。老境に入りかけた勝成のやっと十七になる隼人にたいする愛情は、単なる異性愛ではなかった。そこには父性愛に似たものがまじっていた。

隼人の抱え主ははじめの交渉の時、隼人はまだ男を知らない女であるといったが、それは手に入れてみ、いつわりであることがわかった。隼人もまたそれをかくさない。愛している者にとって愉快なことではないから、くわしく聞くことはわざとしない、が話のはしばしによって推察すると三人や四人ではない。ひょっとすると二、三十人にも上っているのではないかと思われる。つまり、年に似合わず男の波をくぐって来ている。だから、本人は一っぱし世の中というものや人間というものを知っているとの自信をもっていて、勝成を手玉にとるつもりでいるようだが、勝成の目から見ると、隼人の心理など、鏡にうつすよりもまだ鮮かにわかる。それを知らず、だますつもりで一生懸命になっているところが、笑止でもあれば可愛ゆくもある。

若い時にはそれほどにも感じなかった女の細っそりと引きしまってしなやかなからだも、言いようのないほどに魅力的だ。老いの忍びよりつつある身と精神が、新しく生気を回復する気持だ。

ともあれ、なにもかも可愛ゆくてならないのである。

恥も外聞もないということばは悪い意味のことばであるが、恥も外聞もなく可愛がっていると言われそうだ。若い頃には可愛いものを可愛がるにも見栄《みえ》があって、なにかと体裁をつけたものだが、今ではそんな見栄は愚であるとさとっている。とろけるような顔になって、ひたすらに愛情を注ぎかけている。それがまことに楽しい。いやが上にも愛情がまして行くのだ。

(若い頃はしようのないもので、損なことばかりしていたわ)

と思うのである。

年が明けて日々に春めく頃から、勝成は隼人が憂鬱げな顔になり、時々溜息をつくようになったことに気づいた。

「どうしたのだ」

と聞いた。

「どうもしませぬ」

と、隼人は答えた。そのくせ、そのあとですぐ溜息をついた。

勝成には、それが何か望みがあって、こちらを手くだにかけようとしているのだとわかってはいるが、知らんふりではおられない。なだめたりすかしたりしてなお聞くと、ついに隼人はしくしく泣きながら言った。

「出来島隼人と天下に名を謳われた身が、こんな片田舎で、こんな窮屈な身の上になって一生を終るのかと思うと、たまらないのでございます」

隼人の望むことならなんでもかなえてやりたいと思っている勝成だが、これはそうするわけに行かない。隼人はつまり現在の身分がいやだと言っているのだから。

（女というものは愛する男となら、どんな奥山里でも極楽と住みなすものと聞くに、この女はおれを愛しておらんからこうなのであろう。これほど可愛がってやっても、こうなのか。せんずるところ、年の相違のためであろう。老いとはなんとかなしいものであろう）

勝成は隼人から愛されたいと思ったことはないつもりであった。こちらから愛し、その愛を受入れてくれさえすれば十分と思っていたのだが、こうとわかってはさすがにさびしかった。

思案した末、言った。

「そなたの言うことを聞いていると、ひまをくれよというに似ているが、それは出来ぬ。そのかわりの気晴しになることを望め。聞いてとらせよう」

やさしく言ったつもりであったが、いつもとちがう調子になった。

隼人は泣きやんだ。おそろしくなったのであろうか、言いすぎたと気の毒になったのであろうか、それともあまりわがままを言っては、元も子もなくしてしまうと思ったのであろうか。

「さあ、望むがよい。聞いてとらせるぞ」

やさしい微笑をつくって、うながした。

「でも……」

「では、おれが工夫してみようか。さてな、どうしたらそちはうれしくなるじゃろうな。かいなでなことではいかんな。……おお、そうじゃ。京へ行こう。そして、歌舞伎の興行をさせてやろう。これならよかろう。ちょうど季節も花の季節。面白いぞ。そうしよう、そうしよう」

親が病気で寝ている子供をあやす調子に、勝成はなっていた。

気に入ったのであろうか、それともこのへんが頃合いの妥協点だと思ったのであろうか、隼人はにっこり笑って、うなずいた。

「うれしいこと！」

あまえるように言って、じっとりとした目で見ながらすり寄って来て、胸に肩をよせた。すると、勝成もまた楽しくなったのだから世話はない。

準備がはじまった。毎日二人は出しものの研究をした。研究といっても、勝成はまるで不案内なのだから隼人ひとりが工夫しているわきにいて、時々合槌を打つくらいのことだが、これがまた勝成には新鮮な興味があって、毎日楽しいことであった。

出しものがきまると、京の商人に衣裳の注文その他をした。

四月はじめ、それらのあつらえが出来《しゅったい》したとの知らせが来た。京へ上ることにした。呉服への支払いその他で、大体、銀七十貫目かかるであろうと思われたので勘定方に命じて用意させた。今日の金額にして千七百二万円余になる。

すると、出発の前日、いつもの通り勝成が隼人のところへ来ていると、三家老から使いが来た。

「おり入って申し上げたいことがござる。三人打ちそろってお目通りいたしたい。御本丸へお出でいただけましょうか、それともそちらへまいりましょうか」

と言う口上だ。

（おお、そうであった）

と、勝成ははじめて家老三人の存在に気がついた。相済まんことながら、情痴におぼれて、この頃では三人の存在を忘れていたのであった。

彼には三人がどんな目的で目通りを願ったか、よくわかる。

（こんどこそ諫言であろう。おれも少し夢中になりすぎている。あれらが気をもむのも無理はないわい）

と思うのであった。

「こちらから本丸へまいる」

と答えてかえした。

本丸の書院の間に、三人は裃《かみしも》姿で待っていた。三人ともおそろしく緊張した顔でいる。

勝成は上段の間にすわると、すぐ言った。

「その方共の申すことは、わかっている。歌舞伎興行のことであろう」

「仰せの通りでございますが、さようお気づきであるところをもって見ますと、殿もよいこととは思うていらせられぬのでありますな」

と、上田清兵衛が言った。

「先ずそうだな」

その勝成のことばがおわらないうちに、鈴木久兵衛がずいと膝を進めた。

「悪いことと知りながら、なぜなさるのでござる。殿が昨年あの女を大金をもって身受けなされた時、われらはよほど御諫言申そうと、三人で相談もしたのでござるが、これくらいのことで済むならまあよかろう、殿も阿呆ではなし、お年もお年だ。さしたることにはなるまいとて、黙って見過ぐしたのでござるが、こんどのことはそうはまいらん。お若いうちのことならば知らず、いいお年して、たわけをつくさるるにもほどがござるぞ」

猛烈な勢いできめつけた。

また鈴木次兵衛が進み出た。

「久兵衛殿、ちと待たれよ。おぬしのようにそうがみがみと申し上げてはならぬ。おだやかに申し上げても話はわかることだ」

と、久兵衛をなだめて、

「くどくは申しますまい。お考え直し遊ばされますよう。公儀の聞こえ、世の聞こえ、また家中の侍共の思わくのほどもお考え願いとうござる」

勝成は三人を眺めながら、清兵衛が皮切り、久兵衛がこわもて、次兵衛がなだめ役、そして、こんどはまた清兵衛が出て、撫でつけようというわけか、と思っていた。

あんのじょうであった。清兵衛が何か言いたげにした。

とたんに、勝成は口をひらいた。

「男には引くに引けぬ場というがある。とりわけ戦さ場と女にほれている時に、それが多い。おれは今その引くに引けぬ場にある。おれも今年四十五、女の場合のそれは、大方この辺が最後であろうと思う。目をつぶってくれい。退れ。おれも行く」

と、一気にまくし立てて、さっさと奥へ入った。引きとめる間のないあざやかさであった。三人はぼうぜんとしていたが、やがて、久兵衛がかんで吐き出すように言った。

「これまでは猫ッかぶりして見えたのじゃ。藤十郎の昔と少しも変らぬではないか！」

六

四月半ば、勝成は隼人と共に上洛して、伏見の屋敷に入った。

早速に、隼人の前の親方を呼んで、興行の世話を頼んだ。

「河原や北野ではいかん。これらは歌舞伎を商売にしている者共のいたす場所だ。隼人はおれが寵妾《おもいもの》じゃ。商売人共と間違われてはならん。余の場所で興行させたい。しかし、見物が群集《ぐんじゅ》せんではいたす甲斐がない。その方考えてくれるよう」

親方はすぐ言った。

「おお、それにはかっこうなところがございます」

「どこだ」

「聚落《じゅらく》のあとでございます」

京の東北隅、一条千本のあたりに、豊臣秀吉の聚落第のあとがある。秀吉が伏見城を営むにあたってここの建物を伏見城に移してから、広大な空地となっているのである。

「なるほど。しかし、あそこでももう皆が興行していはせんかな」

「いいえ、広くはございますし、見物衆の足場もよいところでございますので、なかまの者共は皆、あそこで興行を許していただきたいと、所司代様にお願い申しているのでございますが、どういうわけか、ならん、ならんの一点ばりで許していただけませんので、あのよい場所が草茫々の荒地になって今日までいるのでございます。しかしながら、殿様にならきっとお許し下さいましょう。伊賀守様とはお知り合いのおなかでございましょう」

「まんざら知らんなかではない」

「では、そうなすって下さいまし。わたくし共は他の支度を進めます故」

勝成は翌日すぐ所司代板倉伊賀守勝重を訪問して、このことを頼んだ。

勝重はこの時六十五、徳川家の譜代の臣として、勝成の父忠重と交りのあった人だ。なつかしがって迎えてくれたが、勝成が聚落あとのことを頼むと、

「あれは公儀の御用地になっていましてな。見世物めいたものには貸さんことになっています。しかしながら、貴殿の場合はちがいますから、何とか便法を考えてみましょう。御即答出来ぬは残念でござるが、二、三日工夫させていただきたい。きまりましたら、使いを立てます」

と、いった。

勝成はなおよく頼んで辞去した。

ところが、勝重からの使いがなかなか来ない。ついに数日立った。

その間に、親方等の準備は着々と進められた。彼等は前景気をあおり立てるために、至る所でこの歌舞伎興行のことを語ったので、京の町はもとよりのこと、うわさは大坂や堺、奈良までおよんだ。

六日目に、所司代から使いが来た。この前お話しのあったことについて、お出で下されたいという口上だ。早速に出向いた。

勝重はこの前と同じように愛想よく迎えて茶など出して、さて言った。

「貴殿のこんどの思い立ち、おやめになってはいかがでござる」

勝成は気をおししずめて、問うた。

「なぜでござる」

「色々と工夫いたしましたが、同じくこれ歌舞伎興行あるのを、町人共にはこれまで許さんでまいりながら、大名であればとて許してよいという理窟が見つからぬことが一つ。二つには大名の所業にふさわしからぬこと。拙者にはさしとめ申すまでの権限はござらぬが朋輩として、また貴殿の父君との古い友として忠言申し上げるはせねばならぬことと存ずる。悪いことは申さぬ。おやめになるがよろしい。大御所様や将軍様のお聞きに達すれば、決してよい御機嫌ではござるまいぞ」

勝重のことばには誠意があふれていた。彼の手許には水野家の三老臣連署しての嘆願書がとどいているのであった。

勝成はむっつりした顔で思案していた。その思案の中には、大御所や秀忠将軍の思わくなどはない。隼人のことだけがあった。それも、隼人がきげんを悪くするのを恐れるのではない。公儀がやらせないのだと言えば、隼人はごく簡単にあきらめるにちがいないのである。下民の出身である隼人は公儀を虎のように恐れているのだ。しかし、このことはもとはといえば、自分が隼人にすすめてやることにしたのだ。その意地があった。

やがて、きいた。

「おさしとめになるわけではないのでござるな」

「さしとめる権限はないと申しました。ただ、聚落あとでの興行はお許しするわけにまいらんから、さしとめると同じことになります」

「さようか。お邪魔いたした」

プイと立って、伏見にかえった。

彼にはやめる気など毛頭ない。計画を変更して、北野天神の境内で、天神に奉納ということにして、ついに興行を強行した。

この間のことは、慶長年度の当代記に、こうある。

「三河国刈屋城主水野日向守、去年十月、歌舞伎女、名字出来島隼人というを召連れ下られけるが、今年頃引きつれ上洛せしめ、衣裳以下きらびやかにしてかぶきける。内々《ないない》聚落《じゅらく》勧進においてかぶかせらるべきよし思《おぼ》し立たれけるが、しかるべからざる由、知音《ちいん》者《しゃ》しきりに諫言せしむるの間、相止められ、勧進法楽《かんじんほうらく》にかぶきける。見物貴賤市《きせんいち》をなす。去年十月連れ下られる時、亭主へ銀子《ぎんす》三十貫目出され、この度衣裳その外の造作《ぞうさく》、銀子七十貫目入用の由。京町人、謳歌《おうか》の説あるの条（大評判になったのでの意）、若輩者共見物せぬはなかりけり」

この後、隼人がどうなったかには記録がない。ぼくの想像で行くなら、この時を絶頂として、急激に愛情がおとろえ、暇を出したのではないかと思う。女性が誠実につかえないかぎり、こんな愛情関係は永続すべきものではないからである。

七

勝成は慶長十九年と翌年の大坂夏の陣に出陣して殊勲があったので、大坂落城の翌々月には大和郡山六万石に転封され、さらに四年後には備後福山十一万石の領主となった。この時、彼は五十六歳であった。

勝成が七十四の時、肥前島原にキリシタン一揆がおこった。

幕府では板倉勝重の三男内膳正重昌を追討使としてつかわし、西国の諸大名をひきいて之を討たせたが、一揆勢の勢いは意外に強く、追討軍の損害ばかりが重なった。そこで、幕府では老中松平伊豆守信綱を重昌の上位にあって総軍を指揮すべき大将軍としてつかわすことにしたが、同時に勝成を召して、

「その方は聞こえた古つわものである。まかり下って伊豆守に力をそえよ」

と命じた。信綱にもまた、

「日向守勝成がまかり向うまでは、力攻めしてはならぬ。兵力を損ぜぬよう遠攻めにしているように」

と命じた。

「わしは少しおくれます。領地によって兵を連れて行きますでな。なにおくれるというてもすぐですわい」

といって、備後に帰国したが、中々腰をあげない。悠々として戦さのことなど忘れたもののようだ。勝成の子美作守《みまさかのかみ》勝重はこの時生年《しょうねん》四十一、父の若い時に似て気早で勇猛な人物だ。おりにふれてはせき立てるが、

「戦さには潮時《しおどき》があるわい。あわてることはない」

と、一向に動じない。

松平信綱は正月四日に島原に到着したが、幕府の命を忠実にまもって、諸将が力攻めを主張するのをおさえ、ただ囲みを厳しくして糧食が城内に入るのだけを警戒しつつ、勝成の到着を待った。

勝成はおくれもおくれたり、二月二十三日になって、子息美作守勝重と、十七になる孫勝俊《かつとし》とを同道して到着した。

待ちに待った勝成の到着だ。早速信綱は諸将を集めて軍議をひらいた。

副将軍の戸田氏鉄《うじかね》は、これまで通りの兵糧攻めを主張した。

信綱は勝成の意見をきいた。

「さればでござる。この一揆のやつばら、強しとして恐れることはさらになき者共でござる。なぜと申すに、天下一統のありがたさには、外にあって一揆ばらと力を合わせんとする者がないからでござる。かような敵に力攻めは無用。気長に干《ほ》し殺しにするがようござる。昔大御所は高天神《たかてんじん》（遠州にあり）の城をそうしてお攻めになりましたわい」

と、勝成は答えた。

氏鉄は得たりと、

「うれしきことかな。日向守殿の見られるところ、われらが申すところと寸分違いませぬ。この上はただ敵の糧の尽くる時を待つがようござる……」

と、なお言おうとすると、にわかに勝成の様子がかわった。

「しばらく」

と、氏鉄のことばをおさえて、

「食攻《じき》めがよいとは、唯今までのこと、今はもう城内糧食も矢種も尽きているは必定、計を変じて一気にひた攻めに攻むべき時でござる」

勝成のこの意見によって、武力攻撃に決定すると、肥後の太守細川忠利《ただとし》と、肥前佐賀の鍋島勝茂《かつしげ》とが進み出て、

「われら両名の陣所は共々城近きところでござる。さればわれら攻め手をうけたまわって、砦《とりで》二つ三つ攻め取って見参《げんざん》に入れ申そう。他の方々の御勢《ごせい》一同に鬨《とき》の声をあわせて、われらに力をお添え下さい」

と所望した。

これはずいぶん虫のよい所望である。武士は戦場においては誰でも手柄を立てることを希望しているものであるのに、手柄は自分等だけで立てるから、各〻はただわれわれに気勢をつけてくれよというのである。列座の諸大名は合点の行かない言草かなと思いながらも、あまり臆面もなく言われたので、気をのまれて黙っていると、勝成はくるり

とその方に痩せた膝をふり向けて言った。

「これこれ、気をつけてものは申されよ。それは列座の方々を馬鹿にした言葉となりますぞ。ここにいなさる大名衆は皆戦さしに来ていなさるのでござるぞ。一人として見物にまわろうとて来た人はござらぬ。たとえばわしでござる。不肖なれども、十六歳の初陣よりこの年になるまで、大小の合戦五十余度に及んでいるが、未だかつて鬨ばかりつくってすませる鶏《とり》いくさした覚えはござらぬぞ」

人々は皆「鬨ばかりつくってすませる鶏いくさ」ということばのおかしさに吹き出してしまった。

総攻撃はこの軍議から二日目に行われた。予定では四日目に決行することになっていて、この朝は諸将また信綱の本陣に集まって軍議をひらいていたのであるが、鍋島勝茂に命をふくめられていた鍋島勢がいきなり抜駆けして攻撃をかけたのである。軍議はめちゃめちゃになり、諸将は、

「すわや鍋島勢に出しぬかれたぞ！」

と、あわてふためいてそれぞれの陣に走りもどって出撃しようとしたが、にわかなことゆえ、支度がととのわず、しばらく混乱がつづいた。

この日、ものなれた勝成には大体見当がついていたらしい。老年所労を言い立てて軍議の席には行かず、美作守勝重を代理として出席させていたのであるが、事おこったと見るや、即座に軍勢を部署して、金の束《たば》ね熨斗《のし》の馬じるし、裏永楽銭《うらえいらくせん》の旗をおし立て、

美作守の帰って来るのをおそしと待った。

やがて、美作守が大急ぎで帰って来てみると、出撃の準備はすっかり整っている。

「有難し、父上」

と叫んで、家臣のささげる冑を馬上でかぶり、忍びの緒をしめた。

勝成は床几に腰打ちかけて見ていたが、

「あっぱれ武者ぶりぞ！　しっかと働け」

とほめ上げた。

勝重はニッコと笑って片あぶみはずして式代《しきたい》した。

勝成はまた言う。

「本丸を打ち破れい。今日の戦いは本丸を打ち破ったを第一の手柄とするぞ」

「かしこまりました」

勝重は馬上に居なおり、腰のさいはいをぬき出し、

「それ！　かかれ！」

と叫んだ。将兵一同、ドッと叫んで、駆け出した。

水野家の軍勢は鍋島家の軍勢とこみ合いつつ進んだが、本丸の塁壁にかかる時は鍋島家の軍勢と競走の姿となり、同時にこみ入ったが、先ずそこに旗じるしと馬じるしとを立てたのは水野家の軍勢であったので、本丸乗取りの首功は水野家のものとなった。

常山紀談にはこうある。

（水野父子の兵、念なく石壁を登り、本丸に攻め入りたるを、勝成二の丸より見やりて、われ今生《こんじよう》の思い出なり、美作《みまさか》は大坂にて武功あり、伊織《いおり》（勝俊）は今日をはじめの戦さになるに、本丸を攻め取りしこと、家の面目なりと喜ばれたり）

猛勇勝成も、七十五歳では、自ら槍を取って働くことは出来なかったのである。

八

老年になってからの勝成はまことに情深い大名となった。彼は常に家臣等に、

「すべて士《さむらい》には貴賤はなきものぞ。家来がいねば主人は立たず、主人がいねば家来は立たぬ。互いに頼りとし合っていればこそ、共に立つのである。わしはそなたらを子と思うている故、そなたらはわしを親と思うがよい」

と言って、いつくしむことが一通りでなかった。

こんな風であったので、家来等は彼を慕った。こんな話がある。

彼の家で三百石取っていた武士があったが、越前家から招かれてひまを取って越前に行き、千石の身上《しんじよう》となった。

ある日勝成が鷹狩に出た途中、その越前家に行った武士が路傍に平伏しているのを見た。勝成は馬をとめた。

「おお、おお、そなたなにがしではないか」

「なにがしでございます」

「さてもなつかしや。そなたがわしが家にいる時は、わしの身上の細い故に三百石しかやれなんだが、越前では千石取っていると聞き、わしはいつもよろこんでいるぞ。しかし、当地にはどうして来たぞ。御使者でもうけたまわって来たか」

すると、武士は言った。

「仰せの通り、越前で千石取ってはおりましたが、殿のお情が忘れられませぬため、暇をもろうてまいりました。以前の通りお召し抱え下さらばありがたき仕合せ」

勝成はよろこんで禄を増して召し抱えたという。この話には後日談がある。つづいてお読み願いたい。

鷹狩はよほどに好きであったらしく、隠居してさらに老年になり、歩行が不自由になっても、手輿《たごし》にのり、ふとんによりかかって行った。士番所《さむらいばんしょ》の前を通る時には、一々輿《こし》をかきおろさせて、

「こう年寄って足腰もかなわぬ身でありながら鷹狩に行くを見ては、さぞやおかしく思うであろうな。しかし、わしは鳥をとるために行くのではない。心あってのことじゃ。笑うてくれるなよ」

とあいさつした。下情視察のためだという意味であったろう。

ある日、このようにして鷹野に出て、あの越前から帰参した武士の邸の前を通ると、門は閉ざされ、草ぼうぼうと生いしげり、空屋敷《あきやしき》になっているように見える。

「どうしたのかや」

と供の者にきくと、なにがしは美作守様の御機嫌を損ずることがありましたので、浪人して他国に去ったのでございますという返事だ。

聞いて、勝成は嘆息し、

「あったら家来を失うたことよ。美作守は苦労ということをしたことがない故、下々の者のことがわからぬのだ。すべてよい士《さむらい》はたとえ主君や頭《かしら》の言うことでも、無理なことには従おうとせぬ骨の硬さがあるものだ。たとえ少々あやまちをし出かしても、二度や三度は知らぬふりで通し、それでも心がなおらぬ時は朋輩に申しつけて諫めさせ、かんにんにかんにんして召使うべきものだ。美作守の政治、情ないことかな」

と言って、ほろほろと泣いたという。

勝成は慶安四年三月十五日に死んだ。八十八であった。

後年彼は神に祀《まつ》られた。福山城外の八幡神社の境内に祀られて、聡敏明神《そうびんみようじん》と号せられた。現在でもあるだろうと思う。

水野十郎左衛門は彼の三男成貞の子である。祖父の武勇好みの性格の遺伝が太平時代の遊閑生活のため、最も悪い形になって発現したのであろう。

日もすがら大名

一

備前池田家の家来牧村半之丞が、肥前島原におこったキリシタン一揆征伐の陣見舞を仰せつかって岡山を出発したのは、寛永十五年の正月半ばであった。島原への道筋は雑踏しきっていた。新たに討手に加わることを命ぜられて駆けつける諸家の軍勢や、公儀や諸家の使い番や、陣見舞の使者等で身動きも出来ないようなところさえあった。たかの知れた百姓ばらの集団と見くびっていた一揆勢が意外に頑強で、新しい加勢が次ぎ次ぎに送られつつあるのであった。

宿舎もとれないような日がつづいたが、それでも、二月に入って間もなくのある日、上下七人無事に戦地に到着し、征討使松平伊豆守信綱にお目見えして、使命を達することが出来た。

伊豆守信綱は敏腕を以て鳴っている公儀の老中だ。そのために諸家の陣見舞も多いわけだが、この人らしくそれにたいする接待役人が定められていて、渋滞なくことをとりさばいていた。半之丞が伊豆守の前を退出して来ると、待ちかまえていて問いかけた。

「御滞在はおよそ何日ほどの御予定でござるか」

「何日ほどと申して、はきとした予定はござらぬ。諸家の陣中を見舞いがてら、戦さ見物もいたしたいと存ずる。そのような主命を受けてまいっていますので」

「ああ、さようか。いく日御滞在になっても、それはさしつかえござらんが、難渋しているのは、使者方のお宿舎でござる。ごらんの通りの片田舎、しかもこの狭い土地に、これほどの大軍がこみ入っていますので、家という家はすべてふさがっています。これから案内させますが、あるいは合宿《あいやど》ということになるかも知れません。御承知おき願いたい」

「ごていねいなおことば。合宿少しもかまいませぬ。物見遊山にまいったのではありませんでな」

と、半之丞は親しみを見せて答えた。

割りあてられた宿舎は、港の北岸の、平地がつきて山にかかる地点にある寺であった。一向宗門だというその寺は、本堂も庫裏《くり》もいたって小さかったが、寺僧はテキパキと応対して、庫裏の客殿を半之丞に、本堂を従者等の宿所にとわりあてた。戦さがはじまって以来、半之丞のような者を度々泊めて、あつかいになれている風であった。

半之丞の入った客殿は、客殿と呼ぶさえ滑稽なほどみすぼらしいものであったが、庭の隅にある巨きな桜が美しかった。二月に入ったばかりというのに、早くもほとんど満開で、おりからの夕日に照りはえたたわわなその花と、苔《こけ》の青い庭とが、なんともいえずはなやかで、しかも静寂な感じであった。

「よほどにこのへんは温暖なのだ」

と、思った。温暖といえば、裏山の樹木のしげり工合も、本土とはもちろん、通って来た九州路の各所ともちがう。半島の南の端のここは、枝も葉も鬱蒼として深い。
寺では、風呂を立ててくれた。その風呂に入って、縁側近く坐って、まだのこってい
る夕明りの中で、旅日記をしたためていると、庭に入って来たものがあった。見ると、
ここへ自分を案内して来た松平家の下役人であった。いそがしげに言う。
「先刻は失礼いたしました。あの節御了解をいただいておきました通り、合宿をお願い
いたす。奥州磐城平《いわきだいら》、内藤帯刀《たてわき》殿家中の方であります。貴殿御同様、陣見舞お使者とし
て見えたのでござる」
「結構であります。どうぞおつれ下さい」
「では」
さっさと立去ると、入れちがいに、住職がその人を案内して来た。
二十五、六の青年であった。眉の濃い、キリッとしまった顔と、鍛錬のきいたげに見
える長身の体格をしていた。
たがいに名乗り合った。
「内藤帯刀が家中、土方《ひじかた》大八郎と申す」
と、青年は言った。
相談して、二人が客殿に同室し、青年の連れて来ている四人の従者と半之丞の従者等
とを本堂に同居させることにきまった。
数日一緒にくらしてみて、半之丞は、土方大八郎というこの青年がなかなか立派な人

物であることがわかった。本陣の役人共にたいする応対ぶりにしても、諸家の軍勢の将校等にたいする態度にしても、謙虚で、礼儀正しくて、しかも品位を失わない。口上など、簡潔でありながら要領を得ていて、頭のよさを思わせた。こちらの従者等が青年の従者等から聞いたところでは、内藤家で近習役をつとめ、二百石とっている由であった。磐城の内藤家は七万石の身代だ。五十二万石の池田家にくらべれば、小藩といってよい。池田家では二百石くらいのものは掃いて捨てるほどあるが、七万石の家中ではずいぶん大身といってよい。

（だから、ありっぱなのであろうか）

同じ高《たか》の知行でも、自信のある生活をしているのとそうでないのとの違いであろうかと考えたりした。

ただ一点、気になることがあった。ひどく陰気なのだ。もともと口数の少い性質らしいが、青年の方から語りかけることはほとんどなかった。よく無言で庭を凝視していたが、その時の横顔のあたりには、この年頃の者にはめずらしい放心のすがたが見えて、言いようもないほど憂鬱な感じであった。

（間近く、肉親でも失ったのかも知れない）

と、思ってみたりした。

しかし、立入ったことを聞けるほど打ちとけたなかではないし、何しろいそがしくて、そんなことどころではなかった。敵方の様子、味方の軍勢の配置、高名、不覚、陣中の噂話、そんなことをくわしく記録しては岡山に報告するという仕事があった。重大な任務の一つであった。彼は見るにしたがい、聞くにしたがって記録し、到着五日目には従者の一人に持たせて第一の報告を送った。

記録といえば、青年もよく何か書いていたが、これは半之丞のように速いをよしとする走り書きではなく、机に向ってゆっくりと念入りに書いていた。国許に送っているようではなかった。

(立帰る時持参せよと申しつけられているのかも知れない。こちらとちがって、磐城は遠いわ)

と思った。であったら、念入りに書くのも不思議はないわけだ。

しかし、それも最初の数日だけで、あとはもう書かないようであった。いつも出歩いていた。その服装がいつも厳重に物の具をつけて、槍までたずさえているので、目に立った。近頃ではほとんど城中から出撃することもないし、攻囲軍の方でも気長に食糧攻めで行く方針になっているので、最前線にいるものでないかぎり、武装を厳重にしている者はない。小具足に陣羽織くらいで、至ってのんきにやっている。だから、青年のものものしい姿を見ると、皆いぶかしげな顔をするのであった。

(一手柄立てようと思い、どんな不意な場合にも間に合うようにと心掛けているのかも知れない)

と、半之丞は思った。

陣見舞の者が突然におこった戦闘に立ちはたらいて手柄を立て、それが当人の名誉としてもてはやされたという話は、古老の戦さ話でよく聞くことだ。いい心掛にはちがいないが、日に日に暖くなる陽気の中では、相当暑苦しい姿であった。しかし、これもどうでもよいことだ。人のことだ。

二

一揆方が大仕掛の夜討をかけて来たのは、二月二十一日の夜のことであった。後になって考えると、一揆方はこの夜討を十日も前から計画して、見事にこちらをたぶらかしていたのだ。二月中旬になってすぐの頃から、毎日日暮になると、一揆方の雑兵共が南の崖道を海べに下りて潮水をくんでにない上げて行く作業をはじめたが、その度に城中一斉にキリシタンの呪文をとなえて、そのさわがしさといってはなかった。はじめ寄せ手はおどろき、銃撃を加えるものさえあったが、遠くて弾丸《たま》がとどかなかったし、数日それがつづくと、

「キリシタンの修法に要る潮水をくんでいるので、ああして城中が呪文をとなえているのじゃろうて」

と解釈して、めずらしがりはしても、警戒するものはなくなった。

間もなく、潮くみの時刻が少しずつおくれて、ついには深夜にくむようになり、その

へんには火縄の火がおびただしく光って見えた。しかし、これも寄せ手は、

「毎夜少しずつ時刻をずらして行くきまりになっているのじゃろうて。宗派の儀式というものは、どの宗派もむずかしいものじゃ。まして、これは邪宗門じゃ。とくべつ面倒な儀式があるに相違ないわな」

と、不思議としなかった。

火縄も怪しいとは思われなかった。けわしい崖道を暗中に上下するのだ、足許を見るために使っているに相違ないと解釈された。

こうして、十分に寄せ手を油断させておいて、二十一日の夜半、にわかに襲撃して来たのだ。およそ三千の兵が三隊にわかれて、黒田、寺沢、鍋島三家の陣所に、一斉に鉄砲をうちかけ、驚きあわて混乱するところに、錐をもみこむように突入して来たのである。

その夜はへんに生温かく、雨でも来そうに大気の重い夜であった。半之丞はまだ起きて報告書を書いていたが、土方大八郎はもう寝ていた。おだやかな寝息を立てて、よく寝入っているようであったが、呪文がおこりはじめてしばらくすると、むっくりと頭をもち上げて、半之丞に言った。

「牧村殿、今夜はいつもと少し変っていはしませぬか」

「なにが？」

熱心に筆を走らせていた半之丞には、急にはなんのことかわからなかった。

大八郎はそれには答えない。半身をおこして、遠く離れたここからは、何千何万という人がおし合いへし合いしてひしめき合っているどよめきとしか聞こえない呪文の底に、なにかを聞きとろうとするように耳を立てていたが、いきなり起き上った。

「やはり違います。行ってみます」

といって、具足をつけはじめた。

猛烈な一斉射撃の音がおこり、呪文の声が喊声《かんせい》にかわり、その喊声の中に豆をいるような銃声が断続的に聞こえて来たのは、その時であった。

半之丞は筆を捨てておどり上った。床の間においた具足に走りよって着はじめた。

この間に、大八郎はもう着てしまっていた。なげしにかけた槍をおろすと、

「ごめん、お先きに！」

と、声をのこして、縁から庭の闇に飛びおりた。つづいて、本堂の前あたりで、はげしく従者を呼び立てる声がおこったが、待ってはいない模様で、すぐ絶えた。

あせりながらも、半之丞は具足をつけおわり、槍をつかんであとを追った。本堂の前に出ると、大八郎の従者等が身支度をととのえて、主人のあとを追って出て行くところであった。彼自身の従者等はまだ用意が出来ていない。暗い本堂の中でまごまごしているようであった。

「急げ、急げ、あとからつづけ！」

言いすてて、門前に走り出、真暗な中を前線に向って走り出した。

前線のいたる所で、銃声と喊声が湧きおこり、後方のこちらでは前線へ駆けつけようとする人々の叫びや、馬蹄の音や、物の具のふれ合う音がひっきりなしにおこっていた。空を蔽う厚い雲は星光《かげ》一つもらさず、なまあたたかく、厚ぼったく、どんよりした闇は、グサグサに引き裂かれている感じであった。

半之丞は息せき切って数町走った。すると、前方で、駆けつけて行く人々にくりかえし何ごとかさけんでいる者があった。何と言っているのかわからなかったが、近づくと、

「黒田家の陣所は大丈夫だ。鍋島もかたい。寺沢が危い！　寺沢の陣所を救えい！」

といっていた。使い番の母衣《ほろ》を負うて、槍を小脇にかいこんでいる騎馬の武士であった。

諸家の陣所の配置はよく知っている。半之丞はその方に向った。

寺沢家の陣営は混乱しきっていた。四分五裂、今はもう潰走のほかはないと思われるくらい乱れ立っていた。不意をおそわれたからでもあるが、敵がおそろしく強いのだ。

「サンタ・マリヤ、サンタ・マリヤ、サンタ・マリヤ……」

と、口々に唱えながら、一歩もひかず踏みこんでくる一揆勢は、ほとんど全部のものが具足をつけていない。わずかに腰のあたりまでしかないぼろぼろの短いきものを着たり、冑や陣笠だけかぶったり、褌《ふんどし》一つの素ッぱだかであったりする。小さくて、痩せおとろえて、貧弱きわまる体格の者共ばかりだ。みすぼらしいといえば、これくらいみすぼらしい軍勢はない。だのに、強いこと話にならない。サンタ・マリヤをひっきりなし

に唱えながら、わき目もふらず、前にいる者だけを見つめて、槍をひねり、刀をふりかざして、急がず、せかず、一歩一歩ふみこんで来るのだ。斬ろうが、突こうが、一歩も退かない。まるで亡霊と闘っているような無気味さだ。この無気味さのために、体力にもすぐれ、装備にもまさり、訓練も十分にされているはずの寺沢家の武士等が、たじろぎ、つけこまれ、ひっかきまわされ、至るところで追いつめられていた。

この頽勢《たいせい》をわずかにささえたのは、三宅藤右衛門であった。彼は柵をもって先陣とへだたった中陣にいたが、先陣の急を知ると、白柄の大薙刀《なぎなた》を脇ばさみ、柵を走り出て先陣に駆けつけた。この乱の当初、彼は一揆勢のために父を討たれている。彼の父三宅藤兵衛は武功の士として、また寺沢家の老臣として、世に聞こえた人物で、天草富岡城の城代として天草に在番していたが、一揆勢二万余に攻め立てられて戦死したのだ。彼にとっては、一揆勢は父の深讐だ。

「三宅藤右衛門！」

と、名乗りを上げるや、まっしぐらに敵中に駆け入り、大薙刀をまわして、忽ち三人をたおし、彼自身も数創を負うたが、一歩も退かず、

「父のかたき！　父のかたき！　父のかたき……」

と歯ぎしりしつつ、うめきつつ、斬りこんで行った。

藤右衛門のこの働きに励まされて、寺沢勢も気力をとりもどしたが、一揆勢もまた一歩も退かない。血戦ははてどもなくつづくかと思われたが、とつぜん、一揆勢の横合か

らおどり出した者があった。

「内藤帯刀が使者、土方大八郎！」

と、名乗りを上げて、まっしぐらに突入した。たたきつけ、薙ぎ立て、突き立て、しゃくり上げ、九尺柄十文字槍の働き目にもとまらない。従者四人も、主人を中にはさんで、切ッ先をそろえて無二無三に斬り立てる。

この奇襲に、さすがの一揆勢もたじろぐ色が見えた。寺沢勢はこれに乗じた。

「押せ！　押せ！　押せ！　押せ！　……」

と、声をそろえて絶叫しながら突進して出た。この時、諸家の使者等も後方から駆けつけて来た。陣見舞の使者にえらばれてつかわされるほどの者でひと覚えないものはない。それぞれに名乗りを上げては突きまくった。

半之丞もその一人であった。

一揆勢は勢いひるんで退却にかかったが、遠くは走らない。五、六十歩のところで足をとめて息を入れているように見えたが、とつぜん、寺沢家から四、五十歩はなれた右手にある鍋島家の陣所をめがけて突撃にかかった。鍋島家はつい今し方最初の襲撃をしりぞけて一息ついているところであった。すぐ応戦にかかったが、力を出しきっている。苦しい戦さになった。間もなく、敵が物見櫓をはじめ小屋の各所に火を放ったので、益〻苦しい戦さになった。高い櫓が巨大なかがり火のように炎々と燃え上る明りの中に、鍋島勢の苦戦の様が、寺沢家の陣中からありありと見えた。

　しかし、寺沢家では援けをおくることが出来ない。このばけものじみた敵は、いつどこから新手が立現われて再び襲って来るかも知れないのだ。諸家の使者等だけが駆けつけた。

　諸家の使者等はいずれも勇敢に戦ったが、中にも土方大八郎の働きは目に立った。十文字槍を苧殻《おがら》よりもまだ軽々と打ちふって、敵の勢《せい》のかさんでいる所ばかりを選んでは突入して行く。その前に立って助かったものはなく、彼が駆け向ってくずれ散らない敵のかたまりはなかった。牧村半之丞はほどよく戦って、槍を立てて休息をとりながら人々の働きを見ていたが、大八郎の働きに舌を巻いた。しかし、妙なことに気づいた。目ぼしい敵をたおすと、誰でもその首を上げる、自ら上げないでも家来共に上げさせるのが普通だが、大八郎は決してそれをしない。すべて討ち捨てにして荒れまわっているのだ。合点の行かない戦いぶりであった。戦うだけの歓びに駆られているようにも、ことさらに危険をおかして自らの力と運の強さをためしているようにも思われた。なにか尋常でないものがそこにはあった。

　諸家の使者等のこの働きで、敵は次第に色めき、崩れ立ち、ついに四分五裂となって逃げ散った。人々は追撃にかかった。

　鍋島家では長追いを危険として、引き鉦を鳴らした。大方は引取って来たが、なお追いつづける人々があった。さらに引き鉦を打ち鳴らしたが、それでも引きかえそうとしない数人がいた。

使い番が馬を走らせて追いかけたが、間に合わなかった。

すさまじい銃声がつい前方の闇におこり、半分以上がたおされ、引きつづいておこった銃声でのこりもたおされ、使い番まで射落された。

これらの死骸は、一揆勢が完全に引取ってから収容されたが、いずれも数歩の距離からうたれた弾丸で急所をグサグサにくだかれていた。待ち設けていて、十分に狙いをつけて撃ったものに相違なかった。この死者の中に土方大八郎主従も入っていた。

三

夜襲があって一週間目に、原城《はら》は陥り、さしものさわぎがおさまった。報告は三月九日に江戸に到達したが、それからしばらくして、土方大八郎戦死のしらせが、追討使松平伊豆守と、鍋島家と、寺沢家から、内藤家の江戸屋敷にとどけられた。

三家とも大八郎の働きをくわしく報じ、筆をきわめて賞讃してあった。

当主内藤帯刀忠興は、おりしも在府中であった。かかり役人の報告を聞くと、自らそれらの報告書を読んだ後、

「この書類、しばらく手許にとどめおく。このことは追って沙汰する」

といった。

その日一日、忠興は思案顔をつづけていたが、日暮になると、いつもの通り奥へ入っ

た。

大名の家の構造は、表《おもて》、中奥《なかおく》、奥《おく》の三つにわかれる。表は役所、中奥は主人の住いで女人禁制、奥は夫人の住いで男子禁制、というのが立前だ。中奥と奥とは一筋の廊下だけで連絡して、途中に「お錠口《じょうぐち》」と名づける関門がある。

ここを越え得るのは主人だけである。主人以外は何人も越えられない。主人が奥入りする時には、中奥の男等がここまで送って来て、奥から迎えに出ている女等と交代する。奥から中奥に出る時はこの反対だ。これが江戸時代における大名屋敷のきまりであった。

この日、忠興は入っていつもの座敷におちつくと、しばらく雑談した後、夫人に言った。

「少し内密な話があります。しばらく女共をはらってもらいたい」

「かしこまりました」

忠興の夫人は、出羽庄内の酒井家から来た人だ。若い時美人の名の高い人であっただけに、四十に手のとどく年の今も、まだずいぶん美しかった。

長い裾をひいて、女中等がぞろぞろと立去ると、忠興は言った。

「大八郎が討死した」

「えっ!」

目をみはる夫人に、ふところから書類を出してわたした。

夫人は長い間かかって読んだが、やがて顔を上げた。涙を浮かべていた。

「あわれなことをいたしました。みごとな働きをして討死したのでございますから、武士として本望でございましょうが、あとにのこされた妻子にしてみれば、いかばかりかなしく、また心のこりなことでございましょう。ことさら、雪絵《ゆきえ》はわたくしが数年召しつかった者でありますし上に、わたくしから殿にお願い申して、大八郎に縁づけたのでございます。大八郎が生前の奉公ぶり、またこの度の働きによって当家の名をあげましたことは、ともに忘れてはならないことでございますが、雪絵とその子のためということにも、十分にお心をお置き下さいますよう。雪絵のことにつきましては、わたくしには責任《おいめ》がございます。殿にもおありでございます。切にお願いいたします」

夫人のことば半ばから、忠興の顔にはおびえたような色がうかんだ。とりわけ、大八郎の妻の名が出はじめると、その表情は一層おちつきがなくなった。夫人のことばには強請《ゆすり》といってよいほどの語気があり、礼儀の埒《らち》をこえているような所さえあった。しかし、忠興はただうなずきつづけた。

「うん、うん、うん……」

翌日、忠興はかかり役人を呼び出し、国許の藩庁に急使をさし立て、大八郎の死とその働きを報じ、大八郎のあと目相続についてこう申しおくるようにと、指図した。

「大八郎があと目は一子大蔵を以て立てること。加増百石をとらすべきこと」

大八郎の一子大蔵は、二歳半にもならない幼児だ。こんな場合には成人するまでいくらか減知《げんち》されることはめずらしいことではない。家中によってはそれが普通になってい

る所さえある。役人は、優渥《ゆうあく》をきわめた処置におどろいて、

「つまり、土方家は三百石ということになるのでござりまするな」

と、念をおした。

忠興はカッとしたようであった。

「二百に百を加えれば三百になるのは知れたことだ」

と、強い調子で言っておいて、さらにつけ加えた。

「天下の諸家の使者共がひとしく見ている晴れの場で、衆目をおどろかすめざましい働きをして、当家の名を上げたのだ。おれがもっと身代《しんだい》が大きければ、五百石も千石もくれたいところだ。百石くらいしか加増出来ぬのを、おれは残念に思っているぞ」

役人はおそれ入って引退った。

ほどなく、遺髪が武器武具その他の遺品とともに到着した。冑にも袖にも数条の刀痕があり、乱戦中に彼がいかに手痛く戦ったかを語っていた。とりわけ目についたのは、胴の胸許であった。グサグサにくだけ破れ、その破れのふちには溶けた鉛と血がこびりつき、壮烈な戦死の情景をありありと見る思いがあった。

「見事だ」

忠興は念入りにそれを見、在府の家臣一同にも見せた後、国許の藩庁におくった。

「この具足を家中一統に見せた後、大八郎が家にとどけよ。具足はつくろわず、清めず、このままに秘蔵して、長く土方の家の宝とするよう申しつけよ」

というさしずまでつけた。

大八郎の戦死にたいする忠興の態度は、なにかいこじに感激を誇示するようなところがあって、家中の者は素直について行けなかった。

ひそかなささやきがおこった。

「土方がこんどのことは、お家に忠節をつくしての死とは言えぬ。お家の名を上げたと言えば言えぬことはないが、それにしても、土方は陣見舞のお使者として行ったのだ。時と場合によっては、多少の働きはもちろんあるべきだが、ああまで深入りして働くというは、いかがなものであろう。拙者は疑いを持たざるを得ぬ」

と、いうものがあり、

「これが先例になると、これから、お使者先で勝手なことをするのがはやりとなって、こまったことになりはせんかな」

と、いうものがあり、

「御加増百石ということになれば、拙者はやれんでおれんな」

と、力《りき》むものもある。

さらに一層ひくい声でささやく者があった。

「あれじゃよ、あれじゃよ」

「何、何……ああ、あれか！」

この連中は、もうそれ以上の話はしない。ニヤニヤと、ただ笑っていた。

四

話は八年前のことになる。

その頃、大八郎はまだ十七の少年で、お小姓をつとめていた。

ある日の夕方、日の暮れる頃であった。奥入りする忠興の佩刀《はいとう》を持って、ただ一人、お錠口《じょうぐち》までお供した。

お錠口には奥方をはじめ女中等が数名迎えに出ていた。

大八郎は忠興がお錠口を入るのを待って、敷居ぎわにより、女中の一人に佩刀をわたすと、少し退って両手をつき、忠興の様子をうかがっていた。忠興が奥へ入り、お錠口の戸のしまるのを待って引きかえすためであった。他に目的はなかった。

ところが、思いもかけないことを見てしまった。女中の一人が、それは数ある奥女中の中で一番美しくて、中奥《なかおく》の若い侍臣等の間でよく話の種になる女中であったが、小腰をかがめて忠興の前に出、手にした手燭で忠興の足もとを照らして案内に立つ姿となった。忠興は歩き出しそうにしたが、奥方をはじめ女中等が両手をついて顔を伏せているところから、ふといたずら心が動いたのであろう、手燭を持った女中の白い手をグイとにぎりしめたのだ。

女中はハッとした顔で忠興をふりかえった。媚びや羞恥の色はなく、ひたすらな驚きの表情だけが浮かんでいた。しかし、もうその時は忠興は手をはなしていた。向うを向いているから見えないが、すました顔になっていたようだ。女中の顔には安心の色がひろがった。

こちらで、大八郎もほっとしたが、とたんに奥方が荒々しく立上るのを見た。キッと忠興を見て、

「尾籠《びろう》な！」

たしかにそう叫び、そのまま奥に走りこんだ。

同時に、お錠口の戸がしまった。

大八郎は立上って引きかえした。

やっと十七の大八郎には、忠興のしたことが単なる滑稽事とは考えられない。いまいましいような、腹立たしいような、あてがはずれたような、気がしていた。その女中を彼が好きであったからではない。その女中は美しかったから、彼もきらいではなかった。しかし、恋情めいたものは全然感じてはいなかった。少年らしい純情をささげて尊敬しきっている人が、最も卑俗な人間しか敢てしないと彼には思われることをしたからである。

（殿があんなことをなさった……）

行きはまだ薄明りのあった廊下がもう真暗になっている。その暗い廊下を、うつ向き勝ちにとぼとぼと歩いていると、とつぜん、うしろの方に異様な物音がおこり、廊下全

体が振動しはじめた。

とっさには、地震ではないかと思ったが、すぐ人が走って来るのであることがわかった。

大八郎は壁に身をよせて身がまえた。闇をすかして凝視していると、次第に近づいて来るそれは忠興であった。

「殿」

と、飛び出すと、

「奥が腹立てて追うて来る。薙刀を持ち出した」

と口早やにささやいて、駆けぬけて行く。

大八郎もあとについて走ったが、少し行くうちに心づいた。

(殿と共に逃げるべき時ではない。おいのちにかわるべき時だ。おれが殿の真似してしずかに歩いていれば、奥方はおれを殿と思うてお斬りつけになるは必定だ。その間には、殿はお逃げのびになるであろう。戦場においておいのちにかわり奉るも、こうしてかわり奉るも同じだ!)

少年らしいひたむきな決心に、悲壮なものが胸にみちて来た。胸を張り、眉を上げ、ゆったりと歩いた。

間もなく、いそがしげな足音が追いせまって来たが、大八郎はふりかえりもしない。左の手をふところにして、ひじを張り、悠々と歩をはこんだ。

タタッと、足音が小きざみになったかと思うと、

「お覚悟！」

かん高い叫びと共に、ヒューと風を切る太刀音がして、左の腋からはらって来た。鋭い刃は、袖を切りさき、脇腹にとどいた。おさえると、血がぬるぬるとしたが、傷は大したことはないようであった。大八郎は、次の攻撃を待って、立ちどまったまま動かなかった。

これが奥方に疑惑をもたせたらしい。薙刀を脇がまえにしたまま、眸子《ひとみ》をこらして闇をすかした。

「や！　殿ではないのか！」

「…………」

「誰じゃ！　……おお、土方ではないか！」

奥方はにわかに狼狽し、おろおろと声をふるわせた。

「傷は？　傷はどうじゃ。深いか、浅いか……」

こうなれば、もうしかたはない。

「浅傷《あさで》でございます。お心安く」

実際、ほんのかすり傷であった。女の小腕だ、袖を切り裂いただけで、力はなくなっていたのであった。

印籠から血どめ薬を出して、塗りつけた。

「ゆるしてたもれ、思いもかけぬ災難に逢わしてしもうたの、そのかわり、知行を取らせますぞ。……ああ、血が……」

奥方は顔を蔽うて、奥へ走り去った。

大八郎はしっかりと血どめをし、詰所にかえり、挟箱《はさみばこ》からかわりの着物を出して着かえた後、忠興の居間に行った。

忠興はおちつかない目で大八郎を見た。しかし、何にも言わなかった。大八郎もまた何にも言わなかった。

数日後、あたりに人のいない時、忠興ははじめてこのことにふれた。

「奥が教えてくれた。忘れぬぞ」

ただこれだけであった。

「はッ」

大八郎も、こう言っただけであった。

このことについては、この時のこの簡単な会話だけで、再び二人の間に出ることはなかった。もとより、人には語らない。時々、かわりに知行を取らせます、といった奥方のことばを思い出さないわけではなかったが、成人するにつれて、大八郎はこの時の自分の行為や、興奮に張り切っていたことを思い出すのが不愉快になって来た。思い出すと、居ても立ってもいられないほどの恥かしさを感ずるのであった。

「忠義とはあんなものではないはず」

と思うのだ。

思い出さないようにつとめた。

五

薙刀事件があってから四年目、大八郎が二十一の時であった。

会津の蒲生家の当主忠郷が死んだ。忠郷には嗣子がなかった。嗣子なきは封地没収というのが、公儀の典則である。蒲生家は取りつぶしになって、城地受取りの大名等がそれぞれに任命された。その一人に忠興があたった。蒲生家の支城の一つである三春《みはる》城受取りを仰せつかったのである。忠興はこれを無事にはたしたが、間もなくまた幕命が下った。

「当分三春城を守衛するよう」

忠興は老臣の一人をつかわして在番させたが、間もなく三春の農民等が一揆をおこし、数千人の者が徒党を組んで、附近の山に立てこもるという事件がおこった。

この一揆は、内藤家にとっては寝耳に水であった。城の番をしているだけで、領民にたいする仕置は、蒲生家のしきたりをそのままに履《ふ》んでいるのだ。まるで思いあたるところがなかった。

手のびして長びかせると、枯野の火のようにどこまでもひろがるのが一揆の常だ。そうなったら、公儀のきげんを損じ、内藤家のいのちとりにもなりかねない。

忠興は自ら三春にのりこんで鎮定にあたる決心をし、老臣等もこれに賛成したが、これをとめたものが一人あった。大八郎であった。

大八郎は左右に人気《ひとけ》のない時、忠興に言った。

「若輩者の分際として、出すぎたことを申し上げるに似ていますが、心づいたことでありますから、申し上げます。一体、一揆などと申すものは、御鎮定になっても殿の御名誉になることではありませんのに、うまくまいらねばこの上なき御不名誉となることでございます。軽々しくおん自らお乗り出しになるのは、うろたえるに似て、世の聞こえもいかがかと存じます。お乗り出しになる以上は、出来るだけ短い時間に御鎮定になるべきで、長くかかりましてはおん名折れになるばかりでございます。それには、先ず一揆の根元を明らかにさるべきであると存じます。それが明らかでなければ、短い間に取り鎮められよう道理はござりません。この一揆は普通ならば起るべからざるところにおこったのでございますから、深い根のあるものではございますまい。拙者に仰せつけ下さいますなら、数日のうちにさぐってまいりましょう」

整然たる議論だ。忠興は道理と聞いた。

「よかろう。そちに命じよう。根元《こんげん》をさぐってまいれ」

大八郎は出かけて行ったが、五日の後にはかえって来た。

「蒲生家の遺臣のある者が、公儀の御処置に不平をふくんで、領主のかわるのに不安を抱いている百姓共に、あらぬことを申して煽動しているのであります。その浪人共の宿所はつきとめてまいりました。御人数をたまわりとうございます。多数はいりませぬ。腕の立つ者ならば十人もあれば十分でございます。拙者うけたまわりまして、万事埒をあけます。御自身のお出張りは必要なしと見きわめています」

あまりに無造作な大八郎のことばに、忠興は急には信じかねたが、なおくわしい説明を聞くと、信じないわけに行かなかった。乞いにまかせて、兵法達者な者十人をすぐってあたえた。

「事落着まで、五日と思召し下さいますよう」

と言いおいて磐城平《いわきだいら》を出発、十三里の道を一日で踏破して三春についた。その夜は三春城にとまったが、翌早朝、郊外のある村に行き、不意を襲って煽動者である蒲生浪人四人を斬り、その首を一揆のこもっている山の麓にさらし、かたわらに城代の名で仮名書きの高札を立てた。

このものども、しゅかがほろんで、ろくばなれしたるをうらみ、ねなしごとをいうて、ひゃくしょうどもをたぶらかし、一きなどおこさせ、ふらちにつき、せいばいしたぞ。くちぐるまにのって、だまされたのはおろかではあれど、ふかくはとがめぬ。二日のうちにわがやにかえり、かぎょうにせいだすべし。そのときすぎて、なおいうこときかぬものは、めしとって、おもきつみにおこのうぞ。

効果はてきめんであった。二日の間に山を下って村々にかえる者がひきもきらなかった。

三日後に、大八郎は磐城平から同行した十人と、三春城代《じょうだい》から借りた人数二十人とにのこらず鉄砲をかつがせ、一揆のこもっている山に入った。

山にはなお九十余人がのこっていたが、大八郎は鉄砲を以ておどかしてせまい谷底に追いこみ、武器をすてさせ、一人のこらず逮捕した。磐城平を出てから、きっちり五日目であった。

大八郎のこの功に、忠興は刀一ふりをあたえて賞したが、こう言いそえた。

「そちの手がらに報いるに、これでは軽少にすぎることを、わしはよく知っている。わしは心苦しく思っている。しかし、わしの今の身代では、どうしようもない。わかってくれい」

その頃、忠興はわずかに二万石の身上であったのだ。

六

忠興の父政長が死んだのは、その翌年の秋であった。忠興は公命によって父の遺領を相続して七万石の身上となり、これまでの二万石は弟政晴にゆずった。

この身上になって、先ず彼がしたのは、土方大八郎に加増百五十石をあたえ、本知と合わせ二百石の身上としてやり、近習頭に任命したことであった。

忠興としては、長い間気にかかっていたことをはたして、重荷のおりた気持であった。薙刀事件のとき、奥方はこう言ったのだ。

「大八郎は殿のお身がわりになるつもりで、わざとおくれて歩き、わたくしに斬られたのでございます。大八郎の運が強かったため浅傷ですみ、いのちに別条はありませんでしたが、この殊勝な志はよく考えてやらねばなりません。もし、あの時、大八郎がいませんでしたら、わたくしは怒りにまかせてきっと殿をお斬りし、わたくしは自害して果てていましたろう。思うだに胸がつめたくなります。そう思えば、大八郎は殿とわたくしのいのちの恩人、いやいや、内藤家の恩人でもあります。御加増を下しおかれますよう、お願い申します」

忠興とて同じ思いであった。しかし、全部ひっくるめても二万石の身上では、どうしようもない。

「忘れはせぬ。おりを待とう」

と、奥方をなだめ、大八郎には、

「忘れぬぞ」

といったわけであった。

去年の一揆さわぎの時もそうだ。手がらは十分に認めながらも、ない袖はふれないで、刀一ふりですましたのだ。

これらの負債《おいめ》をやっとはたすことが出来たのだ。うれしかった。

忠興が最も大八郎を徳としているのは、大八郎が薙刀一件を胸一つにおさめて、余人に漏らしていないことであった。あの醜態が家中一統に知れては、主人としての権威の立とうはずはないのである。だから、こんども、

「幸いなこと、家中ではこの加増は、去年の一揆鎮定の功にたいする賞美と思うているにちがいない」

と、安心しているのであった。

奥方は忠興と同じように満足していたが、間もなくこう言い出した。

「大八郎に嫁を世話いたしましょう」

「嫁？　心当りがあるのか」

「雪絵をつかわしましょう」

薙刀事件の原因になった女中だ。あわてた。それをかくして、さりげなく言った。

「雪絵をのう」

「お気が進みませぬか」

奥方はからかうように笑った。忠興は度を失った。

「気が進まぬなどと、そんなことはない。なぜそんなことを言うのだ。しかし、あれは

「一生奉公のつもりで来ているのであろう」

「一生奉公のつもりで来ているにしましても、わたくしが申せば、必ず承知します。とりわけ、大八郎が相手なら、いやを申すはずはございません」

「本人が承知するなら、べつに反対はせぬが……」

「それでは話を進めます」

奥方は強引におしきった。

こうして、その年の暮、大八郎は雪絵と夫婦になった。

七

島原のキリシタン一揆のあった年の冬、忠興は交代の期が来て、磐城平《いわきだいら》にかえっていたが、その翌年の春、江戸邸から意外なものがとどけられて来た。大八郎の遺書であった。

江戸邸の役人の添えた送り状にはこうあった。

このほど、備前池田家の家中牧村半之丞と申す方がお屋敷に見えて、「拙者は島原一揆の際、主命によって陣見舞のためにかの地に参っていたが、その節、御当家の御家来、故《こ》土方大八郎殿と同じ宿舎をわりあてられて、二十数日を御一緒に暮らした者であるが、土方殿御戦死のあと、御遺物をとりまとめたところ、拙者あての書簡があった。同宿の者にわざわざ書簡とはと、いぶかりながら披見すると、こうあった。

〝拙者の荷物中にある桐油紙包みの書類は、主人帯刀にあてたものであるが、他見をはばかるものである。万一拙者が戦死などした際には、貴殿より江戸の内藤家屋敷におとどけ下さるまいか。急ぐものではないから、御便《ごびん》のおありの時で結構である。もし三、四年の間に御便がないなら、火中に葬っていただきたい。またお承諾いただけないなら、これまた同じ処置をしていただきたい。ただ、くれぐれも御披見だけはして下さらないように願いたい。まことに面倒なことをお願いして恐縮千万であるが、しばらくの御同宿の縁を思って、よろしくお願いする〟

と、こうあった。まことにいぶかしい文面であると思い、面倒であるとも思ったが、土方殿戦死の場に居合わせ、その勇猛壮烈なるお働きぶりを眼前に見て、敬慕の情を抱くようになっていたので、あれほどの人に頼まるるは武士として冥加この上もなきことと思いかえし、すなわちお引受けする気になった、この度出府の機会を得たので、こうしてお届けする次第である。封印をお調べの上、お受取り願いたい」と、かように申して、お差出しであった。そこで封印を検したところ、披見したあとはないようでありましたので、鄭重に礼を述べて受取った。即ちこの包みです。

忠興は包みを解いた。中はさらに包みになっている。桐油紙で包んで、厳重に紐をかけ、紐のむすび目や紙の合わせ目には紙をはって、黒肉《くろにく》の印をおしてある。たしかに開封された痕跡はない。大きくあて名が書いてある。「内藤帯刀様御近侍中」と。裏をかえすと、「土方大八郎謹上」とある。たしかに大八郎の筆蹟であった。

忠興は小束《こづか》で紐を切って包み紙をはがして行った。かすかな音がパリパリと立って、しめった黴《かび》のにおいが立ちのぼって来た。

恐怖に似たものがあって、かすかなふるえが背筋を走った。忠興はまた江戸邸からの送り状を読みかえした。

「ずいぶんものものしい頼みようをしたものだが、なにをおれに言おうとしたのだろう」

とつぶやき、一気に、やや手荒く、包みを解いた。

一年にわたって密封されて、しめりをおびた紙に、一点一画もゆるがせにしない謹厳な書体で、書かれていることを読んで行くうちに、忠興の顔は青くなり、呼吸がはずみ、目は恐怖の色を浮かべて来た。

この書面がいつ殿にお読みいただけるか拙者にはわかりません。あるいはついにお読みいただく時は来ないかも知れないとも思われるのでありますが、それでも書かずにいられませんから、書きます。ここに拙者の書きつらねることは、一見殿にたいする拙者の怨言《えんげん》のごとき観があり、恐らくは殿のお怒りを招くでありましょうが、拙者の存念は決してそこにあるのではありません。拙者は殿の特別なる御愛寵をこうむり、家中の誰よりもお引立てをこうむっているのであります。どうして殿を怨み奉るような不臣を敢てしましょう。拙者はただこの三年余の間、拙者をとらえて懊悩《おうのう》させてやまなかった疑惑を殿に申し上げたいと存念しているだけであります。一言にして申せば、その疑惑とは、拙者の子として生れた大蔵は、事実、拙者の実子であるかどうかということであります。

雪絵を妻に迎えて一月ほどの間は、拙者は人生の至福の中にありました。公《おおやけ》には殿御夫妻の御寵遇あり、私《わたくし》には怜悧《れいり》婉美なる妻あり、あまりの果報に自ら顧みて空恐ろしいほどでありました。その頃の一日、拙者は某所において、家中の甲乙が拙者のことを、こう私語し合っているのを聞きました。後にして思えばこれはやがて来る疑惑地獄への階梯であったのです。

「土方が一時に百五十石の加増にあずかってあの身上になったのは、先年しかじかのことがあって、殿のお身がわりになって奥方に斬られてかすり傷を負うたによる」

誰があのことをこの者に告げたのでしょう。拙者の口から出たのでないことは誓います。拙者はあれから間もなく、あのような忠義のつくし方を恥じる心境になっています。心に恥じていることを他人に申そう道理はありません。

「茨《いばら》の引っかいたほどの傷で百五十石の加増にあずかるものなら、拙者も斬られたいものだ」

「しかし、それはひがみだ。あれは三春の一揆さわぎの時の働きによると見るべきであろう」

「一揆の時の恩賞はすんでいる。刀一ふりたまわっているではないか」

「そういえばそうだな。しかし、拙者はそれよりも、雪絵殿のことに疑惑をもっている。雪絵殿はひそかに殿の御寵愛を受けていたのではないかな。それで奥方が嫉妬なされて、殿から遠ざけるために、大八郎に縁づけられたのではないかと思うが、どうであろう」

「鋭い見方だな。あるいは然ろう。とすれば、百五十石は手切知行《てぎれちぎよう》か」

「呵々《かか》。手切知行は面白いな。さらに思うにだ。もし雪絵殿が殿のお胤を宿してでもいるのであれば、百五十石は御落胤にたいする御手当ということになる」

はじめ、拙者はここで語られたことすべてを笑殺しました。すべては拙者の寵遇と幸福とにたいする嫉妬と羨望から出たことに過ぎないと思ったのであります。が、それから間もなく、雪絵に妊娠したことを告げられた時、拙者の胸にはこの時聞いたことがまざまざとよみがえって来ました。拙者の疑惑地獄はかくしてはじまりました。事が事であります。雪絵に質《ただ》すわけには行きません。いやいや、質して雪絵が否定してくれたとて、拙者にそれが信ぜられないことは明らかであります。離縁を考えたこともありますが、殿御夫妻のお声がかりでめとったものである以上、拙者のような立場にいるものが出来ないことは明らかであります。数ヵ月の後、大蔵が生れました。月はどうやら合っていました。拙者は大いに心を安んじたのでありますが、ほどなく、十五日や二十日、日ののびることは、初産《ういざん》にはめずらしいことではないと聞きますと、地獄はまたかえって来ました。拙者はもうこの苦しみの中にいるにたえられなくなりました。この島原に陣見舞に行けとの仰せを受けた時、拙者は即座に決意しました。そうだ、島原で死のうと。この決意は一度もゆるんだことはございません。拙者は常に死ぬ場所をさがしています。

…………

ここまで読んで、忠興は読みつづけることが出来なくなった。茫然として、充血した目を上げて、苦しげにいきをついた。

「たった一度だったが」

こわいことのように、おずおずと思い出していた。大八郎のところへとつがせる十日ほど前のことであった。

忠興の目の向っている所に、大きな杉の木がある。粟粒《あわつぶ》をかためたような陰気な花をつけて、時々砂をまくように、花粉をこぼす。忠興は終日坐って、それを見つめていた。

「大蔵は誰の子だろう」

と、つぶやきながら。

乞食大名

一

寛永元年の春のことであった。

一団の武士が、どこからともなく、江戸に出て来て、下谷不忍《しのばず》の池の岸べに、家族毎に、カマボコ型の小屋を張って、住みついた。

家族の数は二十。それぞれ、四、五人ずつの家族から成っていたから、総勢では百人以上もあった。

頭領《とうりよう》が一人《ひとり》いた。年頃六十前後、肉は落ちていたが、体格の大きい、堂々たる恰幅《かつぷく》の老人であった。左の頬《ほお》に大きな刀傷のあとが、斜めについていたが、かえって、威容が添って見えた。そうした傷が、かつての武勇を記念するものとして、珍重された時代であった。

頭領には、一人の家族もなかったので、すべての小屋の真中にあるその小屋は、部下の家族等が、毎日交替で詰めて、世話をした。まめまめしい仕えぶりであった。

彼等のことばには、強い東北なまりがあったから、東北の出身であることは、見当がついたが、その前身は、まるでわからなかった。

「いずれは、名ある人のなれの果てにちがいないが」

と、皆、言い合った。

経済的には、はじめから、困っているようであった。江戸へついて、数日すると、大小を捨てて、人足姿になった。

当時、江戸は興隆期にあった。天下の大勢が決した関ケ原役から二十四年目、豊臣氏がほろんで徳川氏が大磐石《ばんじゃく》となってから八年目である。大名等は、徳川氏の御機嫌とりのために、盛んに、江戸に邸宅を営みつつあった。大名が江戸に邸宅を持ち、人質の意味で妻子を置くことは、後にはきびしい制度となったが、この時代までは強制的なものでなく、大名の自由意志にまかせられていた。しかしそうすることは、幕府にたいする忠誠心を示すことであり、これに出来るだけ金をかけて豪華にすることは、その忠誠心が永久的であることを示すことであったので、大名等は、先きを争い、また豪奢をきそった。

これらの普請《ふしん》が、この浪人等の生活の手段となった。彼等は、毎日、まだ暗いうちから、それぞれの普請場に出かけて行って、石を引いたり、モッコをかついだり、鍬《くわ》をふるって、土地を均《なら》したりして、夕方暗くなってから、多少の賃銭をもらって、帰って来た。

頭領だけには、なにもさせなかった。もうそんな労働は無理な年でもあったが、部下の皆が総がかりで、養っていた。だから、退屈そうな頭領は、部下等の子供等を集めて、昔話をして聞かせたり、釣竿をかついで、方々の溝川に出かけたりして、日を送っていた。その時にも、必ず子供等や女等が供について、丁寧に奉仕した。

三、四年経った。
諸大名の邸宅は、もうほとんど建ってしまった。浪人等の仕事の口は、なくなった。

すると、彼等は、なんのためらいもなく、乞食となった。

辻《つじ》に立っての居合抜《いあいぬき》、賭剣術《かけけんじゅつ》から、川魚売《かわうおうり》、薦僧《こむそう》、各戸をまわって一文《もん》二文《もん》の報謝を受ける普通の乞食に至るまで、さまざまな賤業に従事した。

頭領だけはかわらない。依然として遊んで生活し、依然としてうやうやしく奉仕されていた。

乞食には、乞食だけの社会があり、従って、その秩序を維持するための、彼等の制度がある。江戸の乞食は、佐竹家の勇将車丹波守《くるまたんばのかみ》の弟であった車善七の支配下にあった。これは、一つの王国である。この王様の許可を得ない以上、乞食を職とすることは出来ないのだ。

新たに乞食部落化した、この浪人部落にたいして、善七王の許から勅使が立ち、厳重な抗議があった。

晴れの礼服として、ざわめく真新しい菰《こも》をかぶって、威風堂々と乗りこんで来た勅使に、頭領は会った。

「フン、フン、フン、一々、ごもっとも千万なお言葉だ。わしがまいって、申し開きする」

頭領は、こう答えて、勅使と同道して、その日の当番の家の少年一人を供につれて、善七の小屋に出かけたが、なにをどう話したか、二、三時間後には、ほろ酔いのいい機嫌で、数人の乞食共にいとも鄭重に送られて、帰って来た。

このことは、一時消えていた、界隈の人々の好奇心を再燃させた。

「さすがの善七が、あれほどの礼をつくす。世にある頃の名こそ知りたい」

と、うわさし合った。

当人等に聞いてみたものもあったが、浪人等は、

「忘れますた。忘れますた」

と、国なまりで答えて、笑っているだけだった。

人々のこの関心も、一年経ち、二年経つうちには、再び消えて、この時ついた「乞食大名」のあだ名だけが、いつまでものこった。

二

この奇妙な一団が住みついてから、五年目、寛永六年の初秋の一日。さわやかな風に乗って、赤トンボの飛ぶ日の午後であった。

後の水道橋、この頃では吉祥寺橋《きちじょうじ》といわれた橋のそばの水戸邸の門を出た武士があった。深編笠《ふかあみがさ》に面《おもて》をつつんでいたが、立派な風体《ふうてい》であった。二十二、三の、りりしい眉の青年武士と肩を並べ、若党と中間《ちゅうげん》を二人召しつれていた。

彼等は、畑と原野と藪《やぶ》との間につづく道を、曲りくねりつつ登って本郷台をこえ、そこから、加賀邸の横を通って、不忍《しのばず》の池のふちまで下りて来て、立ちどまった。笠をはらって、額《ひたい》ににじむ汗をふいた。年頃、四十二、三、聡明そうな美しい額と、澄んだ目を持った、上品な人柄であった。

「あれだな」

と、目で示した。その目は、岸に沿って小一町向うに群立しているカマボコ小屋に向いている。

「そのようで」

と、青年は答えた。

二人は、衣紋をかきつくろった後、そこへ近づいて行った。

小屋の周囲には、子供等が遊び、池では女等が洗いものをしていた。武士は、女の一人に声をかけた。

「卒爾ながら、ものを聞きたい」

中年のその女は、洗いものを、岸におき、たすきをはずし、裾をおろしてから、こちらを向いて、

「なにをおたずねでございましょうか」

と、言ったが、忽ち、驚きの表情を顔に走らせた。土下座した。

「これは、山野辺の殿様。お見知りおきもございますまいが、鮭延《さけのぶ》の家中《かちゅう》の者でござい

ます」

女は、涙さえ浮かべて、興奮していた。

山野辺の殿様といわれた武士も、興奮の色を見せた。

「おお、おお、そうか。さても久しや。——わしも、半年ほど前から、御赦免《しやめん》をこうむって、江戸に来ていた。この程になって、やっとこちらのことを聞いた。それで、今日はたずねてまいったのだ」

この有様を見て、ほかの女らも集まって来た。そして、武士の顔を見るや、皆、土下座してなつかしげに目をうるませた。

「皆、越前が家中かや」

と、武士も、なつかしげに見まわした。

子供等も、集まって来た。指をくわえたり、はなをたらしたりして、めずらしげに、武士達を見ていたが、中の一人が駆け出して、頭領の小屋へ走りこんだ。すると、そこから、頭領が立現われた。

この頃、頭領は、六十七、八になっていたが、まだ体力も、気力も、いささかも衰えていないようであった。強い日ざしに、小手をかざして、こちらを凝視したその顔に、驚きの色が走ると、大股に歩みよって来た。

「おめずらしや、右衛門様」

「めずらしや、越前」

こう言ったきり、しばらく二人はことばがなかった。

やがて、頭領の目は、相手のうしろに立っている若者の顔に向いた。（はてな）と、思う風情であった。

山野辺は言う。

「これは、小国《おぐに》が忘れがたみ。知っていようが、小国は三年以前死去《みまか》った」

「日向《ひゅうが》の死去は、風のうわさに聞いていましたが、さては、おことは、秀寿丸が成人の姿か」

見つめている頭領の猛々しい目が、薄く曇った。

若者は丁寧におじぎした。

「秀寿でございます。今は、数馬光重と名乗っています」

「さても、さても、立派に成人した。言われてみれば、眉のかかり、頰のあたりに、父《てて》御《ご》の面影が見える。いくつになったな」

「二十《はたち》になりました」

「二十？　――とすれば、瓦解の時は、十三か。――世が世であればのう。いや、これは返らぬくりごと」

そして、はは、と、笑って、

「さて、せっかくおたずねをいただいたが、ごらんの如き乞食の境涯、坐っていただくところもない。あれに行って、あれでお話しいたしましょう」

一本の大きな松の下を指さした。そこは、紅白の蓮華の涼しげに咲いた池にのぞみ、夏草が敷物のように、生えそろっていた。

女等が、小屋から、茶の湯の道具を運び出して来た。

「先刻も申しましたように乞食の境涯。なんの風情もありません。心ばかりの饗応」

「いや、いや、得がたい風情だ。よろこんで馳走になる」

頭領は、ほどよい所に諸道具をすえさせ、湯をわかし、茶を立て、客に供し、自らものんだ。

悠々として、茶儀を楽しみながら、話が出る。

客――山野辺右衛門義忠は言う。

「去年の秋、公儀から、備前の配所へお使いがあって、御赦免と、江戸出府の台命を伝えて来た。悪いことではない故、心配はせぬようにとの、上使の申しそえはあったが、出て来てみると、思いもかけぬ御恩命であった。水戸家の附家老《つけがろう》になれとのこと。罪余の身、枯木に花咲く思いで、有難くお受けすることにして、今では水戸家にあって、一万石を食《は》んでいる」

「さても、めでたいこと。ただならぬお家である水戸家のお附家老とあっては、直参衆と同じ。お喜びを申し上げます」

頭領は、心からうれしげであった。

「有難う。こうした身の上になったにつけても、思われるのはそなたや小国のことであった。小国は、三年前、肥前の配所で死去《みまか》ってしまった。それで、使いを出して、この者に来てもらった。いずれ、しかるべき家へ推挙しようと思って、わしの家にいてもらっている。次はそなただ。江戸に来ているらしいと風のたよりには聞いていたが、くわしいことがわからぬ。いろいろと手をつくして、やっとこの頃、ここにこうしていると知った。矢も楯もたまらず逢いたかったが、なにやかやと多端でのう。やっと、今日まいることが出来た」

「御心配をかけましたな」

「そう言われると、恩を着せるようで、心苦しい。そんなつもりで申したのではない」

「てまえも、そのつもりで申したのではありません」

と、頭領は、闊達に笑った。山野辺も、笑った。

「ところで、どうであろう。最上家随一の勇将と謳われた鮭延越前ともあろう者が、この境涯は、あまりにもいたましい。わしの仕送りを受けてくれまいか。そのうちには、しかるべき家にお世話する。こうしていては、花咲く春も避けて通りはせぬかと思うがの」

頭領は、大きく笑って、手を振った。

「御芳情の段は、肝に銘じますが、それはおいて下され。これで、この境涯も捨てがたいものでありましてな」

山野辺は、憮然《ぶぜん》とした面持になった。

「そなた、あの時のことを、まだ忘れぬのだな」

越前も、笑顔をすてた。

「この年になっても、越前の性《さが》は直りませぬ。われながら、あきれ果てている始末であります」

しみじみとしたものに、聞かれた。

三

出羽山形の最上家は、戦国末期義光《よしあき》の代から隆盛になった。

義光は武勇逞《たくま》しい人物で、はじめわずかに数郡の主であったが、しきりに附近の豪族を斬り従えて、出羽一国五十余万石をその領とした。彼は、時勢の見通しにもさとく、織田、豊臣、徳川と、目まぐるしく変動して行く大勢にピタッと呼吸を合わせて、時の権威者との交情をかためていたので、天下が徳川氏に定まってからも、その領地は安《あん》堵《ど》せられた。

義光の子は家親《いえちか》、孫は義俊《よしとし》。

義俊の代に、お家騒動が起った。

義俊は十二歳の時、父の死に逢って家を継いだので、一族や家老等の合議によって、政治がとられていた。やがて、義俊は次第に成長して来て、自ら政《まつりごと》を攬《と》ることになったが、恐ろしく出来が悪い。酒色に惑溺《わくでき》して、すること為すこと、感情的で、任免、賞罰、すべてその時その時の喜怒にまかせる有様であったので、家中の者の間に、よりより、

「この君、人君たるの資質を欠き給う。右衛門太夫義忠様に、跡目をついでいただくわけにはまいらんだろうか」

という議が、もち上った。

右衛門太夫義忠は、義光の四男で、当主の叔父にあたる。前代の時から臣列に下って、老臣となり、山野辺城をあずかっているのであった。

この噂を仄《ほの》聞いた義俊は、激怒した。彼は、たった一人寵信している老臣松根備前守光広に命じて、幕府にこう訴え出でさせた。

「一族及び老臣共、逆心をさしはさんで、山野辺義忠を擁立しようとしている。前代家親の死も、尋常な死でなく、老臣等に毒殺されたのである」

幕府では、検察の者を出羽につかわした。

厳重な取調べの末、わかったのは、当主義俊の政治のだらしないこと、家中の者の間に、義忠を立てたいとの要望はあるが、単なる要望だけで、組織立ったものではないこと、前代は、急死ではあったが、病死であって、毒殺などではないことなどであった。

幕府では、老臣等を江戸に召出して、こう申しわたした。

「虚偽の訴えをなし、お上を驚かし申した段、その罪浅少でない。詮ずる所、これは義

俊の政治のとりざまが悪いのである。よって、領国は没取《もっしゅ》するが、先祖の功を思召されて、新たに六万石を賜う。老臣、一族の者共、心を一にして義俊を輔《たす》けて、善政を布くよう。政治がよく行われ、義俊が中年に達したなら、先祖の領地も返しあたえるであろう。松根は不都合であるから、筑後柳川の立花家あずけとする」

これにたいして、老臣等は、抗議した。

「義俊儀は、とても大名たるべき器《うつわ》ではありません。殊に、無実の訴えをした松根は、厳科にも処せらるべきであるのに、大名あずけくらいのお咎《とが》めですんでいます。このようなことでは、われらが骨を折れば折るほど、第二、第三の松根が出て来るに相違ありません。仰ぎ願わくは、義俊を廃して義忠を立て、松根を厳科に処し給わんことを。このこと御聴許下さらぬにおいては、われらには当家退散を許していただきたい」

強硬に言い張って、一歩もゆずらない。

しかし、幕府としても、一旦申しわたした判決を、撤回することは出来ない。

「我意《がい》を申しつのって、不届千万。かくては最上の家は取潰すより外はないが、それでもよいか」

「かまい申さぬ」

ついに、最上家は、家不取締の理由によって、本領全部召上げ、新たに三河と近江で一万石を賜わることになり、我意を申し募ったかどによって、老臣等は、それぞれ、諸家あずけとなった。山野辺義忠は備前岡山の池田家、小国《おぐに》日向は備前佐賀の鍋島家、鮭延越前は下総古河《こが》の土井家。

この裁判の時最も強硬であったのは、鮭延越前であった。義俊の命を受けて宥《なだ》める者があったが、彼ははっきりと言い切った。

「われらフツといや。殿の顔を見たくもない。いやな殿の前に、膝腰曲げて奉公しようより、天下晴れての浪人ぐらしが、なんぼう快いことか」

「おことは、今の世のけわしさをお知りでないようだな。世間では、浪人地獄と申していますぞ。おことほどの人でも、一旦、浪人の身となられては、おありつきの口も、めったにはありますまいぞ。下世話にも短気は損気と申す」

越前は、からからと笑った。

「われらは、生れおちて以来、口に出したことをひるがえしたことのない男だ。なんと申されようと無駄。召しかかえる人なくば、乞食するまでのこと。――そうだ、約束しよう。当家に受けた禄一万五千石、一粒欠けても、主取りはすまい」

あまりの頑固さに、相手も怒った。

「しかと、御約束申すぞ」

「おお、約束いたした」

こうして、最上家は、ほんの形だけをとどめて瓦解し、家中は退散した。山野辺、小国、鮭延の三人は、そのあずかり先きからの迎えがあって、それぞれ、配所に赴《おもむ》いたが、その立退きぶりの最も立派であったのは、小国日向であり、最も変っていたのは鮭延であった。

日向は、その居城小国を開渡《あけ》すにあたっての手順、礼儀、作法等、整々として、見事な古法に則《のっと》っていたので、受取りの大名や、上使は、舌を巻いて感服した。

また、彼はかねてから領民を愛することが深かったので、領民等は、彼の退去を惜しんで、毎年きまっている刈上餅《かりあげもち》を搗《つ》く日を早めて餅をつき、それぞれ道に持って出て、日向に捧げ、泣いて別れを惜しんだ。

越前は、あるかぎりの貯えを、皆、家臣等に分ち与えて、立退かせたが、中に二十人、退去を承知しない。どこまでも、お供したいという。

「おれは罪人。無禄の身だ。そなたらを養うどころか、置く場所もない。平《ひら》にかんにんしてくれ」

と、言うと、どうやら承知したが、こう言う。

「それでは、この際は、殿の御迷惑となる故、立去りますが、殿が御赦免になられたら、すぐお側へまいることをお許し下さい。生活は、われわれが自ら立てます」

この上、いけないとは言えなかった。越前は、笑って許した。

「もの好きなことだな。その方共の心まかせにするがよかろう」

その時から、今まで九年。

この間に、老臣等は、順々に赦免になった。先ず、越前が、その翌年の秋、ゆるされた。次には小国であったが、これは赦免前に病歿した。

最後に、山野辺であった。これは、最上の一族で、競争者として、義俊のうらみが集まっていたので、赦免が最もおくれた。

越前の赦免が最も早かったのは、あずかり主の土井大炊頭利勝《どいおおいのかみとしかつ》が、当時、幕府の大老であったからかも知れない。大炊頭は越前に、自分の家に奉公せんことをもとめた。

「知行いかほどを賜わりましょうか」

「五千石では、どうであろう」

「残念ながら、五千石では、御奉公いたしかねます。旧知に一合かけても奉公はせぬと、高言した手前がありります」

「さてさて、残念なこと。旧知どころか、二万石でも、三万石でも、わしは出したい。しかし、わしの身上《しんしょう》では、五千石が精一ぱいだ」

心底《しんそこ》から、大炊頭はおしげであった。

越前は、気の毒とは思ったが、しかたなかった。

越前が赦免になると、二十人の旧臣共は、続々として押しかけて来た。この一年、どんな生活をしていたか、皆、鎧櫃《よろいびつ》を背負い、槍をたずさえ、鍋釜下げて家族を帯同している。

土井家の人々は、舌を巻いた。口々に言い合った。

「これほどまで士《さむらい》に思いつかれている越前殿の士《さむらい》あしらいこそゆかしい」

越前は、これらを引きつれて、江戸へ出た。

そして、前にのべたような生活をつづけているのであった。

四

山野辺と、小国数馬が帰って行って、しばらくの後、日の没《はい》る頃になると、思い思いの服装をした家臣等が、ポツリポツリとかえって来た。

彼等は、一人一人、越前の小屋へ伺候《しこう》して、姿に似気ない礼儀正しさであいさつをした後、それぞれの小屋へ引上げて行く。

その幾人目かであった。ほろ酔いきげんの足どりで帰って来たものがあった。

その道のことばで、カブリ乞食といって、なんの芸もなく、ただ貰うだけのみすぼらしい服装をしていたが、年頃は三十二、三、くっきょうな体格をし、蓬髪《ほうはつ》の下に精悍《せいかん》な目の光る男であった。名は、吉田覚兵衛《かくべえ》。

「唯今、かえりました」

「御苦労。いい機嫌のようだな」

「今日は、面白いことがございました」

「ホウ？」

吉田は、少し興奮していた。面白そうに語った。

今日、吉田が、いつもの通り、日本橋の袂に坐っていると、午《ひる》を少し廻った頃であった。通りかかった勤番者らしい青年と浪人らしいカブキモノとが、行きちがいに鞘が当った当らぬが原因で、喧嘩をはじめた。

こんな喧嘩はめずらしいことではない。関ケ原以降天下に充満している浪人等は、仕官の口のないまま、この頃では、すっかりすさんで、主人を持っている武士を敵視して、針ほどのことを言い立てては、喧嘩、口論、決闘沙汰となるのであった。

「ほう、またか」と、見ていると、カブキモノには、見る間に助勢の者が五人も出て来た。

青年武士は、勇敢でもあるし、腕もかなりであるようであったが、多勢に無勢、しだいに斬り立てられて、危《あやう》くなった。

吉田は、自分の姿をかえりみて、仲裁者の出現を待ったが、黒山のような見物人の中には、武士姿の者も見えるくせに、誰一人として、出て口を利く者がない。

吉田は、義憤を発した。出て行った。けれども、カブキモノ共は耳にもかけない。

「乞食の分際で、人並《ひとなみ》な口を利く！　退れ、退れ。ぐずぐずしているにおいては、その分には捨ておかんぞ！」

「捨ておかんとは、どうなさるので」

「見たいか」

「見とうございますな」

「こうだッ！」

いきなり斬りつけて来た。

吉田も腹を立てていた。その刀を引ッたくって、ばたばたとカブキモノ共をたおした。もちろん斬りはしない。棟《むね》打《う》ちにしたり、川へ投げこんだりした。

青年武士は、数ヵ所の傷を負い、気力を使いつくし、立っていることも出来ないほどとなっていた。青年の名は、佐々《さっさ》なにがし、豊前中津の細川家の臣であるという。

吉田は、それを介抱して、その藩邸まで送りとどけてやった。

「若者の家では、きつい喜びようで、大へん馳走してくれました。それでこのきげんでございます。――それから、これがお礼。金二両ございます。昔なら受けぬところでございますが、今はこの境涯、遠慮なく受けてまいりました」

と、長い話を結んだ。

「はは、はは。それは久しぶりに面白い目をしたな。どうだな、近頃は方々で喧嘩がはやる由。江戸中を喧嘩をさがして歩いたら、よっぽど面白くもあれば、もうかりもするであろうぞ」

「そううまくはまいりますまい。なんの職業《しょうばい》も、職業となりますと、難儀なもので」

「いかにも、いかにも」

主従は、声をそろえて高笑いした。

五

翌日、佐々家から、改まっての謝礼の使者が来た。あの青年の従兄であるという、篤実そうな中年の男であった。越前に会って、鄭重な謝辞をのべて帰ったが、その翌日に、また来た。

折悪しく、越前は、釣りに出かけていて、不在であった。

「呼んでまいりますから、しばらくお待ち下さいまし」

と、留守居の女が言ったが、武士は、

「それには及びません。帰ってまいられたら確《しか》とこれをお渡し下さい。大事な書面であります故、お忘れなきよう」

と、言って、一通の書面を渡して、立去った。

夕方近く、越前は、五、六人の子供等を、前後にしたがえて、かえって来た。

子供等は、釣竿をかついだり、小鮒《こぶな》が五、六匹入った魚籠《びく》を持ったり、敷物を持ったり、なにか一つ、越前の持物を持たせられたのをうれしがって、おどったり、はねたりして、従っていた。

留守居の女は、細川家の武士が来たことを告げて、あの書状を差出した。

「そうか」

越前は受取ったが、ふと、「オヤ」と思った。書状は左封じにしてあった。

越前は、ふところにした。

いつもとかわらない調子で聞いた。

「口上は、それだけであったか」

「それだけでございました」

「一人だな」

「はい。昨日と同じ下人二人を召しつれてはいましたが」

「よしよし。わかった」

女等が酌んで来てくれた水で、手を洗い、口をそそぎ、からだを拭いた後、小屋に入った。

日が沈んだばかりであるが、小屋の中は暗い。越前は、入口まで来て、夕明りと、折から出た満月近い月の光の中に手紙をひろげた。

それは、決闘状であった。

〈乞食の助力によって、危難を免かれ得たことが、家中の評判となり、「武士にあるまじきこと」と、非難する者が多くなったため、ついに本人は、今暁、切腹してしまった。

ついては、恩は恩であるが、うらみはうらみである。覚兵衛どのを討取らねば、佐々一門の者の武士が立たぬことになった。お気の毒とは存ずるが、武士の義理いたし方ないことである。

されば、今夕、戌《いぬ》の刻《こく》（八時頃）を期して、神田橋外の原まで、覚兵衛どのをおさしつかわし願いたい。助勢の者は、幾人添えられようとも、御自由である。当方も、一族の者、皆出張るから。もし、覚兵衛どの一人の出張りなら、拙者一人がお相手するであろう〉

という意味のことが、作法正しく、認《したた》めてある。

傷あとのある越前の頰は、皮肉にゆがんだが、すぐ平静にかえった。さらさらと手紙を巻きおさめて、小屋に入った。

その頃から、男等がかえって来る。越前は、いつもの通りの態度で、皆のあいさつを受けたが、相手が退る時、こう言った。

「夕食がすんだら、松の下に集まってくれ。ちと、話がある」

三、四十分の後、一昨日山野辺を迎えた一本松の下に、集まった二十人の家臣等に、越前は、委細のことを物語った。家臣等は、興奮した。

「面白うござる！　出かけましょう！」

と、一人が絶叫すると、思い思いに叫んだ。

「細川家家中が相手とは面白い」

「相手にとって不足はない」

「久方ぶりの剣《つるぎ》の舞い。やれ、うれしや！」

日頃の鬱屈が、突破口を得て、一時に迸《ほとばし》り出たのであった。

草の上に、ゆったりとあぐらを組んで、微笑をふくんで見ていた越前は、大きな手を振って、静まるように合図した。そして、皆が静まるや、大きな声でどなった。

「一人も行くことはならんぞよ！　違背するにおいては、久離《きゆうり》切って勘当申しつけるぞよ！　いいか、わかったか」

叱咤《しった》するように、はげしい調子であった。人々は、シンとなった。越前は、つづけた。おだやかな言葉づかいになっていた。

「細川家の者共の言い分を、そなたら、なんと見る。馬鹿げていると思うであろう。武士《さむらい》の意気地じゃの、武士の面目じゃのばかりを考えて、わきを考えぬと、この馬鹿げたことが馬鹿げたこととわからんようになるのだ。これを武士《さむらい》馬鹿という。馬鹿の相手になって馬鹿をすれば、馬鹿以上の馬鹿になる。越前が家《いえ》の子《こ》共には、馬鹿はいぬはずじゃな」

「…………」

「そなたらに、この話をしたのは、万一のことを用心してのことだ。今夜こちらから出向かねば、ひょっとして、あちらは、ここへ押寄せて来るかも知れぬ。今夜来ねば、明夜来るかも知れぬ。明後夜来るかも知れぬ。お膝下のこと、白昼はそんな大胆なことはすまいが、夜は危《あぶな》い。向うに馬鹿ぬけた者があれば、大丈夫だが、同じような馬鹿ぞろいらしく思われるから、大てい来ることと思われる。用心だけはしておこうぞ」

越前は、当分女子共の寝場所を、中心に近いいくつかの小屋にすること、男等は、外まわりの小屋に寝泊りすること、哨者《しょうしゃ》を立てて、一刻《とき》（今の二時間）交替とすること、敵が来襲したら、刃物をつかわず、棒と礫《つぶて》を用意して、それであしらう等のことを、申しわたした。

「おれが采配《さいはい》をとる。万事、その采配に従うよう。子供の戦さごっこのようなものだが、腹ごなしにはなろう。久しぶりのことだ。はは、はは」

と、笑った。

家来等も、また笑い出したが、笑ううちに、へんにさびしくなって、すぐ笑いやんだ。大薙刀をふるって陣頭に立てば向う所敵はなかったその人の勇姿が、ありありと思い浮かんだのであった。

六

襲撃のあったのは、それから五日目の夜であった。

報告に接した越前は、すぐ小屋を出て、二十人を三手に分けた。一隊は正面にひかえさせ、一隊は池辺《ちへん》の夏草の中に埋伏させ、一隊は敵に挑ませるために前に出した。おのれは、小屋を十間ほど離れて、采配を取って、床几《しょうぎ》によった。

夜半《よなか》に近い時刻であった。十八夜の月が上りかけていた。敵は総勢、四十近くもあったろう。槍を携えた者も、かなりにあった。

おぼろな月光の下を、粛々として、近づいて来て、小屋から小一町ほど離れたところで、立ちどまった。軍使の役を帯びた者であろうか、その中から一人が抜け出して、なお進んだが、十二、三歩も歩いたと思うと、不意に横合から、その前面に出て来た者が五、六人あった。オヤ？　と、思う間《ま》もない。ずらりと横にならぶや、「一、二、三」と、掛声して、声をそろえてどなった。

「恩知らずの、侍馬鹿共ーッ！　なにを血迷うて来たぞーッ！」

武士等は、カッとなったらしい。正々堂々と、礼儀を踏んだ戦さをしようというつもりであったようだが、そのつもりをふっ飛ばしてしまった。

「おのれ、乞食ばら」

心頭に発する激怒をそのまま、刀を抜きそばめ、槍の穂先《ほさき》をきらめかし、備えを乱して突進して来た。

乞食共は、一応戦もしないで、逃げた。にくいことに、けらけら笑いながら逃げた。

武士らは、怒りに目がくらんだ。歯ぎしりしながら、なお追いかけて来た。

乞食共が、ある地点まで行くと、前面の床几にかかっていた越前が、さッと、采配を振った。乞食共は横に切れた。同時にそこにひかえていた一隊七、八人が、手ン手に礫を打ちはじめた。

「そら行け、そら行け……」

一打ち毎にかける掛声と共に、手を離れるつぶては、風を切って、武士等に飛んで来る。面部、肩先、胸、腹、手足のきらいはない。

「敵には備えがあるぞ！」

「退くな、退くな！」

「恥を知れ！」

しどろになりながらも、なお突進して来たが、再び越前の采配が打ち振られると、池辺に埋伏していた一隊が、横合から棒を振って襲いかかった。

武士等は、益〻狼狽し、混乱した。

三度、越前の采配がひらめいた。すると、先っきどこやらへ去った誘いの一隊と、つぶての一隊とが、棒をたずさえて、突進して行った。

武士等は、収拾することの出来ない混乱におちいった。右往左往して、逃げまどった。乞食共は、一々、それを追いつめて、叩き伏せた。

四度、越前は采配を振った。掻き消すようであった。乞食共はサッと引上げて、それぞれの小屋に入り、ひっそりと静まった。

十八夜の薄い月の照っている下、おぼろに水面の光る池のほとりに、しばらくは生きて動くものは、なに一つ見えなかったが、やがて、一時たえていた虫の声がおずおずと返り、一しきりずつ来る時雨《しぐれ》の音のように盛んになった頃、武士等はよろめきながら起き上った。そして、互いに扶《たす》け合って、しおしおと立去った。

七

この事件を越前は世に知らせまいと、骨を折った。家来共にも、かたく口どめしておいた。だが、意外なことから、パッと世にひろがった。張本人である佐々の一族の若者五人が、腹を切ってしまったからであった。

「大馬鹿共め。馬鹿につける薬はないとは、よう言うたわ」

と、越前は、おそろしくきげんが悪くなった。

事件は、幕府に聞こえた。

越前は、町奉行所に呼び出されて、取調べを受けたが、越前の態度と申しひらきとは、共に見事であった。

彼は、構いなし、と、言いわたされ、細川家は、今後その家中の者で、越前にたいして怨恨をふくんで、ことを企てる者があれば、細川家の落度と見なす、と、言いわたされた。

一時忘れられていた越前の名が、また世にあらわれた。

「越前なれば、それほどのことはするはず。過ぐる関ケ原御陣の時、長谷堂口で、上杉家の名将直江《なおえ》山城《やましろ》に、泡を吹かせたことのある男だ。その越前が、乞食しているとは、さてもさても……」

と、かつての戦功が、あらためて思い出された。

「越前も越前だが、さらにめずらしいは、家臣共の誠忠だ。乞食して主を養っているというではないか」

越前の機嫌は、益〻悪くなったが、当然の結果として、小屋のほとりには、見物人が群集し、諸大名からの招聘《しようへい》の使者がひきも切らない。

「一万五千石。一粒欠けても、奉公はいたさぬ」

と、冒頭《のつけ》から二べもなく言い切る。

太平の兆《きざし》が日を追うて濃くなる時代だ。万石以上となると、どこも手を引いてしまう。

「どこぞへ移りましょうか。せっかく住みなれて、心残りはありますが、こううるさくては、おいやでございましょう」

と、家来等が言った。越前は、首を振って、

「なに、しばらくの辛抱だ。やがて、皆、忘れる。世間というものは、そうしたものよ」

と、微笑した。

ほど経て、山野辺義忠が来た。

「噂は聞いたが、急がしくて、参るひまがなかった。お働きのこと、諸家《しよけ》で大へんな評判だぞよ」

「ハハ、年甲斐もない悪戯《わやく》をしてしまいました。どうかしていたのですわい。心底《しんそこ》、穴

あらば入りたい」

「ハハ、ハハ、ハハ。ところで、今日は用事があってまいったが、おこと、土井家に仕えてくれぬか。前にもその話があった由だが、この程、大炊頭殿に殿中でお目にかかった所、曲げて説きつけてくれとのお頼みであった。禄はこの前の通り五千石……」

越前は手を振った。笑いながら言った。

「一万五千石、一万五千石。お忘れになっては困りますぞ」

「やはり、それを言うのか」

「詮ないこと。越前は強情ものでありましてな」

山野辺は、長い溜息をついた。

しばらくの沈黙の後、越前が言う。

「小国のせがれ、今日はお連れでありませんな」

「ああ、出がけに、さがさせたが、つい少し前、外出したとかで、いなかった」

「この老骨より、あの者を早く世話していただきたい」

「心得ている。心得ている。しかし、若い者には、望み手がなくての。おことの望み手を少しわけてやりたいのう」

「老骨の拙者などより、若い者の方が、なんぼうか、実際の役には立つはずでありますのに、おかしなことでありますな。さては、諸家が、武功の士をもとめるのは、飾りものにするためなのでありますな。さて、さて、太平の世は、拙者共にはわからぬことばかりでありますわい」

「いよいよ、仕官の気はなくなったようだな」

「そのようですな」

「人のことのように言うぞ」

二人は、声をそろえて笑った。

八

二年の歳月が過ぎた。

もう、どこの家からも、招聘の使いは来なかった。町の人々も、めずらしがることをやめた。乞食部落には平穏がかえって来た。

ただ、山野辺義忠だけは、折々に訪《おとな》うことを忘れなかった。大抵の場合、小国数馬を供に連れていた。思うような口がないとかで、匂うように美しかった青年の顔には、次第に疲労の色が見えて来るようであった。

「元気を失うなよ。そなたの父御《ててご》は、味方の旗色が悪ければ悪いほど、意気の盛んになる人であったぞ」

と、越前ははげました。

そのうち、山野辺は、青年を連れて来ることが稀になったが、ある日のこと、言う。

「数馬は逐電《ちくでん》したよ」

「逐電？　日向の子ですぞ？」

越前は、おどろいた。ほとんど腹を立てた。

「待ちくたびれてのあまりに、心にゆるみが出たのであろうと思うが、数ヵ月前から、葭原《よしわら》の遊女に迷って、ラチクチなくなった故、ついこの前のこと、意見をした所、その翌日、家を出たまま、帰って来ぬ。日向ほどの者の子でも、若い時はしかたのないものだのう」

嘆息とともに言う山野辺の言葉を聞いて、越前はなんにも言うことは出来なかった。

その夜、越前は、あの松の下に家臣共を集めて、数馬の話をした。気を配って、噂を聞き、それらしい者のことを聞いたらすぐ報告するようにと命じた。

なんの聞きこみもないままに、半年ほど経った。

秋だった。

ある日の午過《ひるす》ぎ、時ならぬ時、家臣の一人が走りかえって来た。

「申し上げます」

息せき切っていた。

越前は、松の木に子供等を集めて、昔話を聞かしていた。

「なんだ」

「日向様御子息のことについて、容易ならぬことを聞きました。お人払いを願いとう存じます」

血相がただならなかった。

越前は、しばらくあちらに行くようにと、子供等に言った。

面白い話の最中であったのであろうか、子供等は、のこりおしそうに、散って行った。

それを待って、家臣は口をひらいた。

まことに、容易ならない話であった。

数馬が、辻斬り追い落しを働いたのが発覚して、葭原に遊興中を、捕吏に踏みこまれ、散々に働いた末、深馴染となっていた遊女を刺し殺して、腹を切って果てたというのだ。

昨夜のことだという。

頭上から三斗の冷水を浴びせかけられる思いであった。

「それはたしかな話か」

不覚に、声はふるえた。

「たしかでございます。日本橋の獄門《ごくもん》台に行って見てまいりました。まぎれもなく、数馬様の首でございます」

越前は、瞑目した。心気をしずめた後、言った。

「そちのことばを疑うではないが、行って見て来たい。回向《えこう》もしたい。供してくれるよう」

日本橋の袂には、黒山のような人が集まっていた。越前は、それをわけて、前に出た。

首は、六尺ほどの台の上にのせられていた。

月代《さかやき》はのび、削《そ》ぎとったように頬が薄くなり、半眼にあいた目には、荒《すさ》みはてたとげとげしさがあふれていた。かつてのあの凛々《りり》しい美しさ、匂うような面持は、翳《かげ》ほどものこっていなかった。しかし、それでも、まさしく、数馬の顔であった。

そばに捨札《すてふだ》がある。悪所遊びの金に窮して、しばしば、辻斬追剝ぎを働いたばかりか、上役人に手向いした極悪罪人であるから、ここに梟首《きょうしゅ》する、と、書いてあった。

越前は、合掌し、唱名した。その耳に、彼は、日向の声を聞く念《おも》いがした。

（……そなたがいながら、そなたがいながら……）

打ちのめされたような心で、そこを離れた。おのれの足の爪先を見つめながら歩いていたが、ふと、その前に立ちふさがった者があった。

りっぱな服装をした武士であった。編笠をかぶっていた。その笠のふちを上げて、ちらりと顔を見せた。山野辺であった。両眼に、あふれるばかりに、涙をたたえていた。

二人は、うなずきかわしただけで、肩をならべて歩いた。無言のまま。

やがて、越前が言った。

「土井家への奉公口。まだ脈がござろうか。あるなら、すぐにもまとめてほしいと思っています」

山野辺は、ただ、うなずいた。

切なく、越前はあえいで、何か言おうとしたが、言葉にならなかった。

「言うな、言うな。わかっている。わかっている」

二人は、人間というもののはかなさを、しみじみと感じていた。小国日向ほどの者の子も、よるべなさに心の支えを失えば、この有様となる。越前に万一のことがあった場合、忠誠無二の二十人もどうなるか。まして、その妻、その子、その孫……。

深い秋であった。明るい日であった。こだまを呼ぶほどの静けさが町をしめていた。二人は、黙々と歩いた。傾いた日の投げる、おのれの長い影をふみながら。

土井家に五千石で仕えた越前は、大炊頭に願って、二十人に二百五十石ずつを与えることをゆるして貰い、おのれは、一日交代に、二十人の家を泊り歩いて、世を辞するまでかわらなかった。

歿年八十四。

その二十人が、亡主の冥福を祈るために建てた寺が、鮭延《けいえん》寺。古河の名刹《めいさつ》として、今ものこっている。越前の墓はここにある。

阿呆豪傑

一

天正十八年七月、小田原城がおち、つづいて奥羽地方が鎮定し、豊臣秀吉の天下統一の業が完成した。秀吉は徳川家康を駿《すん》、遠《えん》、参《さん》、甲《こう》、信《しん》の五ヵ国から関八州に国がえした。八月一日、家康は江戸に入った。

つづいて、蒲生氏郷《がもううじさと》が、伊勢松ケ島（松阪の近く）十四万石から会津《あいづ》七十万石（四十二万石ともいう。後に百万石あるいは百二十万石という）に移封《いほう》された。

氏郷は会津への途中、家康に、江戸通過の際挨拶のため江戸城へ立寄るべき旨を申しおくった。家康も移って来て間もない頃のこと、よろずに不足な時ではあったが、出来るだけの歓待をしようと心をくだき、迎えの家臣を途中までつかわした。

氏郷はその出迎えの者と同道して江戸に入り、旅館として定められている寺院に一先《ひとま》ず落ちついた後、旅装を礼装にあらためて江戸城におもむいた。

当時の江戸は奥州街道沿いの一宿駅にすぎず、従って城もごく小規模で、前の城主遠《とお》山《やま》氏の時代のままのいわば陣屋のようなものであった。大手門の前のあたりは葭葦《よしあし》の繁った湿地帯で、船板をしいて往来したという。徳川家の家臣等の住む家もなく、江戸を中心として四、五里の間の寺々や名主庄屋の家を借りたり、あり合わせの竹木《ちくぼく》で俄《にわ》か普《ふ》請《しん》の小屋を建てて住んでいたというから、城内の家康の住む場所も粗末きわまるものであったに相違ない。

氏郷は案内の武士に導かれて、家康の待つ座敷に向ったが、その途中、多数の武士の詰めている場所があった。

見ると、一同平伏して、肩衣《かたぎぬ》の肩の線が青海波《せいがいは》を描いたように見える中にただ一人、そりくりかえって氏郷に目を向けている者がいた。まことに異様な人物だ。真白な髪に真黒に日灼《ひや》けした顔をし、ちょいと見たところでは八十の老翁のようにさえ見えるが、腰骨のすわりやたくましい肩のあたりの様子からすると、案外そんなに行っていないのかも知れない。柿色に染めた地《じ》に胸から袖にかけて白く引両《ひきりよう》を出した派手な着物の褐色《かちいろ》の麻の上下《かみしも》をつけ、朱鞘の大脇差二尺三、四寸もあるほどなのをさし、敵意を含んでいるかと思われるばかりの猛々《たけだけ》しい目で、傲然《ごうぜん》として氏郷をにらんでいるのだ。

当時の徳川家の家臣等は、一種特別な性質をもっていた。長い間今川織田の両強隣にはさまれて、いじめにいじめ抜かれて来たためであろう、剛強で、ひがみが強く、容易に人を許さないところがあった。氏郷はそれをよく知っていたが、この老人の様子には少からず興味をそそられた。

（はて、なにものであろう。いずれは当家の屈指の勇士ではあろうが……）

と、思いながら通りすぎて、家康の前に出た。

一体、家康が関東に国がえになり、氏郷が会津に転封《てんぽう》になったのは、共に秀吉の高等政策による。秀吉にとって、家康は天下で最も恐ろしい人物であったので、秀吉はこれを箱根の東に封じこめ、これまで家康の領地であった東海道筋や甲信地方の要地には股肱《ここう》の大名等を配置したのであるが、なお不安なので、当時若手随一の大器と言われていた蒲生氏郷を会津におくことにしたのである。つまり、家康と秀吉との間に戦雲が動いた場合、氏郷をして後ろから家康に食いつかせようというのが秀吉の考えであった。

この秀吉の思案は、氏郷も家康もちゃんと心にふくんでいるが、けぶりにも出さない。双方共に大封の主に任ぜられた祝辞をのべ合い、饗応となった。この時家康四十九歳、氏郷三十五歳であった。

酒間、家康は氏郷に、

「おん道筋とは申しながら、お立寄り下され、ひとしおうれしく存ずる。お祝儀のしるしまでに、何がな御餞別いたしたく存じますが、同じくはお望みのものを進上いたしたい。お望み下されよ」

と言った。

「これはかたじけなきお心入れでござる」

と、氏郷は礼を言って、

「しかしながら、思いもよらぬ大国の領主に仰せつけられ、にわかに有徳人《うとくじん》（富者）となりましたので、ずいぶん支度もしてまいりましたれば、不足なことはさらにござらぬ。さりながら、せっかくの御芳志を無にするもいかが、一品だけ所望いたします。お聞きとどけいただけましょうか」

家康はよろこんだ。

「拙者の身にかのうことなら、何によらず御所望にまかせます。仰せ出でられるよう」

氏郷はにこりと笑った。

「しからば所望いたします。先刻このお座敷へまいります途中、御家来衆の詰所のわきを通りましたところ、顔真黒に日灼けした白髪あたまの老人で、柿色の地に白く引両を染め出した着物きて褐色の肩衣をつけ、朱鞘の大脇差したるがいました。何と申す者でありましょうか。今の世にはめずらしき男振であります。あの者をいただきとうござる。拙者家来として召連れ、今度の初入部《はつにゅうぶ》の飾りといたしたいと存ずる」

家康は急に笑い出しながら手を振って、

「ハハ、何を御所望かと存ずれば、とんでもなきものを！　ハハ、あれはいけませぬ。おやめ下され。恥かしゅうござる」

と言ったが、不服げな氏郷の顔を見ると、

「御説明申す。お聞き下され。あの老人は甲州の百姓の生まれで、若年の頃は武田家の老臣板垣信形《のぶかた》の草履取りなどいたしていた、筋目などさらにない者であります。また、途方もなき無分別者であります。御承知でもござろうが、板垣家は信形の子弥治郎の代に信玄に取り潰されてしまいました。弥治郎が父に似ぬ不覚者で、度々不奉公《ぶほうこう》をいたしたばかりか、ついには信玄の敵国に内通などの聞こえもありましたので、成敗されたのであります。あの老人はそのはるか以前から信玄の直参《じきさん》に取立てられ、曲淵勝左衛門《まがりぶちしょうざえもん》と名のって、弥治郎の組下になっていたのでござるが、信玄に腹立てて、〝板垣の家はおれが主家じゃ。当主弥治郎を殺しなされた以上、信玄公はまさしき主の仇《あだ》じゃ。おりゃ武士として信玄公を打ち殺さねばならぬ〟と高言してつけねらったのでござる。何と無分別な男ではござらぬか。ハハ、ハハ、その上、ごらんなされた通りの極老《ごくろう》の身となっているのでござれば、進上申したところで、もはや何の役にも立ちますまい。かかる者を進上いたしては、拙者の恥になることでござる。平にごかんべん願いたい」

氏郷は微笑した。

「筋目のないことも、無分別であることも、極老であることも、拙者においては露《つゆ》かまい申さぬが、御寵愛たぐいなき御家来のように見受けます故、強《た》って所望はいたしますまい。しかしながら、甲州の勇士曲淵勝左衛門の名は以前から聞きおよんでいます。近づきになって、昔物語など聞きたく存じます。この席へお呼び出し下され」

そこで、家康は曲淵を呼び出した。氏郷は曲淵を相手に酒をくみかわし、武田信玄、勝頼二代の間の合戦譚《かっせんたん》など聞いて、数刻を楽しくすごしたのであった。

二

勝左衛門は、甲州身《み》延《のぶ》村の百姓吉《きち》六という者の子として生まれた。当時の名は多吉。おそろしく強壮な子供で、十二の時、田の水争いが原因で、庄屋を泥田に投げこんで怒りにまかせて踏みにじっている間につい殺してしまったので、叔母が甲府の町に縁づいているのを頼って出奔《しゅっぽん》した。身延村は身延山の寺領だから、武田家の城下である甲府には追捕《ついぶ》の手がのびなかったのであろう。

叔母の家は酒屋をいとなんでいたので、武田家の徒士《かち》（下士官）や、足軽（兵卒）や、家中の武士の下僕等がいつも来ては酒を飲んだが、時おりたちの悪いやつがいて、たらふく飲んでは代をはらわず、さいそくすると腹を立てて乱暴をはたらいて、叔母の家ではこまっていた。しかし、多吉が来てからはぜったいにそれをさせなかった。そんなやつがいると、ひっつかんでは投げとばし、取っておさえては半殺しの目にあわせたのだ。

これで、叔母の家も助かったが、多吉の名前も甲府中に高くなった。

「強いのなんのと、からだも大きいが、その強さ、十人力はあるべ」

と、皆言いはやした。

このうわさを、板垣信形が聞いた。

「おもしろい童《わっぱ》だな。武家奉公の志はないかと聞いてみよ」

人をつかわしてみた。

板垣信形は武勇のほまれ高く、武田家第一の老臣だ。

「よござるべえ。奉公しますべえ」

多吉は承諾して、板垣家に奉公することになった。

信形はこれに鳥若《とりわか》という名前をあたえ、草履取りとして召使った。十四、五の頃であったろう。

攻城野戦たえ間のない時代である。鳥若は信形の出陣毎《ごと》にしたがったが、いつの戦いにも手がらを立てたので、数年の後には中間《ちゅうげん》がしらに取立てられた。あたり前ならとうの昔に士分（将校）に取立てられるべきであったが、強いことは途方もなく強いが、頭がまるでなく、人なみなあいさつさえ出来ないので、そうするわけに行かなかったのである。しかし、鳥若には不平はない。

「さむらい分《ぶん》など、めんどうくさいわい。おらは中間で沢山じゃ」

といっていた。

甲越軍記では、鳥若十九の冬というが、彼の歿年は寛政重修諸家譜で明らかだから、それから逆算すると、二十七の冬だ。武田信玄（当時はまだ晴信《はるのぶ》だが、便宜上信玄で通す）は、信州小田井《おだい》の小田井又六郎兄弟を討伐した。

小田井又六郎、同次郎左衛門の二人は、小豪族だが、そろって絶倫の武勇ある人物なので、信玄はこれを幕下《ばくか》に招致しようとして手をつくしたのだが、きかないばかりか、信玄に帰服している近隣の豪族芦田《あしだ》某《ぼう》の領分内に攻めこんで放火狼藉をはたらいたのである。

信玄は八千の兵をひきいて甲府を出たが、途中上州地方の豪族等が小田井に味方して、武田勢が城に攻めかかるのを待って、後方を遮断しようと計画しているとの情報が入ったので、用心して、途中の要所要所に兵をのこした。それで、小田井についた時は三千五百ばかりしかのこっていなかった。

厳寒の頃だ、到着した頃からはだをつん裂《ざ》くばかりの寒風が吹きしきって、雪まで降って来た。おりしも日暮方となった。信玄は合戦は明日のこととして、宿営の命を下し、各隊それぞれ夜陣についた。

信玄は用心深いこと無類の将だ、哨兵《しようへい》を立てて厳重に見張らせたばかりでなく、自《みずか》らいく度も巡視までして、用心を怠らなかったが、夜更けと共に寒風は益〻《ますます》吹きつのり、寒気は益〻きびしくなり、雪も降りしきる。さかんに焚火をしたが、焚火ぐらいでは凌《しの》ぎかね、将士の難渋は一方《ひとかた》でなかった。

城方ではこれに乗じた。小田井兄弟は二千余騎を引き具《ぐ》し、ひそかに城内を出ると、二手に分れ、武田方の陣営に火を放ち、煙と雪の下から襲撃した。

「すわや、夜討ぞ！」

武田方は用心していたこととて、大崩《おおくず》れはせず、それぞれに立ち直って防戦につとめたが、酷烈の寒気にこごえ切っている。小田井勢の息をもつがせぬ決死の猛攻撃にともすれば崩れ立ちそうになる。

板垣信形は歯がみして無念がった。

「夜討の勢は小勢であるぞ。かかる時こそ、かねて定めた合詞《あいことば》だ。うろたえず、敵味方を見分けて戦えい！」

とさしずし、やっと自分の手だけはおちつきを回復させた。

その板垣勢の中から駆け出した者が三人あった。

「三科《みしな》肥前《ひぜん》ぞ！」

「広瀬《ひろせ》郷《ごう》右衛門《えもん》ぞ！」

「鳥若ぞ！」

名のりをあげて、無二無三、鉄のくさびがものに食い入るように敵中にこみ入って行く。

三科肥前は板垣信形の甥《おい》であり、広瀬は鳥若と同じく中間頭《ちゆうげんがしら》だ。

この三人の働きによって、さしもの小田井勢も斬りくずされ、どよめいた。そこを板垣勢が一斉に斬りこんで行ったので、ついに散々になって敗走した。

この時、鳥若は敵方の岩津《いわつ》鉄《てつ》右衛門《えもん》という勇士と一騎討ちの勝負をし、互いに槍で突き合っているうちに槍がらみとなった。

「この業《ごう》つくばりめ！　負けるものか！」

「このがらの悪い下郎め！」

槍をからませてねじり合っているうちに、双方ぱっと槍をはなして組打ちとなった。くんずほぐれつ、上になり、下になり、いどみ戦っているうちに、ついに鳥若は相手を組みふせた。

「しめた！　まいったか！」

ののしりながら、首を掻こうとして腰の右手《めて》ざしをさぐると、組打ちの間にぬけ失せたと見えてない。

「得たりや！」

岩津は金剛力をふりしぼってはねかえそうとする。

「こん畜生！　往生ぎわの悪いやつめ！」

鳥若は相手の両手をおさえつけておいて、猛烈な頭突《ずつ》きを鼻柱に食わせた。相手はぐたりとなった。

「ざまァみろい！」

腰をさぐって、ぶら下げていたサシ縄《なわ》をたぐり出し、首にまきつけ、力一ぱいしめつけてしめ殺した。

（岩津が首をひきまとひ、曳《えい》というてしめ上ぐれば、七竅《けう》より血を吐《は》き出し、七転八倒《しってんばったう》死してけり）

と、甲越軍記にある。中間らしい討取りようである。

この戦いは夜なかから白々《しらしら》明けの頃までつづけられ、両軍雪の中で必死になって戦ったのであるが、ついに小田井方は城中に引きとった。武田勢はつけ入りにしようときそいかかったが、小田井又六郎の指揮の巧みさにつけ入ることが出来なかった。又六郎は大半月の立物《たてもの》を打った冑《かぶと》に黒糸おどしの鎧《よろい》を着、金の馬よろいをかけた月毛《つきげ》のたくましい馬にまたがり、左手に槍をとり、右手に采配《さいはい》をとって軍勢を指揮したが、その武者ぶりあたりをはらって見事であった。

槍を立てて見送っていた鳥若は感嘆して、おぼえず言った。

「いい武者ぶりじゃのう。こんどの戦さには、おれあの首を取るべい」

すると、ならんで立っていた広瀬が言った。

「武者ぶりも武者ぶりじゃが、馬がよいわい。おれは馬を持たん故《ゆえ》、こんどの戦さにはあの馬を取っておれが馬にすべえ」

鳥若はふりかえった。

「約束すべえ。汝《われ》は馬を取れい。おらは首を取るべえ」

中間頭二人の傍若無人《ぼうじゃくぶじん》の放言に、近所にいた武士等は、

「わずかな武勇にのぼせて、言いたい放題の高言、かたわらいたいぞよ。およそ戦場の武功は運もあって、その身の武勇だけではどうにもならぬものだ。ましてや、小田井又六郎ほどの者が、おのれらが手に負《お》えようか」

と言って、どっと笑った。

二人は腹を立て、あたりをにらみまわしながらどなった。

「取れるか取れんか、よう見とらっしゃれ！」

次の戦さはすぐはじまった。信玄は城に引上げる小田井勢の中にしのびの者を潜入させ、城内各所に火を放たせ、火の手が上るや否《いな》や城外から攻めかけさせたのだ。

小田井兄弟はうろたえさわぐ家臣共をひきまとめて、突出《とっしゅつ》して来た。小田井又六郎はこれを最期と思い切ったこととて、七十余人の譜代の勇士等を左右に引きつれ、信玄の

旗本をめがけてまっしぐらに襲いかかった。信玄の旗本の勇士等は主君の大事と、かけふさがり立ちふさがり防いだが、又六郎の剛勇は人間わざとは思われない。はば三寸、長さ四尺余の大太刀をふりかざし、あたるを幸い斬り伏せ薙《な》ぎ伏せ、

「晴信いずこぞ。駆け合わせて勝負せい！」

と、叫び立てて荒れまわった。

鳥若と広瀬郷右衛門とは、はるかに離れた場所で又六郎の弟次郎左衛門の隊と戦っていたが、又六郎が出たと聞くと、

「そら出た！　しめた！」

と、その方に向って駆け出した。途中、鳥若は人の乗りすてた馬がいるのを見つけて、飛びのって飛ばしたので、一足先に駆けつけた。

鳥若がついた時、又六郎は群《むらが》る敵を斬りはらい、血に染む刀を横に口でしごいてのどをうるおして一息ついているところであった。ケタをはずれた強さに、今はもう進んでかかる者はない。すきをはかって遠巻きにしているだけであった。

鳥若はためらわない。

「のけ、のけ、のけ！」

と、味方の勢《せい》をおしのけて、又六郎の馬前に乗りつけた。

「板垣信濃守《しなののかみ》が中間、鳥若！」

刀もぬかずに、名乗りを上げる。最初から組打ちに出るつもりなのだ。

「推参なり、下郎！」

又六郎は大太刀をかざし、真向から斬りつけた。

「心得たり！」

鳥若は射向けの袖をかざして受けとめる。鎧の袖はざっくと斬られたが、腕には今一《いまひと》重《え》というところでとどかない。

「組まん！」

というや、いなごのように身をおどらせて組みついた。剛力に力まかせに飛びつかれて、又六郎のからだは鞍坪《くらつぼ》をはなれた。二人は組み合ったまま、どうと大地におち、上になり下になりもみ合った。

そこに、広瀬郷右衛門が駆けつけたが、鳥若を助けようともせず、又六郎の馬に飛びのって、もみ合っている鳥若に言った。

「どうじゃい。おらは約束通り馬をとったぞい」

「おれも、くそ！」

鳥若は懸命の力をふりしぼり、又六郎を取っておさえ、首をかきおとし、

「おらも首取ったぞい」

といった。

この時、又六郎の家来熱川《にえかわ》弥八郎という勇士が宙を飛んで来て、うしろから鳥若に斬りつけようとしたが、これは郷右衛門が馬上から斬り伏せたという。

三

この時のこの功績によって、鳥若と広瀬は武田家の直参《じきさん》に召出され、中間《ちゆうげん》五百人の頭に任ぜられることになった。

広瀬はありがたくお受けをしたが、鳥若はごてた。

「おらは信濃守様のほかに旦那を持とうと思いませぬだ。直参ちゅうと、信濃守様から離れなならんのでござりますべ。おらいやですわい」

というのであった。

信玄も信形も手こずった。やっとのこと、直参にはなっても、板垣の与力《よりき》としてその組下につけるということで納得させた。

「旦那様を離れいでもよいのでござりますな」

「そうじゃ、そうじゃ」

「ほだら、よかるべい」

中間五百人の頭というのはフイになったが、鳥若はそれにはまるで未練はなかった。

この時から、鳥若は曲淵勝左衛門吉景《まがりぶちしようざえもんよしかげ》といういかめしい名になる。

鳥若改め曲淵勝左衛門の板垣家にたいする感情はきわめて特殊なものであったようだ。

彼を最初に召しかかえた板垣信形はこの時から三年後に信州上田《うえだ》ケ原《はら》の合戦で討死し、

嫡子《ちゃくし》弥治郎信里《のぶさと》がついだ。この時、これまで信形があずかっていた武士共は、その大部分が他の重臣等の与力《よりき》となることになり、勝左衛門は飫富《おぶ》三郎兵衛《さぶろべえ》の組下になることになったのであるが、勝左衛門は、

「拙者は信濃守信形取立ての者でござるによって、他の人につくことはいやでござる。板垣家にいますべい」

と、言いはって、頑《がん》として命を奉じない。

「やつが言い出したら、てこでも動かんわい。しかたないわ」

信玄は笑って、そのまま弥治郎の与力でおくことにした。頑固一徹の底にある義理がたさに感じたのかも知れない。

こんなに義理がたいところがあるかと思うと、次のようなこともあった。

一体、武田家の法として、組下の武士はその所領の半分の中からいく分かの年貢《ねんぐ》を組《くみ》頭《がしら》に納める定めになっていた。つまり百貫の知行を持つものなら、五十貫の中からいくらかの年貢を組頭におさめるのである。これを段銭《たんせん》といった。これは定まった法であったが、勝左衛門の剛勇を愛していた信形は、勝左衛門にだけはこれを免除にしていた。合力《ごうりき》のつもりだったのである。

弥治郎は新しく家督をつぐと、勝左衛門にもこれを出すように命じた。勝左衛門はつっぱねた。

「これはけしからんことを仰せ出される。御先代様が汝《われ》だけは納めるに及ばぬと言うて

免《ゆる》して下されていたものを、今さらお取りなさろうとは、拙者めいわくでござる。必《ひっ》定《じょう》、人は拙者が不奉公をしでかしたと思うでござろう。恥になることでござる。先規通りに願いますべい」

「父が段銭をそちに免除したのは、特別なことであった。本来は納めてもらわなければならんものだ。昔とちがって、唯今では御家中も広大となり、それだけわしもつき合いが広うなって、色々と入費が多い。組下の者に合力などとても出来ぬ。おさめることにいたすよう」

弥治郎はこんこんと説いたが、勝左衛門は一向《いっこう》なっとくしない。

弥治郎は弱って、蔵法師《くらほうし》（出納役人《すいとうやくにん》）に相談すると、蔵法師はこう工夫した。

「毎日中間五十人を彼が家につかわして、催促させましょう。時分時《じぶんどき》になれば、食事を出さぬわけにはまいりませんから、きっと閉口して、段銭を差出すでありましょう」

「よかろう。そうはからえい」

早速に実行にうつされた。翌日から五十人の中間が勝左衛門の宅におしかけた。しかし、勝左衛門は馬耳東風だ。

「段銭はおさめんでもよいと、おりゃ信濃守様からゆるしをもろうているのじゃ。信濃守様がここへ来て、納めろよ、と仰せられたらば知らず、余の人が何を言おうと、おりゃ納めんぞ。信濃守様に相済まぬ」

と言い張る。

もちろん、時分時が来ても、食事など出さない。自分だけパクパクムシャムシャ食べてすましている。

数日の後、中間共は腹を立てた。

「これまでもう何日というもの、当家にまいりますが、段銭のことをお聞き入れないばかりか、時分時がまいっても、食事を出していただけませぬ。食事ぐらいお出しになってはいかがでございます。今日は食事を賜《たま》わらねば、狼藉いたしますぞ」

と、ねじこんだ。

「狼藉？」

勝左衛門はにらみつけた。

「うぬら、曲淵勝左衛門が宅で狼藉するというのか。面白い。出来るものならしてみろ、おりゃうぬらがような蛆虫《うじむし》同然のやつは相手にせんが、うぬらが狼藉したら、じかに弥治郎様のところに乗りこんで、弥治郎様をぶっくらわしてくれる。さあ、狼藉しろ！」

どなりつけた。

勝左衛門の暴勇は知りすぎるほど知っている。中間等はきりきり舞いして逃げかえり、蔵法師に報告した。蔵法師は弥治郎に告げた。

弥治郎は腹を立てた。これを見すごしにしておいては、組下の武士等の侮《あなど》りを招くと思った。同輩の組頭等にも面目がないと思った。

そこで、組下の者共二百余人を呼び出し、列座の中に勝左衛門を呼び出し、かれこれ理窟にもならぬことを言いつのって段銭を出さないばかりか、組頭たる拙者にむかって言語道断な悪口を申した由、ぶッくらわすとは何ごとだ。不届《ふとどき》千万であると、叱りつけた。

居ならぶ与力《よりき》連中もまた、

「弥治郎殿の仰せ、一々道理でござる。段銭のことはお家の規定でござる。御辺《ごへん》一人先代の特命と言いはって出されぬばかりか、御辺にとっては大恩ある板垣家の御当主たる弥治郎殿に悪口を申されるとは、不都合千万でござる。早々《そうそう》にわび言《ごと》して、段銭を出されるがようござる」

と、忠告した。

勝左衛門は言った。

「段銭のことは先ずおきまして、拙者が弥治郎様にたいして無礼なことを申したかどうかを言訳させていただきたい。各〻方の仰せられる通り、当板垣家は拙者大恩のお家でござる。拙者は故信濃守様お取立てによって、草履取りの賤《いや》しい身分より、今日の身分になれたのでござる。一日として、その御恩を忘れたことはござらぬ。その大恩あるお家の御当主たる弥治郎様を、ぶっくらわせてやるなどと、何しに中間小者《こもの》なんどに申しましょうか。これは拙者をかねてからにくみ立てている者のざん言《げん》に相違ござらん」

まことに神妙な調子であった。

弥治郎はきげんをなおした。

「なるほどな。そなたは他の与力衆とちがって、わしが家の家来筋の者じゃ。さような無礼なことを申すはずはないな。それはそれでわかったが、段銭のことはどうじゃ」

勝左衛門はむくりと顔を上げた。

「段銭のことはあと。まだ前の話の決着がつき申さぬ」

「なんと？」

勝左衛門ははったと弥治郎をにらみ、あらあらしくどなり立てた。

「弥治郎様は拙者の申すことがよくおわかりでないようでござる。拙者は、ぶっくらわしてくれようと、中間ずれの前では申さぬと申したのでござる。心ではことと次第によってはぶっくらわしてくれようと思うているのでござる。すなわち、どこまでも段銭のことを催促し、拙者が身代をつぶそうとなさるなら、ぶっくらわすどころか、素ッ首《そくび》打ち落して上げるべいと、かたい決心をしているのでござる。なんと、よくおわかりでござろうな。おわかりだら、退りますべい」

言いたいままを言い、弥治郎をにらみつけ、組衆をにらみまわして、のそのそと引取った。

弥治郎は腹を立てた。押しかけて行って勝左衛門を斬り捨てようと思ったが、勝左衛門は信玄もよく知って目をかけている男だ。勝手に殺すわけにも行かない。そこで、信玄に訴え出た。

信玄はこの訴えをとりあげなかった。

「勝左衛門というやつは、途方もないばか者で、ものの道理などさらにわからん男よ。

しかし、剛敵に向っての強さはこれまた無類じゃ。戦さの時には、きっとそちのためにもなる男じゃ。それを思うて、かんにんしてやれ。人間じゃと思えばこそ腹も立とうが、忠義な狩犬《かりいぬ》じゃと思えばかんにんならぬことはあるまい」
と言って、弥治郎をなだめたのである。

四

弥治郎信里は不肖《ふしよう》の子であった。勇猛で、武略にたけて、忠義一徹で、ストイックで、理想的な戦国武将であった父信形《のぶかた》に似ず、享楽的で、色好みで、そのために度々大事な戦機を逸して武田家の不利を招いた。

信玄は信形の忠誠と功績を思って、訓戒を加えただけで、特にきびしい処分もしないでいたが、弥治郎はどこまでも不肖の子であった。信玄の覚えがめでたくないのに気をくさらしていたかと思うと、あろうことか敵国たる上杉氏に心を通じて叛逆をはかったのである。信玄はついに弥治郎を誅殺《ちゆうさつ》した。

この処分は、武田家の武士全部の意志を代行したようなものであった。人々はこの処置を晩《おそ》きに失したとは思っても、不服に思う者は一人もなかったのだが、ただ一人、勝左衛門は猛烈に腹を立てた。

「弥治郎様はうつけたお人じゃった。御先代様には似もつかぬお人柄じゃった。しかし、板垣家はわしがためには主筋のお家じゃ。弥治郎様はその板垣家の御当主じゃ。とすれば、弥治郎様をお殺しなされた上は、お屋形《やかた》はわしがためには主《しゅう》のかたきということになる。男として、そのままにすておくべきではない。討ちとらいでおこうか」

と、公言して、家を飛び出して、行くえ知れずになった。

途方もない論理だが、勝左衛門にとっては、一点ゆるぎのない堂々たる大理論と思われたのだ。

ことは信玄に報告された。

「さてさて、途方もないやつかな。わけのわからぬにもほどがあるぞ」

と、信玄は苦笑したが、ほっておくわけに行かない。言い出した以上やりかねない男だ。勝左衛門の武勇がおしくもあった。

家臣等に命じて、百方さがさせて、ついにさがし出し、話して聞かせることがあると言って、自分の前に連れて来させた。

「勝左衛門、そちはわしを主のかたきと狙《ねら》っているそうじゃな」

「狙うとりますわい。弥治郎様を殺しなされましたで」

「弥治郎がそちの主なら、わしはそちにとっては何にあたるのじゃ」

「お屋形様ですわい。すなわち甲州武田お家の御当主」

「その通りであるが、そちにとっては何にあたるのじゃ。天文十三年の小田井合戦の後、そなたの身柄はわしが信形からもらい受けて、そなたはわしの家来になったはずじゃぞ。

覚えていぬことはあるまい」

勝左衛門は困惑した顔になった。

「そりゃ、覚えていますわい。けんど、拙者は信濃守信形様の下で……」

「信形の与力《よりき》であったというだけのことじゃ。そちが主はわしじゃぞ。されば、信形にしても、弥治郎にしても、そちにとっては組頭ではあっても、朋輩にすぎないのじゃ」

勝左衛門の苦渋《くじゅう》の色は益〻濃くなる。

「拙者にはむずかしい理屈はわかり申さぬ。拙者は故信濃守様お取立ての者、そして、板垣家の下について今日まで働いて来ましたによって、板垣家を主筋《しゅすじ》と思うているのでござる。男は主の敵は討つべいものと承知していますによって……」

「阿呆《あほう》め！　板垣家がそちにとって主筋の家であるなら、わしは主だ。主筋と主といずれが大事か。ましてや、わしは板垣家の主でもある。いずれを立つべきか、胸に手をあてて考えてみるがよい」

「………」

「そちが今日までの知行は、誰がくれていたと思うか。みんなわしがくれていたことを思わぬか。わしの知行を受けていながら、わしの恩を思わんで、板垣家の恩ばかり思うとは、筋がちごうていはせんか。先年の段銭《たんせん》のことを思い出せい。主が家来に段銭を出せというか。ばかものめ！」

終始にぶい苦しげな、たとえて言えば数学の難問の説明を聞いている時の出来の悪い小学生のような表情でいた勝左衛門の顔は、段銭の話が出たので、はじめて、灯《ひ》のついた行燈《あんどん》のように明るくなった。

「いかにも、主が家来に段銭を出せとは申さぬはずでございますな」

よほど段銭のことは印象が強かったのであろう。

「わかったか」

「……わかりました」

と、嘆息と共に言って、

「さてもあぶないこと。すんでのことに、拙者は主殺しになるところでございましたわい。……申訳次第もございませぬ……」

はらはらと涙をこぼしたというのである。

五

これ以後、勝左衛門は忠誠無二の武田家の臣となったが、それでもこんなことがあった。

信玄が上州和田（今の高崎）の城主和田八郎を助けて上杉謙信と上州で戦った時のこと、和田の家来磯谷《いそや》与三郎という者と勝左衛門とが、共に抜群の手柄を立てた。信玄はこれを賞することにしたが、磯谷は新付《しんぷ》の者であるので、一際《ひときわ》重く賞して、刀をあたえ、勝左衛門には脇差をあたえた。

勝左衛門は、磯谷の方に先きに刀があたえられ、自分があとまわしになったのに、早くも腹を立てていたが、いよいよ自分の番となって、前にすえられた三方《さんぼう》にのっているのが脇差であるのを見ると、怒りは絶頂に達した。片ひざ立ててどなり出した。

「この度の戦功、拙者と磯谷との間にはまさりおとりはないはず。しかれば御褒美も優劣なく賜わるべきに、彼には長き刀をたまわり、拙者には短き脇差をくれなさる。拙者の武功がおとるかに見え申す。えこひいきな御褒美は、いただきとうござらぬ！」

脇差をわしづかみにしたかと思うと、投げかえした。

脇差は信玄のいる上段の間《ま》のみすにあたって、どうと落ちた。

「狼藉！」

侍臣等は総立ちになった。

勝左衛門はにらみつけ、

「いらぬからいらぬというてかえしたまでのこと。拙者をどうなさるのじゃ。あわてたお人々じゃな」

言いすてて、さっさと退席してしまった。

信玄はよほどに気に入っていたらしい。

「しまつにおえぬいたずらもののめ……」

と苦笑しただけで、この時も別段な処罰をしなかった。

まだある。

ある時、朋輩と争論して、たがいに言いつのってやまない。仲裁が入って和解させようとしたが、勝左衛門が承知しないので、ついに公沙汰《おおやけざた》になったところ、勝左衛門の方が負け公事《くじ》になった。

勝左衛門は腹を立て、奉行の安芸守《あきのかみ》に食ってかかった。

「この公事、依怙《えこ》がござる。誰が考えても拙者に理分のあるものを非におとされたは、必定《ひつじょう》、相手方から栗柿《くりかき》なんどの音物《いんもつ》をもらってひいきなされたに相違なし。よしよし、これで拙者も公事のしようがわかった。これから公事する時は、在所の名物を色々と献上することにしましょうわい。拙者が在所は上品《じょうぼん》なるさわし柿が出ますれば、それを献上しますべい。以後は公事には負けることはなし」

くやしまぎれの雑言であったが、桜井は腹を立てた。列座の役人等も腹にすえかねた。

「天下の武士が標的と仰ぐほどの名将でおわすお屋形の仰せをこうむって、士分《さむらいぶん》の者の公事をさばくほどの者に、御辺《ごへん》の言われるような卑しい根性があろうか。言うにことを欠いて、なんということを申される。すべて公事ごとは理非いかんによって裁くのでござる。御辺が負け公事になられたは、御辺の方に理がなかったからのこと、慎しまっしゃい！」

と、叱りつけた。

怒りきわまって、勝左衛門は逆上した。一層たけり立ち、

「桜井殿は御身分といい、お屋形のお覚えといい、拙者など及びもつかぬお人ではござるが、斬り合いとなれば、拙者の小指の先にも及ばれぬぞ。くやしく思わっしゃるなら、これへ出ませい。忽ち、しゃッ首斬りくだいて進ぜますべい！」

とどなり、刀をひねくりまわし、人々のあきれているのをしり目に、引上げたという。

このことも、信玄は、

「いつぞやも申した通り、勝左衛門と申すやつは人間ではない。狩犬じゃ。主人以外の者にはまるで見境《みさかい》がないのじゃ。いやいや、その主人にすら、時によっては吠《ほ》えつく。先年の和田合戦の時のことを覚えておろう。わしがかんにんしてやっているのだ。そなたらもかんにんしてやるがよい」

勝左衛門は相当足りない人間であったようだ。彼は武田家に仕えている間、天文十三年から天正十年までの三十八年間に、七十四度も人と争論して訴訟沙汰になったというが、その訴訟に勝ったことはわずかに一度、あつかい（示談《じだん》）になったこと一度、のこり七十二度は全部敗訴であったという。思うに、彼は理非曲直のわからない男であったのであろう。しかし、悪いと知りつつおし通そうとしたのではなく、彼自身では自分の方に理があると信じていたのだが、その論理は世間の論理に合わなかったのであろう。要するに、頭のねじが二つ三つ不足していたのであろう。

けれども、こういう所に、信玄のようなズバぬけて頭のよい、緻密《ちみつ》な人間は、かえって間のぬけた愛嬌をおぼえ、愛情を感じたのかも知れない。家康が彼を愛したのも、それであろう。

六

武田家の滅亡後、織田信長は武田家の遺臣を召しかかえることを諸大名に禁じたので、ある者は小田原北条氏を頼って行き、ある者は帰農した。徳川家康はこの時期に、ひそかに多数の武田の遺臣等に捨扶持《すてぶち》をあたえて、生活を庇護《ひご》した。庇護といっても、信長は武田をほろぼした三ヵ月後には本能寺の変で死んでいるのであるから、ごくわずかな間にすぎなかったのであるが、扶持されていた遺臣等が家康を徳としたことは非常なものので、信長が死ぬと喜んで徳川家の臣となった。勝左衛門もその一人であった。

信長は甲信を平定後、河尻鎮吉《かわじりしげよし》を甲州の領主としたのをはじめとして各地に家来共を分封《ぶんぽう》したが、本能寺の変報がとどくと、すべて瓦解した。河尻は蜂起《ほうき》した武田の遺臣等に討取られ、信州路の諸大名は都に逃げ上り、甲信は無主の地となった。

これに野心を動かしたのが、徳川、北条、上杉の三家である。三方からこの地に攻め入った。上杉家は謙信以来垂涎《すいぜん》していた川中島四郡を占領しただけで進もうとしなかったが、徳川氏と北条氏とは甲府附近に入って来て対陣した。徳川勢八千は新府《しんぷ》（今の韮《にら》崎《さき》）にあり、北条勢四方は若御子《わかみこ》にあって、相去ることわずかに一里半、互いににらみ合っていた。

この時、勝左衛門は家康の命を受けて、三男彦助正吉《まさよし》と共に斥候《ものみ》に出たが、途中敵の使番《つかいばん》山上郷右衛門顕将《やまがみごうえもんあきまさ》という者と行き合い、互いに名のりを上げて槍をあわせ、これを討取った。

この様子を家康は本陣から遠望して、近臣等に、

「古つわものの働きぶりをよう見ておけい、よう見ておけい」

と言ったという。

この時、勝左衛門は六十五歳であった。老健おどろくべきものと言えよう。

小田原北条氏がほろび、家康が関八州の主となったのは天正十八年のことであるから、勝左衛門が蒲生氏郷の目について、昔語《むかしがたり》をしたのは、彼が七十三の時であったわけだ。

彼はこの年家康から相州足柄郡《あしがらごおり》で五百石もらい、三年目になくなった。七十六であった。法名玄長《げんちょう》。墓は彼の知行地であった足柄上郡中井町雑色《ぞうしき》の玄長寺にあるはずである。

戦国兄弟

一

岡田長門守重孝《しげたか》は、織田信長からその子織田信雄《のぶかつ》につけられた家老で、三万石を食《は》み、尾張星崎《ほしざき》の城主であった。

天正十二年の春のことであった。信雄が長門守等の三人の家老をにくんで誅殺《ちゅうさつ》しようと考えているという噂が立った。

この少し以前から、信雄は羽柴秀吉を討つ計画をめぐらしていた。父に似ず凡庸であった信雄は、はげしい戦国の時代に生きながら、力の世であることがわからなかった。やがて天下は織田家の相続者である自分に譲られるであろうと思いこんで、信長の死後ずっと秀吉に協力をつづけて来たのであるが、ふと気がついてみると、いつの間にか天下人には秀吉がなっていた。

「腹黒いにもほどがあるぞ、猿め！　忠義面して、よくもだまして、おれに無駄骨を折らして来たな」

今更のようにあわて、腹を立て、徳川家康と結んで、秀吉征伐の密謀にかかった。これが秀吉に聞こえた。

「しようがないな、お坊っちゃんは」

苦笑しつつ、一流の謀略をはじめた。信雄の重臣岡田長門守、津川玄蕃允《げんばのすけ》、浅井田宮《あさいだみや》丸《まる》の三人が自分に款《かん》を通じているとの噂を流し、信雄の耳に入るようにした。この間の秀吉の策謀のたくましさは、相当面白いが、本篇には関係がない。

つまり、信雄は、きれいにこれに引っかかって、長門守等三老臣を殺そうと思い立ったと承知していただきたい。

この噂を、長門守の弟庄五郎義同《よしあつ》に告げた者があった。

庄五郎は時に二十七歳。たけ六尺、筋骨たくましく、容貌魁偉、気象は豪放闊達という人物だ。

「あの馬鹿殿のこと、あり得ぬことではないの」

と、兄の前に出て、しかじかの噂、御用心が肝腎と存ずると言った。

長門守の年はわからないが、この前々年に兄弟の父助右衛門（一説によれば助左衛門）重善が死んでいるが五十六であったのと、弟の年とを考え合わせると、三十少しこえたくらいであったろうか。

弟の報告を聞いて、

「われら三人を、殿が？　阿呆なことがあるか。御自分の手足をもぐにひとしいことではないか。君臣の間を離反させようとて、羽柴方で立てているうわさにきまった。乗ってなろうか」

「それでも、殿はうつけたお人でございますでな。何とも言えませんぞ」

「口をつつしめ、主《しゅう》をうつけというやつがあるか」

「まあ用心なさるがよい。用心に損はない」

こんな問答があって数日の後、二月の半ばのことであった。信雄の居城長島《ながしま》から、土方《ひじかた》勘兵衛という信雄の近習が、御使者として、信雄が鷹狩で得た小鳥をとどけて来た。勘兵衛は名を勝利《かつとし》といって、この時三十二、三百石の小身者ながら、聞こえた武勇の士である。

主君からのお使者であるから、長門守は礼服にあらためて面会して、

「これはわざわざとありがたい御下賜。御前よろしく御披露願いたい。追っつけ御礼にまかり出るであろう」

とあいさつした。こうした特別の下賜品のあった場合には、登城してお礼を言上するのが、当時の習わしである。

「さよう申し上げるでありましょう」

饗応がはじまったが、その最中《さなか》、長門守は、弟に聞いた話を思い出した。それを信ずる気持は毛頭なかったが、勘兵衛のいかにも強そうな、そして生真面目きわまる顔を見ると、ふといたずら心が湧いた。

「勘兵衛」

「はッ」

盃をさす。

「受けい」

「いただきます」

うやうやしく受けて、飲んで返盃する。

その盃をふくんで、長門はニヤニヤ笑いながら言った。

「勘兵衛、おれは近頃、妙なうわさを聞いた。殿がなにやらおれにお腹立ちで、上意討ちに仰せつけられるそうじゃという。聞かんか」

勘兵衛はかたくなった。

「まるで聞きません」

「たとえ本当でも、汝《われ》としてはそう言うよりほかはあるまいな。ハッハハハ。ところで、それを本当だとしても、その仕手《して》をうけたまわる者は、気の毒なものよ。返り討ちにしてくれるわ。これ、こうしてな」

ヤッと掛声をかけると、脇差を引きぬいて、目にもとまらぬ速さで二、三度振りまわした。

勘兵衛はあッけにとられ、目をみはっていた。

長門守は、刀を鞘におさめ、また笑いながら言う。

「備前三原《みはら》の住正家《じゅうまさいえ》。いくどか戦場にも持って出て、おぼえの業物《わざもの》よ」

勘兵衛のかたい表情が解けて、ニコリと笑った。

「先刻も申し上げましたが、くりかえして申し上げます。そのような風聞は、拙者はうけたまわっておりません。しかしながら、人の心というものははかりがたいものでございます。ふとして、殿様がさようなことを思《おぼ》し立たれて、拙者に仕手《して》を仰せつけらるることがあるかも知れませんが、その時は貴方様かねての御懇情のお礼心に存分なる働きをいたす所存でございます。お含みおき下さいますよう」

不敵なことを、儀礼正しく言う。

長門守はカラカラと笑った。

「あッぱれだ。さすがは勘兵衛だ。気に入ったぞ」

と、更に酒を呼んで、したたかにもてなして、帰した。

二

冗談に言い出したことながら、このやりとりの間に、長門守の心中には、はじめて信雄の心に対して疑いがきざした。彼は、お礼言上のためのまかり出でには、病気と称して、弟の庄五郎を代理としてつかわした。

信雄の方ではあてがはずれた。信雄は本気で長門守を誅殺するつもりでいたのだ。

信雄はさらに計画を立て直して、来る三月六日、お茶振舞《ふるま》いたく候間、参会せられるべく候、なおその節、老臣《おとな》共一同に申し合わすべきことこれあり候えば、その儀心得らるべく候との口上を持たせて、使者を出した。

「こりゃ臭い。ことわるがようござるぞ」

と、庄五郎は主張した。

「しかし、殿からのお招きだ。すげなくことわることは出来ん」

「そんなら、一旦はお請けしておいて、その節になってから急病とでも言ってことわるのですな」

「ともあれ、請けてはおこう。思案はあとでよいことだ」

長門守は、自筆で、ありがたくお請けする、必ず当日は罷り出るであろう、と、請書《うけしょ》を認《したた》めて、使者をかえした。

その請書を見て、信雄は身ぶるいするばかりによろこんだ。

長門守の所へ使者を出すと同時に、津川玄蕃允《げんばのすけ》の伊勢松ケ島(今の松阪)城へも、浅井田宮丸の尾張刈安賀《かりあか》城へも、同様な口上を持った使者を出してある。これらも、やがて帰って来た。いずれも、ありがたくお請けするとの請書を持って帰って来た。

これで不忠不義の老臣共を一時に誅伐出来ると、信雄は喜んだが、一番の難物は長門守だ。あとの二人は、討取るにしても大したことはないし、あるいは「しかじかのかどによって切腹を申しつける」と言えば、所詮のがれられない所と、おとなしく自刃するかも知れない。しかし、長門守はそうは行かん。豪邁《ごうまい》不屈の勇士だ。

「死に狂いの働きを見せてやる」

と、腹を立てて暴れ出された日には、なまなかの犠牲者ではおさまるまい。手際よく運ぶ必要がある。

信雄はこの時二十七という若さである上に、お坊っちゃん育ちの、あまりかしこいとは言えない人柄だ。すっかり興奮して、あれやこれやと工夫をめぐらして、ついに一策を案じ出した。

その頃、信雄が手に入れた鉄砲がある。長さ一尺五、六寸という極く小型なもので、ふところにしまうことも出来れば、片手でさしのばして撃つことも出来る。今で言えばピストルだが、当時としては至ってめずらしいものだ。

これを見せるといって、別室に連れ出し、余念なく見ている所を、武勇の士に討たせればよい、と、こう工夫した。

「いいぞ。いいぞ。これでうまく行く。ところで、その仕手を誰に申しつけよう」

と、二段目の工夫をしている時、土方勘兵衛が目通りを願い出た。

「恐れながら、お人払いを。ごく内々にお願い申し上げたいことがございます」

目通りに出るとすぐ、勘兵衛はこう言った。

人払いすると、勘兵衛はいざり寄って、小声で言う。

「この以前、お使いをうけたまわって、星崎へまいりました節、長門守殿がしかじかと仰せられましたので、拙者はしかじかと答えました。もし、思《おぼ》し立たせられるおんことがございますならば、長門守殿仕手は、拙者に仰せつけ下さいますよう」

信雄にとっては渡りに舟だ。勘兵衛の武勇は、信雄もよく知っている。しかも、自ら進んでこういう所を見れば、自信もあるに相違ないと思われた。

「よろしい。そちに申しつける」

と答えて、自らの脇差をあたえた。

「これにてつかまつるよう」

三

長島は木曾川と揖斐《いび》川のつくるデルタ、星崎は鳴海のつい近く、陸路《くがじ》を行けば無闇に河川と湿地の多い土地が六里以上もつづいて、ひどく難儀な道になる。海路をとっても道のりは同じくらいだが、寝ていても行ける。三月六日の早暁、長門守は海路を取って、長島に向った。

庄五郎は、極力これをとめたが、長門守は行くと言い張った。

「二度も病気を言い立てるのはおかしいでな。おれも色々考えた上で決心したのだ。茶の湯の招待だけならだが、あとで相談すべきことがあると申しこされてあるのだ。行かぬわけに行かん」

「その相談はいつわりかも知れませんぞ」

「たとえいつわりにしても、主君が老臣一同に相談すべきことがあると言いこされたものを、一の家老として行かんではおられぬ」

こう言われては、庄五郎もしかたはない。

「さようか。そんなら気をつけて行ってくだされ。油断は禁物ですぞ」

「心得ている。おれも命はおしいわい」

と、こんな問答があって、出発となったのであった。

太陰暦の三月六日といえば、当今の四月初旬から中旬にあたる。一年中で最も海のおだやかな季節である。死地に赴くという緊迫した気持もともすれば弛んで、おだやかな舟行をつづけ、正午前には早くも長島城についた。

津川も、浅井田も、もう到着していた。

茶の湯は無事にすんだ。信雄の様子にも別段かわった所はない。久しぶりに家老等に会い、これを客として、好きな茶の湯をしているのがひたすらにうれしくてならない風にしか見えない。

(噂は虚説だな。祝着しごく)

口に出しては言わないが、三人とも同じ思いの目を見かわして、定められた座敷にひかえて、会議のはじまるのを待っていると、近習の者も連れず、信雄が入って来た。

「長門」

と、呼んだ。

「は」

「そちに前もって申しておきたいことがある。しばらく来てくれんか」

軽い、さりげない調子だ。

「かしこまりました」

長門守が立上るのを待たないで、信雄はスタスタと廊下を奥へ行く。ついて来るにきまっていると信じ切っている態度であった。長門守は、同僚にあいさつして席を立ち、主人のあとを追った。

信雄は明るい庭に面した縁側に立っていたが、長門守の追いつくのを待って、笑いながら言った。

「ここに来て思い出した。おれは近頃めずらしいものを手に入れた。見せてやろうか」

「なんでございましょう」

「鉄砲よ。しかし、変った鉄砲だぞ」

サラリと書院の間の障子を開けはなして、ツカツカと違い棚に歩みより、そこにのせてあった鉄砲をつかんで、座敷の中ほどまでかえって来た。

「これだ」

あくまでも自然だ。長門守としては、そこまで進まざるを得ない。ひざまずくと、その目の前に、鉄砲をさし出した。受けた。

「ほう、これはまためずらしい」

明るい障子の方を向いて、子細にながめる。その小さい鉄砲は、一面に銃身に金で唐草を象眼《ぞうがん》して、繊細をきわめた美しさをもっていた。

「どうだ、面白いだろう」

「面白うございますな。これであたりはどうでございます」

「あまり遠くてはいかんな。まあ五間だな。五間以内なら、中々よくあたる」

「五間利けば立派なものでございます。ふところ鉄砲とでも名づくべきでありましょうな。ほう、堺でございますな。さてさて、精巧なものが出来るようになりましたな」

と、なおも余念なく鑑賞していると、足早やに縁側を来る足音がして、通りすがりに開いている障子の間から、ヒョイと室内をのぞきこんだ者があった。

「あ！　殿はここにおいででございましたか。あちらとばかり思いまして、あちらへ行くところでございました」

と言いながら入って来る。勘兵衛であった。何か言上することがあるらしい風で、長門守がひざまずいてなお鉄砲を眺めているわきを通って、信雄の側に行くと見えたが、とたんにパッとうしろから長門守に飛びついた。

「上意！」

と、絶叫した。

「心得た！」

と叫んで、長門守はふりもぎって前へ飛ぼうとしたが、もうその時には勘兵衛の脇差が背中からつきさされ、身は畳におし伏せられていた。脇差は畳までつき通った。

そうなりながらも、長門守の意気はくじけない。用心のため、腰の脇差以外にふところにかくしていた短い脇差をぬき、切ッ先を上に向け、肩ごしに、自分の上にのしかかっている勘兵衛をついた。勘兵衛は、おさえた手はゆるめず、首を振って避けた。切ッ先は流れて、鍔がしたたかに額を打った。破れて、血がほとばしったが、それでも勘兵衛は手をゆるめない。

「無念！」

はじめて、長門守は叫んだ。

最初に勘兵衛がおどりかかった時、信雄は一間ばかりも飛びすさり、目もはなたずこのすさまじい格闘を見ていたが、深傷を負い、血の池の中に全身血まみれになりながらも、なお頑強に長門守が抵抗をつづけているのを見ると、隣室にかけこみ、薙刀のさやをはずして走りかえった。

「勘兵衛、はなせ、おれが斬る！」

と、叫んだ。

勘兵衛ははなさない。ダニのように背中にくらいつき、右手にシッカと柄をつかんだ脇差をグイグイとまわしてえぐりながら叫びかえした。

「大事の仕物《しもの》であります。拙者共々お斬り下さい！」

「はなせ、勘兵衛！」

「いや、いや、いや、拙者共々……」

「はなせ、はなせ、はなせ……」

「大事な仕物！　……拙者共々……」

斬りもならず、信雄は薙刀をもったまま、足に血を踏みつけたり、とびのいたりしながら、グルグルと二人のまわりをまわっていたが、そのうち、長門守は動かなくなった。呼吸がたえた。

後のことになるが、この時の勘兵衛の働きが見事であったというので、信雄は勘兵衛に一躍一万石の知行をあたえた。長門守の脇差の鍔に打たれて出来た勘兵衛のひたいの疵《きず》は、疵あととなって終生のこった。当時の人はこれを「千貫疵」といったという。

こうして長門守を討取ったあと、信雄はのこる二人の家老に切腹を命じた。二人は歯がみして憤ったが、腹を切るよりほかはなかった。

四

三人の従者等も、その供待所で取りこめられて討取られたが、いくらかの者はそれぞれに逃げかえって、主人の遺族等に報告した。

遺族等は憤激して、各〻城に立てこもり、秀吉に通謀して、反抗の勢いを見せ、これがやがて小牧長久手《ながくて》の戦いに発展して行くわけだ。

長門守の弟庄五郎義同《よしあつ》は、危険を予知して諫言しながらも中途で折れて引き止め得なかっただけに、悔恨と口惜しさは一通りではなかった。

「おのれ、阿呆殿め！　やわかこのままでおくものか」

と、押し寄せてきた織田・徳川の連合軍を相手に目ざましく防戦したが、間もなく松ケ島城が落ち、刈安賀《かりあか》城が落ちたので、海路伊勢にのがれた。しばらく伊勢から京都のあたりで浪人ぐらししていたが、ほどなく、加賀に行って前田家の客分となった。

寛政重修諸家譜に、

「加賀国にいたり、前田利家が許に寓居し」

とあるから、仕えたのではないらしい。

前田家は代々尾張荒子《あらこ》の城主、岡田家も祖父重頼《しげより》は同国の小幡の城主、父重善《しげよし》以後は星崎城主で、両家とも尾張の小豪族で織田家の部将であった家柄なので、先祖代々親しい交際があったのであろう。

一説によると、京都大徳寺の沢庵宗彭《そうほう》について出家して僧籍に入ったが、間もなく沢庵の推挙で加賀へ仕えて三千俵を給せられたというが、沢庵は天正元年の生まれだからこの頃はやっと十二、三歳だ。いくら名僧でもこれでは信ずるわけには行かん。しかし、三千俵の禄は本当かも知れない。また沢庵でなくほかのしかるべき名僧であったかも知れない。

庄五郎は前にも述べた通り、骨格雄偉、容貌魁偉であった上に、なかなかの伊達者《だてしや》で、衣服から持物に至るまで豪華で異風を好んだので、加賀では利家の甥である前田慶次郎と至極の仲良しであった。「性質異風数寄《すき》にて、賀州にまかりあり候内も、前田慶次郎と殊のほかの合口《あいくち》に候。これも異風好き故に候」と、室鳩巣の門人で、加賀家の家来で、講談の加賀騒動の織田大炊《おおい》のモデルと推定されている青地礼幹の著「可観小説」にある。

前田慶次郎は、名は利太《とします》、後に忽々斎《ひょっとさい》と号して、当時一流の勇士でありながら、文学に通じ諸芸に達した風流人で、世を茶にして、奇行の多かった人である。

この加賀家に何年いたろうか、三年もいたのであろうか、八千石の知行を以て加藤清正に招かれて肥後に下り、清正に与えられて、苗字を加藤と改めた。

朝鮮役に従軍したが、彼は八千石の身代でありながら二万石の兵馬を従えて出たという。しかし、朝鮮役でどんな勲功があったかは伝える所がない。記録にのこる彼の奇行は、朝鮮役がすんで帰国してからである。

五

八千石という高禄をあたえ、苗字をあたえたほどであった庄五郎に、いつの間にか、清正は面白くない感情を持つようになった。朝鮮から帰国してからのことである。

記録の伝える所では、両者の男ぶり自慢が衝突したのだという。清正は有名な大男だ。鯨尺《くじらじゃく》四尺三寸に仕立てた着物の裾が三里の少し下までしかなく、常差《じょうざし》の脇差が三尺五寸もある備前兼光であったというから、身長優に六尺二、三寸はあったと思われる。それにあの顔だ。風采堂々たるものがあった。一方、庄五郎の方も劣るまじき男ぶりだ。

双方共に、

「おれの方が立派だ」

「拙者の方が見事でござる」

と、自慢し合っていたのが、ついにお互い面白くない感情を招くようになったもとで
あるという。

女じゃあるまいし、清正ともあろう名将が、庄五郎ともあろう勇士が、器量自慢が嵩《こう》じて不和になるなどあるまじきことのように思われるが、この時代小田原北条家の家中で、「ヒゲなし男」と罵られて、大喧嘩がはじまったこともあるくらいで、男が最も男性的で、男を競った時代だから、ある程度信用してよいのではないかと思う。

ともかくも、君臣の間柄が面白くないものになっていたが、清正が熊本城を営んだ時、庄五郎は同輩二人とともに普請奉行を命ぜられて、毎日普請場に出て働いていると、ある日、清正から、普請場にいる奉行等に使いが来た。

「連日の勤労、大儀に思う。ついては慰労のため饗応をいたす故、参るように」

という口上だ。

「ありがたくお請けいたします。追っつけ参上いたします」

と、皆返事した。

他の二人はそれぞれに屋敷に使いをつかわして上下《かみしも》を取りよせ、それを着用してまかり出たが、庄五郎は何の気なしに、袴すらつけない労働着のまま参上した。

さすがに、同僚等の礼服姿を見て、なるほどそうすべきかなと考えはしたが、人真似の出来る性質ではない。

(普請の労苦を慰めてやろうとての御《お》饗応《ふるまい》だ。しかも、お招きは普請場に来たのだ。これでよいはず)

と、肩を張って、ノッシノッシと座敷に入り、ムズと膳についた。同僚共が奇妙な顔をしているが、動ずる色もなく四方山《よもやま》話をしつつ、大いに食い、大いに飲んでいると、あいさつのため、清正が出て来た。そして、一目庄五郎を見るや、カッと腹を立てた。

「庄五郎、汝《われ》がそのザマは何じゃい！」

「何のザマでござる」

庄五郎はおちついている。

「汝《われ》が身なりじゃ！　主人の饗応に袴も着ずまかり出て、ムサムサと飲み食いするを無礼とは思わぬか！」

「これはしたり、何のお叱りかと思えば、そのことでござったか。今日のおふるまいは、御普請奉行たるわれら三人の労苦を慰め下さるためのものとの御口上で、お招きのお使いは普請場へまいりました。さればしかけていた仕事をそのままにしてまかり出でましたので、この身なりでござる。われらはこれでよろしきものと存じたのでござる」

清正は益〻腹を立てた。

「口がしこく申すな。ものにはけじめと申すものがある。礼儀とはそのけじめを立てることを申すのだ。同役の者共を見い。ちゃんと上下着用にてまかり出でているのではないか。所詮は、平生の横着が出ただけのこと、かれこれ言訳がましきことを申すは未練と申すものだ。つつしみおれい」

庄五郎はもう口をかえさなかった。ムッとした顔でいた。

その日はまあそれですんだが、翌日から、庄五郎は色よい小袖に長上下《ながかみしも》をつけ、小《ちい》さ刀《がたな》をさして普請場に出勤し、シャナリシャナリと歩きまわりながら、監督する。

人々があきれて、

「これは異なお姿で」

というと、

「ごぞんじないか、礼儀と申すものでござるそうな」

と、すまして答える。

聞いて清正は腹を立てながらも、苦笑してしまった。

「そういうやつだ。手がつけられぬ」

六

その普請がすんで間もなく、清正は鷹狩の獲ものを家中の重立ったものに下賜したが、その際、庄五郎へは特に烏《からす》を配った。長上下一件を根に含んでのことであった。庄五郎は腹を立てた。数時間、前にすえてにらんだまま思案していたが、やがてそれを持って厩に行き、隅の方にぶら下げ、かえって来ると、大工を呼んだ。

「書院の間を建て直したい。間取りはかようかよう、ずいぶん結構にしてもらいたい。明日より、取りかかりくれるように。費用はいかほどかかってもかまわんぞ」

いい仕事だ。大工は大喜びで引受けた。

翌日から工事がはじまった。庄五郎はひまさえあれば工事場へ出て、急げ急げとせき立てる。

一月ばかりの後、出来上った。費用をおしまなかったから、見事な出来ばえであった。

両三日の後、庄五郎は清正の前に出た。

「われら、このほど新しく書院を建てましたれば、殿のおなりをいただきたく願っております。お聞き入れいただけましょうか」

と、鄭重に願い出た。

ほう、このスネものが、何を発心《ほっしん》したのであろう、殊勝なことを言いおるわ、と、清正はいくらか不思議には思ったが、大方、我がおれて、きげんを取る気になったのであろうと、結論した。

「よろしい。参ってつかわそう」

と、快諾した。庄五郎はますます神妙な様子で礼を言い、日を打ち合わせて退出した。

その日になって、定めの時刻に、清正はやって来た。

「やあ、これはよく出来た。よき好みだ」

快い木の香の匂い立つ書院を見まわして、清正は上機嫌であった。

やがて、膳部が出る。これも十分に念を入れたものだ。清正はくつろいで、数盃を傾ける。

庄五郎はちょっと席を退いたが、すぐ自ら膳をささげて出て来て、清正の前においた。

「特別に調理させたる吸物でございます。おとり下され」

「さようか」

引き寄せて、何気なくふたを取ると、鼻のまがりそうな腐敗臭がひろがった。ヘドが出そうだ。

サッと顔色をかえて、片膝立てて庄五郎をにらんだ。

「何だこれは！」

「先だって拝領いたしました御獲物でござる」

おちつきはらっている。

主客はしばらくにらみ合っていた。双方共しだいにおそろしい顔になった。今にも飛びかからんばかりの形相であったが、ツと清正は立上った。

「沙汰のかぎりなることをいたす。不興《ふきょう》じゃ！」

と言いすてて、玄関に向う。近習の者も大急ぎであとを追う。

庄五郎はこれを玄関まで送って、式台にひざまずいて、すまして、

「本日はまことにありがたき仕合せ。お礼の申し上げようもございません」

とあいさつした。

清正はものを言わない。ジロリとにらんだまま、牽《ひ》かれて来た馬に飛びのるや、疾駆し去った。供廻りの者はわけがわからない。殿が御不興らしいと察しただけだ。ドッとあとを追って走り出す。

それらの姿が門外に消えるのを見すまして、庄五郎は立上り、大音に呼ばわった。

「出立！」

「ハッ」

と答えて、家来共七十人ばかりがくり出して来た。皆、旅支度をととのえていた。

庄五郎は、玄関に立ちながら、家来に手伝わせて旅支度となり、馬にのり、そのまま肥後を立ちのいた。必定、清正が城にかえりつくと討手をさし向けるにちがいないと見て、裏をかいたのであった。

この時の庄五郎の供まわりは、人目をおどろかす豪華さであった。士分の者には全部金の熨斗付《のしつけ》（鞘を金でつつんであること）の大小を差させ、徒士や若党には全部銀の熨斗付の大小をささせ、総金の二間柄の槍十本を立てて、馬を十頭ほども引かせ、光りかがやく行列であったという。

七

肥後を立ちのいた庄五郎は京に上ったが、間もなく豊臣家に仕えた。しかし、これもほんのしばらくで、徳川家康に招かれて、旗本となり、美濃の可児《かに》・羽栗《はぐり》の二郡で五千石を食《は》んだ。

家康に初目見《はつめみ》えした時、彼は異風好みの不思議な服装をしていたという。緞子、綾、錦等の小切《こぎれ》を集めて縫った小袖に、金糸で蘇鉄を繡《ぬ》い、真紅の裏をつけた羽織を着ていたというから、人を食った話である。

こんな人物ではあったが、すぐれた吏才があったらしく、諸国の天領の代官をつとめたり、伊勢の山田奉行をつとめたりして、相当な治績を上げている。山田奉行在任中、従五位下伊勢守に叙任した。

彼の子孫は徳川家の旗本として、ずっと後まで続いているが、大体において吏才があり、彼の子豊前守義政に至っては四代将軍の万治・寛文の頃に勘定奉行をつとめている。吏才や経済の才の豊かな血統であったのかも知れない。

とすれば、彼が八千石の身分で二万石の軍役をつとめることが出来たのも、加藤家立退きの際あんな豪華な旅装が出来たのも、その経済の才による蓄積によるのであろう。

酒と女と槍と

一

関白豊臣秀次が秀吉の怒りに触れて高野山に追い上げられたのが文禄四年の七月八日、切腹を命ぜられたのが七月十五日、首は三条河原にさらされた。半月後の八月二日には秀次の妻妾等三十八人が三条河原で斬られ、野犬の死体でも取りすてるように、同じ穴に投げこみにして埋められた。

世間は秀吉の秀次に対する憎悪の深刻激烈におどろいた。

「日本に関白という職が出来て以来、関白であった人が非業《ひごう》の死をとげた先例はないぞや。戦国殺伐の気風ののこっている世とはいえ、あまりなること。ましてや、女君方《おんなぎみ》にまでこれほどのことをなさるとは！　世も末ぞや」

と、ささやく者があり、

「秀次公を可愛ゆいと思召《おぼしめ》したればこそ、跡目にすえ関白もおゆずりなされたのであろうに、四年の後にはこうまでお憎しみが募《つの》ろうとは！　人の心ははかられぬものとは言いながら、太閤様の御精神が尋常でなくなったのではないかのう。お年を召して、耄碌《もうろく》して気が狂《ふ》れなさったのではないかや」

という者もあった。

その頃、京の内外の辻々にこんな建札《たてふだ》が立った。

われらこと、故関白殿下諫争の臣として数年まかりあり候ところ、この度不慮の儀これあり候こと、われら職分おこたりのためと申訳なく存じ候。さるによって、来る〇〇日正午《しょううま》の刻を期して、京千本松原において、亡君へおわびのため切腹つかまつるべく候。諸人の見物くるしからず候こと。

月　日　　　　富田蔵人高定

高札の主富田蔵人高定は、伊勢安濃津（今の津）五万石の領主富田左近将監盛高の次男で、当時名だたる勇士で、とりわけ槍をよく使い、「槍の蔵人」と異名されているほどの人物であった。

彼は少年の頃から秀吉の側近につかえ、度々の戦功を積んで一万石の身分となったが、剛直な性質でもあったので、秀吉が関白を秀次に譲りわたした時、えらばれて諫争の臣として秀次につけられた。当時彼は年わずかに二十六であったので、人々はその若さでそれほどまでに秀吉に買われている彼の名誉を羨んだ。

高定は名うてのだて者だ。この追腹《おいばら》は太閤への面当《つらあて》に相違ない、さればこそこんな大《おお》袈裟《げさ》なことをして、見物人を集めて興行するのだと、皆考えた。忽ち大評判になった。

京の内外や伏見は言うまでもなく、一両日の後には大坂や堺のあたりまで知れわたった。

高定の聚落《じゅらく》の屋敷には、親類縁者、朋友等が殺到した。追腹をとめるためではない。

主人のために追腹を切るのは、最も美しいこととされている時代だ。感激の意を表わし、あわせて名ごりをおしむためであった。

しかし、高定は不在であった。高札を立てるように命じておいて他出したという。

「当日の朝までには帰って来ると申されましてございます。はい。行く先はうかがいましたが、申してくれません。はい。さがすこと無用との申しおきでございます。はい……」

留守居の家老が汗をかいて説明する。

人々はあきらめて帰って行ったが、高定の父の盛高と兄の知信はそうは行かない。手をつくして心あたりをさがした。しかし、杳《よう》として不明であった。

二

高定は、かねて懇意の下京《しもぎょう》の大町人の所有である東山の別荘にいたのだ。屋敷を出ると、彼は真直ぐにここに来た。

「四、五日当家の座敷を貸してくれい。女共を呼んで、酒をのんで楽しみたい」

といって貸してもらうと、連れて来た下人《げにん》に一封の手紙を渡した。

「これを祇園《ぎおん》の境内で興行している村山左近に届けてまいれ」

村山左近は当時名の高かった女歌舞伎の太夫である。高定はその一座の采女《うねめ》という女が好きで、以前からよく見物にも通《かよ》ったし、座敷にも呼んでひいきにしているのである が、今この世を辞するにあたって、名ごりの遊びをしようと思ったのであった。

二人の関係は、単に好きでひいきというだけで、それ以上のものはない。それは采女 が物堅い女であったからだ。当時の歌舞伎女はその本質は遊女同然のものであったが、 采女はおそろしく堅い女で、客から招かれると、必ず、

「お酒の御相手や、御座興のための歌や舞いはいたしますが、お床をおなおしすること はごめん下さいまして。それでおよろしければ上ります」

とことわって、客が了解しないかぎりは応じないのだ。

高定は男性的であることを信条としている男だ。名ごりを惜しむために呼ぶといって も、この機会を利用して言うことをきかせようなどという料簡《りようけん》はさらにない。酌をして もらって、たんのうするまで飲みたいというだけのことであった。

使いを出したあと、ひとりで酒をはじめていると、左近と采女が来た。

左近は二十七になるが、采女は二十にまだ一つ間がある。両人ともに花のように美し い。敷居ぎわに両手をつかえると、忽ち座中が明るくなったようであった。

「やあ、来た来た。ずいぶん逢わなんだな。あいさつなどはどうでもよい。早くここに 来い、早くここに来い」

高定はもうかなりに酔って、上機嫌になっていた。にぎやかに呼びよせて、矢つぎ早 やに盃をさした。

一時間ほどさわぐと、高定は左近に言った。

「四、五日、采女を貸してくれんか」

左近はホホと笑った。

「舞台がございますよ。采女は一座の人気ものでございます。そんなに長い間舞台を休ませましたら、お客様方が承知なさいますまい」

「病気ということにしておけばいいではないか。ぜひ貸してほしい。頼む」

高定は坐りなおし、膝に手をおき、頭を下げた。いつもとまるで様子がちがう。左近はおどろきながらも、なおはぐらかそうとした。

「おやまあ、大へん。御冗談はよして下さいましな。あとでお笑いなさろうというのでございましょう。だまされませんよ」

「冗談なことがあるものか。おれが一生の頼みだ。ぜひウンと言ってくれい」

益〻真剣だ。左近は美しい眉をかすかにひそめて、采女の方を見た。采女は微笑していたが、目に見えて青ざめていた。

左近は緊張せざるを得ない。キッと高定を見て言った。

「采女がどんな女か、殿様はよくごぞんじのはずでございます。殿様ほどのお方がそんなことをおっしゃってはいけません。それは女を苦しめるというものでございます。お願いでございます。どうぞそんなことはおっしゃらないで下さいましな」

左近のことばには、にがにがしげなひびきがあった。言ってしまうと、ていねいにおじぎした。采女も頭を下げ、低く言った。

「お願いでございます」

高定は手を振った。からからと笑った。

「間違ってはならん。おれは酒の酌をしてもらうことのほかは考えておらん。思う子細があって、この数日の酒は最もうまく飲みたい。それ故に采女の酌で飲みたいというのだ。このほかのことはさらに念頭にない。つき合ってくれい。もう一度頭を下げる。この通り」

と、また頭を下げた。

高定が嘘を言わない人間であることは、左近はよく知っている。

しかし、独断で答えられることではない。采女の方を見た。采女はうつ向いて、小さい美しい両手を膝の上でもてあそんでいた。思案にあぐねている様子があわれをさそった。

「本人が何と申しますか。殿様御自身で、じかにお聞き下さいまし」

「そうか。それでは、そなたには異議はないのだな」

「異議がありましても、本人同士があいたいずくなら、いたし方はないではございませんか」

左近は冗談めかして突っぱねた。

高定は笑いもしない。ひたと采女を見て言った。

「どうだ、采女、左近はああいう。きいてくれまいか」

采女は顔を上げて、高定を見た。

「お誓い下さいますか」

声もふるえていたが、白い百合を見るような細おもての顔に浮かんでいる微笑もふるえているようであった。

「誓うとも！」

「そんなら、お相手をさせていただきましょう」

座にこめていた緊張はこれでとけたが、誰ひとりとして笑うものはなかった。三人ともに長い息をついただけであった。

三

間もなく左近はかえって行った。

高定は采女を相手に酒をつづけたが、心のどこかにこだわりがあって、気持よく酔えないように感じた。高定だけではない。采女の様子もいつものようでない。

采女は職業がらに似ずしとやかではあるが、陰気なところはない女だ。酒席のとりなしなども、さわがしくないほどににぎやかで、「よほどにかしこくなければこうは行かぬ」と、いつも高定が感心しているくらいなのだが、今日はなにかぼんやりしている。

ともすれば考えごとでもしているような顔になる。

「こいつもこだわっている」

面白くなかった。帰してしまって、柳の馬場《ばんば》にでも行こうかと思ったが、ああまで骨折ってやっと引きとめることが出来たのだ。明日まで待ってみよう、いつもの采女にかえるであろうと、思いかえした。

宵すぐる頃、酒をしまって、寝室に入った。

約束だから、采女もならべてある床に入った。季節のこととて、蚊帳《かや》が吊ってある。二つの寝床は接近していた。

高定は寝つきのよい男だ。一気に眠りに入った。

どれくらい眠っていたのであろう、ふと目がさめた。

蚊帳から少し離れたところに行燈《あんどん》があった。灯を細めてあるので、おぼろな灯影はあるかなきかにしか蚊帳の中にはとどかない。

高定は隣りの床を見た。よく見えなかった。寝息さえ聞こえずひっそりとしている。

(かえったのではないか)

と、半身をおこすと、見えた。

向うを向いて寝ている。目をさましているらしい。肩のあたりの線が硬かった。警戒している形であった。

(やれやれ、女というものはなかなか男を信用せんものじゃな)

苦笑して、枕許の水さしから口づけに水をのんで、また眠りに入った。

夜が明けて、朝食を摂《と》ったが、午《ひる》少し前頃からまた酒をはじめた。

采女の様子は大分常態に復している。これこれ、これでなければ面白くないと、うれしかった。さっそくにからかう。

「そなたはゆうべ一晩中眠らなんだの」

「あら、そんなことはございません。なんにも覚えていないくらいよく寝《やす》みました」

「うそを申せ。おれが手を出しはせんかと思うて、一晩中肩をこらし、すくみ上っていたろうが。おれはよく知っているぞ」

「うそ、うそ。よく寝みました。ほんと！」

赤い顔になって、ムキな様子だ。

「おれがうそを言うものか。おれがうそつきでない証拠は、ちゃんと約束を守って、手出しをしなかったではないか。そなたこそ大うそをつく。白状せい！　一晩中用心していたに相違あるまいが」

「なんとでもおっしゃいまし」

「ああして用心してワクワクと胸をさわがせているのは、手出しをしてくれればよいと待ち望んでいるからだとは思わんか」

「いやらしい！」

しんからいやそうな顔だ。おこっている。

「ハハ、ハハ、ハハ、もしそうであったら、おれも考え直さねばならん。どうだな、ものは相談だが、左近を呼んで、約束を改めることにしようでないか」

「そんな冗談ばかりおっしゃいますと、わたくし、帰らせていただきますよ」

「ハハ、ハハ、ハハ……」

　まことに酒がうまい。この調子、この調子と、うれしがって飲んでいるところに、左近が来た。

「やあ、約束の通りに行っているかどうかと、見に来たな。そちの見る所ではどう見える？　何せ、水の出ばなの若い同士だからな。どうにかならなんだら、変だとは思わんか」

　この軽い調子に、左近は乗って来ない。青白くひきしまった顔で、

「殿様！」

　というや、涙をこぼした。

　高定は狼狽《ろうばい》した。

「なんだ、なんだ。今申したのは冗談だぞ。そなたのようでもない。おれは決して約束を破ってはいないぞ」

　左近は涙をおさえた。

「そのことではございません。お建札を見たのでございます」

「なに？　建札？　――ああ、あれか」

「なぜ、それならそれとおっしゃって下さらないのでございます」

といって、左近は采女の方に向きなおって、追腹のことを語った。

見る見る、采女の様子がかわった。

なぜか、高定はきまりが悪くてならない。手酌でグイグイと飲みつづけていたが、ふと、ハッとした。この女共におよぼす効果を計算してこんな手のこんだ策を弄したと思われはすまいかと思ったのである。火の塊りにでも触れたような気持であった。自らの胸のうちを反省してみた。そんな気持はみじんもないと断言出来た。

(おれはただ最後の数日を愉快に過ごしたいためと、この女との名ごりをおしみたいために、こうしたのだ。そのほかの心はさらにない!)

しかし、人はそう思わないだろうと思うと、不快な気持は去らない。

「おい」

と、呼びかけた。

二人はこちらを向いた。二人ともに涙ぐんでいた。すがりつくような表情があった。

高定は立上って、書院においた胴乱《どうらん》から金子《きんす》を出し、紙につつんで二人の前においた。

「四日か五日という約束であったが、思う子細がある。これで帰ってくれぬか。おかげで、まことに愉快であった。厚く礼を言う」

二人は、しばらく無言であったが、左近が口をひらいた。

「なぜでございましょうか。なにがお気にさわったのでございましょうか」

声がふるえていた。

「思う子細があると申した」

「その子細というのをうかがいたいのでございます。わたくし共は歌舞伎女でございます。何日間という約束でお伽《とぎ》に上ったものを、期限のはるか前にお暇《いとま》をたまわりましては、落度《おちど》があったようで、恥になるのでございます。なっとくの行くようにお話を願わなければなりません」

左近の調子は鋭かった。その袖を采女が引いた。

「やめて……」

「でもお前、殿様は四日すればお腹を召すのだよ」

「わかっています」

「わたしはお前のために申し上げているのだよ。それではお前の女が立ちませんよ」

「わかっています。でも、やめて……」

「そうかい。そんならやめるよ」

左近はむっとしたように口をつぐんだ。

采女は涙を拭いて、高定に言った。

「それではお暇いたします」

「御苦労であったな」

「ごきげんよろしく」

「そなたも」

二人は立去りかけたが、座敷の入口まで行くと、采女はくるりと向きなおって、膝まずいた。

「殿様」

「うむ」

「殿様は女というものの心がおわかりでございません」

「………」

「ごめん遊ばしませ」

茫然としている高定をあとに、采女は立去った。

四

高定はもう酒もうまくなかった。ここを去って柳の馬場《ばんば》に行ってみようと思ってもみたが、何かおっくうであった。といって、屋敷にかえれば見舞客の応対でうるさいにきまっている。

「ままよ、その日までここにいようわい。大方死ぬ日までの四日を心静かに過ごさせようとの仏神のはからいであろうて」

心のどかに、寝たり起きたりして日を過ごした。時々別れぎわの采女のことばが思い出されたが、その度に心の底におし伏せた。思い出せば心が波立っておちつきを失いそうな気がしたから。死の直前にある身にとって、それは危険であった。生への未練を呼ぶかも知れない。

ついにその日が来た。

高定は早朝に家にかえったが、途中千本松原を通ると、もう多数の人が集まっていた。切腹の場も出来ていた。四間四方の高床《たかゆか》を張り、畳をしき、白布をのべ、四隅に高い柱を立て、白幕を張ってあった。すべて純白なそれらの上に一竿《ひとさお》ほど上った朝日が照りはえて、目がチカチカするようであった。

高定の家の中間《ちゅうげん》が三人、少し離れたところにかたまって、地べたにあぐらをかいて坐っていた。眠そうな顔をしているところを見ると、夜通し番をしていたのであろう。高定の近づくのを見て、おどろきあわてて平伏した。

高定は設けられた場のまわりを一巡して検分した。手落ちはないようであった。満足であった。

「おれが誰であるか、人に言うでないぞ」

中間共にささやいて、帰途につきかけたが、その時、一団の人数が丸太や板をたずさえてあらわれた。高定は何の気もなく行きすぎたが、少し行ってふりかえってみると、切腹場を少し離れた所に、天を摩して亭々とそびえている巨松の下に桟敷《さじき》を組みつつあった。

「はてさて、物見高いのは京の常ではあるが、桟敷まで掛けて人の切腹を見物するのか」

いくどもふりかえり、ふりかえる度にニヤニヤと笑いながら歩いた。

帰りつくと、父と兄とが待っていた。

「これほどのことをするというに、なぜ前もって相談はせざったぞ。とめるとでも思ったのか」

のっけから父は叱りつけた。不機嫌きわまる顔であった。

「家にいればまだしものこと。このような時、居場所も明らかにせんで、不在ということがあるものか。どんなに父上が御心配になったか、少しは考えるがよい」

と、知信も腹を立てていた。

「申訳ありません」

高定はひたすらにわびて、受け流した。

二人ともなお色々と小面倒なことを言いそうであったが、その頃から色々な人がやって来た。皆別盃を酌むべく、酒をたずさえていた。高定はあいそよく応対して盃をかわした。

多い人数だ。一杯ずつかわしてもずいぶんな量になる。人なみすぐれた酒量の高定であったが、出かけるべき時刻が来た頃には、相当に酔がまわっていた。

高定はかねて用意の白絹の単衣《ひとえ》に白練《しろねり》の長袴《ながばかま》をはき、芭蕉布《ふ》の単羽織《ひとえばおり》を着、白絹をたたんで鉢巻し、白い紙でつかを巻いた備前三原ノ住正家の一尺二寸を腰にさし、淡雪《あわゆき》と名づくる白葦毛《しろあしげ》の馬にまたがって家を出た。

千本松原についてみると、おびただしい見物人だ。秋とはいえ、残暑のきびしい頃だ、強い真昼の日に照りつけられて、しとどな汗にまみれながら犇《ひしめ》き合っているのがすさまじいほどであった。桟敷の数もふえて、四ヵ所になっていた。それらの桟敷にかまえた人々は、百姓や町人共でなく、公卿《くげ》やしかるべき身分の武士のようであった。皆、色美しい毛氈《もうせん》をしき、重詰をひらき、酒をくみかわして、まことに楽しげであった。

説明を加えなければならない。人の切腹を見て楽しむという心理は、現代人には理解しかねるが、この時代には普通のことであった。鷗外博士の「興津弥五右衛門」にも同じような場面が出て来る。この時代をさがって寛永期になると、スリの活躍ぶりを見るために、雑踏の場に桟敷を組んで、歴々の旗本等が見物することがはやったという。日本にかぎらない。「モンテ・クリスト伯」の中には、山賊の処刑を見るためにローマ中が大騒ぎするくだりがある。これは時代的にはうんと下って十九世紀初頭のことだ。

さて、高定の姿を見ると、人々は鬨《とき》の声をあげて迎え、馬を進めるにつれて道をひらいた。切腹場の際で馬を下りるとまた歓呼し、床に上るとさらに歓呼した。

家老を中心にして、今日の太刀取りを命じておいた家来をはじめ数人の家来共がかたまっていたが、高定が床に上ると、家老が小走りに近づいて来た。

「暇乞いの方々がいらせられて、盃事《さかずきごと》をしたいと申しておられますが、何分にも御人数が多いので……」

と、こまったような顔で言う。

すると、そのことばがおわらないうちに、その人々がぞろぞろと集まって来て、口々に声をかけはじめた。

見れば、諸大名の使者もおれば、親しくつき合っている友人もおり、一族の者もいる。これは受けて、かれは拒むというわけには行かない。高定はとっさに心をきめた。会釈《えしやく》して言った。

「失礼ながらそこにお並び下され。ごらんの通りの御人数でござる。序列に親疎貴賤の別はなしとして、一々にお受けつかまつりましょう」

五

客人等は犇《ひしめ》き合いつつ列をつくって、一人一人出て来た。皆朱塗りの角樽《つのだる》と大盃をたずさえている。おりめ正しく口上をのべて、盃をさす。高定はしかるべきあいさつをかえして、一々献酬した。

見物人等にとって、これは思わぬ見ものになった。面白がって、笑いさざめきながら見ていたが、何しろ多人数だ。いつはてるともなくつづく。日盛りだ。照りつける暑熱はたえがたい。次第にいら立って、不平をいう者が出て来た。

「さわぐな。やがて見事に切ってみせるぞ」

下地《したじ》のある高定の酔は次第に深くなっている。時々フッと聞きつけては、そう叫んで献酬をつづけた。

およそ二時間ほどの後、ともかくも盃事がおわったが、高定は座にたえないほどに乱酔していた。

さあこれからはじめねばならんという意識はあるが、眠くてならない。このままごろりと横になって眠ったら、どんなにいい気持であろうと、矢も楯もたまらない気持だ。

「おい」

と、家老を呼んだ。

家老は走り寄って来た。高定の酔態にはらはらしている。高定はもうろうたる酔眼で家老を見て、

「おりゃ眠くてならぬわい。これでは死出の山で眠りこむかも知れぬ。一寝入りするゆえ、見物衆にそう言えい。四半刻《とき》（三十分）もしたら起せ」

と言ったかと思うと、肱《ひじ》を曲げてごろりと横になり、忽ち雷鳴のような鼾声《いびき》を上げはじめた。

見物人等はおどろきもしたが、

「さすがは聞こえた勇士じゃ。死ぬことなんど、なんとも思うていなさらぬわ」

と、感心もした。

四半刻ほど経ったので、家老は起しにかかったが、高定の眠りは深い。ゆりおこすと、

「もう少し、もう少し。ああ、忘れてはおらぬぞ。腹を切ればいいのじゃろう」

と言っては眠りつづけた。

いく度起しても、同じことのくりかえしだ。ついに夕暮近くになってしまったので、
辛抱強い見物人等も腹を立てた。

「こりゃア腹を切るのがいやになったのですぞや」

「そうとより思えぬ仕儀じゃ」

「あきれかえった不覚人《ふかくにん》でござります」

「武士にあるまじき臆病人じゃ」

「だまされて、一日天日《てんぴ》にあぶられて、えらい目におうたわ」

「笑え、笑え。ドッと笑うてやりましょうわい」

口々に悪口して帰るものがつづいたが、まだ辛抱強く待っている者もあった。

夕風がそよぎはじめた頃、高定は目をさました。やけるようにのどがかわいていた。

まだ焦点のはっきりしない目を半眼《はんがん》にあいて、

「水を持てい」

と、所望した。家老は水をすすめた。介錯の太刀にそそぎかけるための水であり、ひしゃくもそのためのものであった。高定の意識はまだはっきりしない。生ぬるいその水

がすばらしくうまいと感じただけであった。四、五はいもかえて飲むうち、次第に意識がかえって来た。

「やあ、腹を切ることになっているのであったな」

カラカラと笑って、起き上った。あたりを見まわして、見物人がうんとへって、まばらになっているのを知った。

「ほい、これは不覚であった。では、早速に切ろう」

乱れた衣紋を正し、羽織をぬぎすて、端坐した。

太刀取りの家来が襷《たすき》をかけ、鉢巻をし、進み出て来た。太刀を抜きはなって、今高定が水をのんだひしゃくで水をかけた後、高定のうしろに立った。

「存分に切るつもりゆえ、おれがよしと言うてから斬れよ。よいか」

「かしこまりました」

高定は腰の刀を脱して三方《さんぽう》の上におき、おしいただいて鞘をはらおうとした。まばらに散らばっていた見物人等はいつかずっと間近くおしよせて犇いていたが、今はもうひしめきをやめた。

沈みかけた斜めな日のさしている広い松原は息づまるばかりに静まりかえり、これまで松の梢《こずえ》を鳴らしていた風もやんだように思われた。

その静寂を破って、どこか遠い所に人の叫びが聞こえたように思われたが、高定はかまわず刀をぬき、念仏をとなえつつ、腹をくつろげ、左の手でしずかにもんだ。

また遠いところに人の叫びが聞こえると、

「待たれよ？　上使と呼んでいるように聞こえますぞ」

と、諸家の使者の中から言う者があった。

高定は刀をひかえた。

すると、遠くから叫ぶ声がはっきりと聞こえた。たしかに、「上使であるぞ、上使であるぞ」と連呼しており、その合間に、「待たれよ」と叫んでいる。

松原の端にあらわれたそれは、裃《かみしも》姿で、馬に騎《の》っていた。馬上にのび上りのび上り、片手を振って叫びながら疾駆しつづけて来て、その場に乗りつけた。台におどり上って叫んだ。

「この切腹、御制禁でござるぞ！」

「なに！」

しまった！　氷のようにつめたいものを胸におしつけられたように感じながらも、高定は叫びかえした。

「見物人等も一斉にさわぎ出した。

「さわいではならん！　太閤殿下の仰せだ！」

上使は大喝した。

人々は水を打ったようにしずまった。

上使はつかつかと高定の前に進みより、上意書を右手にかざして高定に見せた。高定は名状しがたい困惑を感じながらも、平伏した。

上使は上意書をひらき、ゆっくりと区切って読み上げた。


故関白、罪科重畳して切腹仰せつけられ候ところ、その方こと、君臣の義を申し立て、追腹《おいばら》せんとする由、聞召《きこし》さる。右は面当がましく候により、甚だ御気色《みけしき》に応ぜず。よってこれをかたく制禁せしめ候。もし相背《そむ》くに於ては、親類縁者ことごとく罪科に処せらるべく候。右執達す。

月　日　　　　　　　　　　　　　　　五奉行

急には返事の出来ることではない。高定は平伏したまま身動き一つしなかった。兄の知信が上って来て、高定にならんで平伏しながら、高定に言った。

「お受けせい。その方一人だけのことではないぞ。親類縁者のこらずに迷惑は及ぶのだぞ」

どろどろにとけた熱鉄を飲む思いであった。高定は胸をあえがせながら言った。

「御諚、かしこまりました」

波が一時に湧き立つように、ドッと見物人等が笑い出した。それにおし伏せられたように、高定は平伏をつづけて、涙をこぼしていた。不覚であった。不覚であった、と、胸にくりかえしながら。

六

地獄の亡者の苦しみは、死のない所にある。死がないために、ある種の亡者は永遠に針の山に登りつづけねばならず、ある種の亡者は永遠に灼熱の鉄汁をのみつづけねばならず、ある種の亡者は鬼卒に五体を粉砕されることを永遠にくりかえさなければならないのである。高定がそうであった。無上の権力者である秀吉によって追腹をさしとめられた彼は、自然の死を待つ以外には死んではならないのだ。死ねば追腹と見なされて、一族縁者にその累が及ぶ。彼は自然の死が来るまで、「追腹のしそこない男」「日本一の不覚人」「天下一の臆病者」と呼ばれながら生きつづけねばならない。まさに生きながら地獄に転落したのであった。

事件の直後、彼は髪を剃ったが、間もなく、あるかぎりの財宝を家来共に取らせて暇をくれ、おのれは十二、三歳の小草履取り一人をつれて、西山《にしやま》の山里にしつらえた庵室にうつり住んだ。

西山は京都盆地と丹波の国とをへだてて南北に連《つらな》っている山々を言うのであるが、当時はその山麓地帯の村々もまたそう呼ばれていた。高定の庵《いおり》は京都の町から一里半ほど西南にある物集女《もずめ》の里から山にかかった小さい谷間にあった。黒木《くろき》で組んだ草屋根の、わずかに三室の簡素をきわめた庵であった。

誰にも言いはしなかったが、彼は再び世に出ることはすまいと心の中に誓っていた。彼の不運をあわれんで、自ら来たり、使者をよこしたりして、見舞う人々もないではなかったが、彼は小草履取りに、

「蔵人は生きながらの亡者でござる。人づき合いの出来る者ではござらぬ」

と答えさせて、一切謝絶して会わなかった。世に恥じる気持からでもあったが、自らを虐遇することに陰鬱なよろこびがあったのだ。

この庵室に移って来て一月ほどの後、もう晩秋であった。ある日、いつもの通り高定が裏山を散歩してかえって来ると、縁側に意外な人が腰かけていた。采女であった。

「そなたは?」

と言ったきり、つづくことばがなかった。

「お久しゅうございます」

采女は愛嬌よく笑ったが、たちまち涙ぐんだ。

小草履取りの少年が、庭の入口からしきりにおじぎして言った。

「その姉《あね》様は、殿様は誰にもお会いなさらぬと、いくら申しても聞きなさらぬのでございます。てまえが通したのではございません。勝手に入りなさったのでございます。いけぬと申しましても、ききなさらないのでございます。てまえは口が酸《す》くなるほど申したのでございます……」

「わかった。そちを叱りはせん。退《さが》れ」

高定は少年を退らせておいて、座敷に上って、端坐して言った。

「めずらしいな。よく来てくれたと言いたいが、おれはここへ引っこんで以来、世間の人に会わぬことにしている。何の用で来たか知らんが、すぐかえってくれんか」

采女はなお泣いていたが、涙を拭くと、草履をぬいで上って来る。

高定はあわてて、

「これ！」

と、とめたが、采女はかまわず上って来た。

「上らせていただきます。かけはなれていては話の出来ぬことでございます」

といいながら、高定の前に坐って、

「わたくし、お側におつかえするつもりでまいりました」

ひたと高定を見つめて、思いつめた顔だ。

狼狽した。

「待て待て、そなた、何ということを言うのだ。おれは人交《まじわ》りも出来ぬ、生きながら亡者となっている者だぞ。行く末長い身で、阿呆なことを言うものではない。冗談ならば別だが、今のおれは冗談の相手になって軽口《かるくち》をたたく気にはなれぬ。せっかくながら、やめてもらいたい」

終りは不快げな調子になった。

「冗談ではございません。まじめな話でございます。わたくし、殿様がお気の毒でならないのでございます」

「気の毒？」

キラリと目を光らせたが、ハハと笑った。

「気の毒ゆえ、あわれんでくれようというのか。ありがたい志だが、おれはこの身にな って、人のあわれみは受けたくない。志だけは受けて礼を言おう。無用にしてくれい」

采女は顔を伏せた。せぐり上げて来る涙を懸命にこらえようと努力しているようであったが、忽ち袖で顔を蔽うて泣き崩れた。きゃしゃな肩と白く長い首筋がふるえるのが、言いようもないほど痛ましい感じであった。なにか憂鬱な思いにみたされて、それを見つめていた。

采女はやっと泣きやんで、口をひらいた。

「不調法なことを申しました。そんなつもりで申したのではないのでございます。わたくし、殿様が好きだったのでございます。それで、殿様が今のお身の上になられたのが、わたくしはうれしいのでございます。今なら殿様はわたくしを一時のもてあそびものにはなさるまい、末長く可愛がっていただけると思うからでございます。それでまいったのでございます。今の殿様をお可哀そうと思ったのも、そのためでございます。殿様が好きだからそう思ったのでございます」

采女は熱心に、そしてしっかりと言おうとするのだが、はげしく泣いたあとのシャックリに、いくどもつまずき、その度に悲しげになり、一層むきになるのであった。

可愛ゆくて、ほのぼのとしたものが胸をひたして、おぼえず頬がゆるんだ。

「そなたの志はまことにありがたい。しかし、おれの亡者の生活は生涯つづくのだ。情《じよう》の激《げき》している今はともかくも、そなたはきっと後悔する。おれもまた、そなたのように若く美しい女を、亡者の道づれにしたくはない。先ず思いなおしてもらおうよ」

「いいえ、いいえ、後悔などは決していたしません。わたくしが殿様をお慕い申しているのは、もう久しい以前からのことでございます。今年で五年になるのでございますもの。殿様が太閤殿下のお供をして東国征伐からおかえりになってすぐ、うちの太夫をお屋敷にお召しになったことがございましたね。あの時、わたくし、太夫の供をして上ったのでございますよ。わたくしはお側へも寄れず、遠くからお見かけしていただけでございますが、あの時から殿様をお慕い申しているのでございます。五年もお慕い申していて少しも変らないのでございますもの、どうしてこの心が変って、後悔などすることがございましょう」

こんなひたむきで赤裸々な愛情の表出は、しまつにこまる。まともには受けとめかねる。笑いながら言った。

「五年前と申せば、そなたは十四であったわけだが、ずいぶんませた小娘であったのだな」

采女は腹を立てた。

「わたくし、まじめな話をしているのでございます」

「ゆるせ」

わびた。あたたかいものが胸一ぱいにあふれて来た。ものを言えば声がふるえそうであった。心のしずまるのを待って言った。

「居てくれるか、後悔はせぬか……」

七

世間からまるで隔離した生活が三年つづいた。その三年目の秋、秀吉が死んだ。このことは、小草履取りの少年が村から聞いて来た。

「そうか。太閤様もとうとうなくなられたか」

そういったきり、日課の裏山の散歩に出かけようとした。

采女は不安であった。この人の自殺をさしとめていた太閤様はなくなられたのだ。男の恥を雪《すす》ぐため、この人は腹を切るかも知れないと思った。

「殿様。わたくしもまいります。今日はわたくしも連れて行って下さいまし」

と、追いかけた。

高定は山の登り口で待っていた。ニコリと笑いながら、

「おれは腹などは切らぬぞ。証文の出しおくれなどしては、恥の上塗りじゃ。おれは末

長くそなたと共に生きるのだ。心配することはない」

と言って、スタスタと山を上って行った。

両三日の後、兄の知信が来た。切腹をすすめに来たのであった。見事に死んで、先年のことは臆病からのことではなかったと証明すべきである、それは一族全部にかかっている恥を雪ぐことにもなると言った。

高定は腹をかかえて笑った。

「あの時は一族のために恥を忍んで生きながらえさせられましたが、今度はまた一族のために死ねよと仰せられるのでござるか。そう人を勝手にしてもらいますまい。せっかく日本一の臆病者の名を得たのでござる。生涯臆病者で通しましょうよ。拙者は臆病者となって、臆病者の幸せを知ったのでござる。悪くないものですぞ」

まるで受けつけず、追いかえした。

あとは誰もうるさいことを言って来る者はなく、谷間の平穏はつづいたが、その翌年の夏、加賀の前田家の使者と名のる男が、前田家に仕官しないかと言って来た。加賀ではこの春前田利家が死んで、子の利長の代になっている。利長は世にある頃の高定と親交があったので、この話になったものと思われた。

「前知《ぜんち》の一万石ではいかがでござろうか」

と、使者は言った。

「拙者はとうの昔に男を捨てた身でござる。世に出る料簡はさらにござらぬ」

と答えてかえした。

前田家のこの交渉は相当執拗であった。その後も人をかえて数回来たが、格別ねばるというのではなかった。高定がいつもかわらない口上でことわると、「さようでござるか。主人さぞ残念がることでござろう」と、これまた同じ口上でかえって行く。

「中納言様（利長）は御執心《ごしゅうしん》でも、家中の者共は喜ばんのだよ。何せ、日本一の臆病者じゃ。一万石は高いわい」

と、高定は采女に語っては笑った。

ところが、思いもかけないことであった。翌年の正月半ばのある日、利長が自ら訪ねて来た。何年ぶりに会うのだ。高定とてなつかしくないことはない。久闊を叙してさまざまな話がはずんだ後、利長は招聘《しょうへい》の話にかかった。

高定は笑いながら言った。

「度々のお使者をいただいたのみか、おん自らこうしてお出で下され、まことにありがとうはございますが、このことは中納言様だけが御執心で、御家来衆は不同意でございますはず。いかが」

利長はうなずいて、笑いながら、

「その通りだ。そなたの評判はまことに悪くてな。しかし、主人たるおれが首ったけほれこんでいるのじゃ。しかたない。来てくれまいか」

「ハハ、ハハハ、それは中納言様のお目がね違い、御家来衆の見る目が正しゅうござる。

人並みな働きの出来たは遠い昔のこと。今は名実共に日本一の臆病者。ましてや」

と言って、茶の給仕に出て来た采女を指さして、

「こんな可愛いものが居ましては、臆病になるのも無理はござりますまい。武家奉公など、思いもよらぬことですわい。ハハ、ハハ」

「そうすげなく申すものではない。おれがせっかく来たのではないか。一万石が不足なら、もう五千石くらいは出せるが……」

「禄のことではござらぬ。拙者は男を捨てているのでござる」

と、きっぱりと言った。

あまりにもきっぱりとした調子に、利長は黙った。ムッツリした顔になって目を上げたが、なげしにかかっている槍を凝視して、つぶやくように言った。

「男を捨てた者が、槍を持っているわ。妙な話じゃて」

高定はハッとした。にが笑いしながら、

「これは不覚でございました。唯今、御前において切り折って捨て、拙者がまことに男を捨てているあかしを立てることにいたします」

と言って立上り、槍をおろした。かつてはかがやくばかりに美しかった青貝摺《あおがいずり》九尺柄の槍は、埃と煤にまみれて見る影もなくなっていた。彼はそれを持って庭におり、召使いを呼んだ。

「鉈《なた》を持ってまいれ」

高定は槍を立てて右手につかみ、鉈を待っていたが、何か異様な、悪寒《おかん》に似たものが身うちを走りすぎるのを感じて、しげしげと槍を見た。埃と煤の下からところどころに青貝のきらめいているのが見えた。目を走らせて穂先を見た。黒いタタキの鞘の下には、平安城長吉《へいあんじょうながよし》の一尺五寸の穂がついているはずである。再び異様な感覚が走りすぎた。この槍をふるって立てた功名の数々が思いだされた。

鉈が持って来られた。高定はこれを受取ったが、その時、また身ぶるいするようなものに襲われた。鉈を投げ捨てるや、槍をたぐって鞘をはらった。穂先には毛筋ほどの錆《さび》もなかった。今砥石《といし》をはなれたような澄み切った光をしずめていた。

「エイッ！」

口をついて、矢声がほとばしって構えを取っていた。つづけざまな矢声と共にくり出し、くり引き、縦横に馳突《ちとつ》した。受けつ、はらいつ、叩きつけつ、はね上げつ、庭一ぱいに狂った。

はなたず凝視している利長はジリジリと膝を進め、座敷を出、ついに縁側に出た。

ふと、高定の目は利長の目と合った。高定は槍を立て、一礼し、ニコリと笑って言った。

「昔、御父君利家公の御生前、伏見のお屋敷で藤原惺窩《せいか》先生の講釈を陪聴したことがござるが、その時、惺窩先生は、死馬の骨を千金で買うた唐人のばくろうの話をなされました。拙者は日本一の臆病者ながら、武勇の士がお家に慕い集まるよう、御家来の端に加えていただきましょう」

「来てくれるか！　ああ、重畳」

　利長の声はふるえた。

「死馬の骨のくせして、お世話を焼かせ申して、申訳なく存じます」

　その時、高定は利長のうしろの障子のかげにしょんぼりとうなだれている采女を目の端にとらえた。胸をつかれたように感じた。後悔に似たものがあった。しかし、脈々として胸の底にまだ燃えやまないものをどうしようがあろう。

（捨てはせぬぞ。いのちのあるかぎり、そなたは離さぬぞ）

と、心のうちで呼びかけた。

八

　間もなく、高定は采女をともなって加賀に下ったが、その年の秋、関ケ原の合戦が行われた。

　前田家は東軍に味方して、北陸路で西軍に味方する大名等と戦ったが、山口玄蕃頭《げんばのかみ》正弘、その子右京亮修弘《ながひろ》のこもる加賀大聖寺城を攻めた時のことである。

　高定は利長に乞うて先陣となり、手勢《てぜい》二百をひきいて、無二無三に城に攻めかかり、塀を引き破り、今にも乗り入らんばかりとなった。城兵は必死にふせぎ、城をはらって出撃して高定の隊を取りかこんだ。六倍以上の兵数だ。二重三重に取りかこんで攻撃した。高定は縦横に奮撃してやっと一方を破って退き、兵を数えてみると、五十人に足りなくなっていた。

しかし、一息つくや、また駆け入り、城将山口父子を目がけて真一文字に突進した。勢い猛烈、雷電のはためくようである。山口父子は敵せず逃げた。高定は追うて本丸の橋詰まで攻めつけたが、鉄砲に狙い撃ちされて、膝を打ちぬかれてたおれた。

それでも、高定は屈しない。おき上るや、槍にすがってよろめきつつ橋を渡り、門際まで進んだ。

これを見て、城中屈指の勇士成田喜三郎、飯田又六、松井宗助の三人は、門外に走り出て先きを争って挑《いど》みかかった。手負《ておい》武者のこと、たやすく討取ることが出来ると思ったのであった。

高定の気力と手練はおどろくべきものであった。その重傷の身でありながら、又六を突き伏せ、他の二人にもしたたかな傷を負わせて、門内に追い入れた。しかし、ここまでが高定の全力であった。彼は三人を相手の戦いで更に重傷を負うたので、敵の手に死ぬことをきらって、冑《かぶと》を脱ぎすて、太刀を逆手《さかて》に取って、自ら首をはねて死んだ。

利長ははるかな後陣で、高定の先陣ぶりを聞いて、膝をたたいて喜び、

「それ見ろよ、それ見ろよ。おれの目に狂いがあるか」

と言っていたが、間もなく城が陥ったとの報《しら》せがとどき、つづいて高定の遺骸と槍と

がかえって来た。利長はこれらを検分し、遺骸が全身すき間もないほどに傷を負い、鮮血に染んだ青貝摺の槍の柄に斑々たる刀痕がきざまれているのを見ると、

「汝《わい》ら、臆病者に一万石くれるなぞ阿呆の骨頂というていたが、一万石が高いか！　城がこんなに早くおちたのは、高定のすさまじい働きのためじゃぞ！　阿呆どもめ！　わび言えい！　おれにではない。高定のこの死体にわび言えい！」

と、涙声でどなり立てていたが、ふと高定の妻のことを思い出した。

西山でのさびしげな姿、ふるえている顔を。

あわれと思った。十分に保護してやらねばと思った。しかし、彼女の幸福をうばったのが自分であるとまでは思わなかった。大名というものはそんな考え方をするようには育てられていないのである。

小次郎と武蔵の間

一

佐々木小次郎が武蔵に敗死した後、細川家はずいぶん長い間専門の兵法者《ひょうほうしゃ》を召しかかえていない。小次郎の高弟であった連中がそれぞれに若い者を弟子にして教えてその期間を過ごしている。当時細川家は豊前一国三十九万九千石を領する大家だ。あるまじきことに思われる。思うにこれは、当主忠利の小次郎にたいする愛情の深さからであったのではあるまいか。

本篇を読んで行かれるうちにおわかりであろうが、忠利は大名ながら剣法にはなかなか熱心で、相当高い見識を持っていた人であったので、小次郎の天才的剣風に強い思慕があり、大ていな兵法者では気に入らなかったのではなかろうか。剣術の黄金時代ともいうべきあの時代に、あれほどの大藩が専門の剣士を物色しなかったとは思われないのである。

小次郎と武蔵の仕合は慶長十七年四月十三日のことだが、その時から十一年目の元和《げんな》九年のことであった。

その年六月、二代将軍秀忠が隠居して将軍職を子の家光にゆずり渡すについて、京都で将軍宣下《せんげ》の儀式が行われるので、二人そろって上洛した。徳川家が天下を取ってから間もなくの頃だ。諸大名は幕府のごきげんとりに汲々としている。われもわれもと供奉《ぐぶ》を願い出、目ぼしい大名はほとんど全部京へ集まった。

その中に、忠利もいた。忠利の父忠興、その頃は剃髪して三斎もいた。

将軍宣下は七月末にはすんだが、将軍父子の滞京は翌々月の閏《うるう》八月までつづいた。したがって、細川父子も豊臣家さかりの頃からある伏見の藩邸に滞在していた。

一体、当時の大名はこんな際には物聞役《ものききやく》と称する情報がかりをいく人も世間にはなって、上は将軍の動静、その周囲の高官連の動き、下は市井《しせい》の風聞にいたるまで、細大もらさず集めたものだ。それだけの用意をしておかないと、ことのおこった場合、人にすぐれて素速い奉公が出来ないからであった。当時の大名等のこうした奉仕ぶりは、現代の我々の目から見ると相当見苦しい。気の小さい妾の旦那にたいする気のくばりように似ている。

八月半ばのある日のことであった。この物聞役の一人である平手《ひらて》主税《ちから》という若者が、こんな報告を持って来た。

(つい昨夜のこと、醍醐村の豪家に七人の盗賊がおしこんで、家人を縛り上げて金品を物色していると、二、三ヵ月前からその離室《はなれ》に厄介になっている浪人が出て来て、またたく間に一人のこらず斬り伏せた。浪人の姓名は松山主水《もんど》、東国の生まれで、二階堂流という兵法を修めている者である云々)

ここでまた推察説を述べるが、忠利はこの流名に興味を感じたのではなかろうか。なぜなら、二階堂流は中条流から出ている。忠利の愛惜《あいじやく》してやまない佐々木小次郎は中条流の富田《とだ》勢源《せいげん》の門人だ。

「同じ中条流から出たものだが、巌流と二階堂流とどうちがうか」

と、思ったにちがいない。

（注）

富田《とだ》家では自家の剣法を富田流とは言っていない。中条流といっている。世間の人々が富田流と言い出したのである。もっとも剣法のようなものは、濃厚に個性が入り、また学んだ色々な流派が皆入って来るから、師伝の通りというわけには行かない。厳密な意味では一人一流というべきであろう。

とにかく、忠利はその剣客を見たいと思い、その日自ら醍醐村に出かけた。

二

醍醐は伏見から一里半しかない。半里行って山科野の南端六地蔵に達し、そこから野道を東北方に向うのである。陰暦八月半ばのことだ。道の両側の稲田は黄熟しかけていたろう。あの辺は曼珠沙華《まんじゅしゃげ》の多いところだ。至るところに血のしぶいたようなあの花があったに違いない。

やがて、目ざす家につく。今日とちがって、その頃は豪農といわれるほどの家は、多くはその土地の地侍の末だ。まして京都近郊のそんな家は格式がある。長屋門、築地塀《ついじ》、堂々たるものであったに相違ない。

門前で馬を下りると、供をして来た家来共が走りこんで来意を通じた。

かれこれあって、書院の間で対面の運びになる。

松山主水は三十年輩の男であった。色の浅黒い、いかにも精悍《せいかん》な感じの顔立ちをしている。中肉中背だが、鍛えのきいたからだつきだ。

「わしもそちが働きのうわさを聞いて来た」

と、先ず忠利は言った。

「恐れ入ります。たかの知れた盗賊共、うわさなどになって、恥かしゅうございます」

「いやいや、そう卑下せんでもよい。ところで、その方の流儀二階堂流は中条流から出たというが、誰に学んだぞ」

「祖父に学びました。二階堂流はてまえの祖父が創《はじ》めたのでございます」

「やあ、これは迂闊。そうか、その方の祖父が流祖か」

忠利はからからと笑って、

「その方の祖父は二階堂なにがしと申すのか」

江戸時代の武士の家はよく苗字をいくつも持っている。徳川家は徳川の他に松平を持っており、細川家は細川の他に長岡を持っており、筑前黒田家は黒田の他に小寺を持っている。将軍や大名にかぎらない。陪臣の家にもその例はいくつもある。だから、忠利もこんな問いを発したわけであった。

「二階堂は住所でございます。相州鎌倉の二階堂。てまえの祖父は松山主水と申しました。てまえは祖父の名を襲《つ》いだのでございます」

「ああそうか」

忠利はまた笑って、

「ところで、所望だが、一手見せてくれぬか。わしも中条流にゆかりのある流儀をいささか学んだものだが、同じ流れを汲むその方の流儀をなつかしく思うのだ」

「巌《がん》流でございましたな、殿の御流儀は？」

「知っているか」

「流名だけをうけたまわっております。おしいことをしました、佐々木小次郎殿は。てまえが今日まで会いたいと思ったのは、佐々木殿だけでございました」

しみじみとした調子であった。

忠利は心が濡れて来るのを感ずると共に、警戒する気にもなった。こいつおれの心を知って取り入ろうとするのではないかと。

「どうだ、見せてくれるか」

「どなたか相手になっていただけるのでしょうか、それとも型だけでよろしいのでしょうか」

「家来共に相手させよう」

忠利ははじめからそのつもりで、小次郎の高弟の一人であった者を連れて来ている。庭前にひざまずいている家来共の中からその男を呼んで命じた。

「かしこまりました。しかし、木剣がござりませぬが」

と、その男は言った。

「竹刀《しない》がござる。唯今持参いたします」

主水は言って座敷を出て行ったが、まだまだだと思っているうちに、もう庭先にあらわれた。鉢巻をし、たすきをかけ、袴の稜《そば》をとって、甲斐甲斐しいいでたちだ。驚くほどの速さであった。

「いずれでも、お手によい方をおとり下さい、竹刀に願いたい」

かかえて来た鬱金《うこん》木綿の袋の口を解いてさし出した。木剣が三、四本、竹刀が二本入っている。この頃の竹刀は細く裂いた竹をなめし皮の袋に入れたもので、つばはない。

「竹刀は使ったことがござらぬが、木剣ではいけませぬか」

主水は微《かす》かに笑った。

「しからば木剣をおとり下さい。拙者は竹刀でお相手します」

かっとしたようであった。何か言おうとした。

とたんに、忠利は言った。

「その方木剣の方が手馴れているなら木剣をとれ。こちらは竹刀でよいと言っているのだ。文句を申すことはない」

木剣を取った。素振りをくれて、手の内をためした。

主水は竹刀を取った。

「それでは、お手やわらかに」

「御同様」

ふたりは二間ばかりの距離をおいて相対した。

「ヤア!」

忠利の家来が一喝した時、主水のからだが影のように空を飛んだ。と思うと、どうしてつけこんだのであろうか、相手の手許に立っていた。竹刀はぴたりと相手の頭上にくっついている。

「いかが?」

おだやかな微笑がその顔にある。

相手は木剣をかまえたまま、ぼうぜんとした顔をしていたが、忽ちいきり立った。

「今一度! 今一度……」

顔を赤くして叫ぶ。

兵法にはずいぶん自信のある忠利であるが、その忠利にも主水の変化のすばやさはわからなかった。

「ひかえい! 見苦しいぞ」

一喝して、家来をしずめておいて、主水に頼んだ。

「もう一度見せてくれまいか」

主水は承諾して、再び立合ったが、こんども同じであった。家来は同じ形で負けていた。

しかし、こんどは忠利はわかった。すべては主水の隼敏《しゅんびん》迅速をきわめた動作によるのだ。忠利は感嘆した。

「あっぱれなものだな。最初の時には飯綱《いづな》の妖術としか見えなかったぞ。しかし、今のようなことは、誰に向っても行えるものかな」

主水は笑った。

「故佐々木小次郎や、宮本武蔵にたいしては、これではいけませぬ。すべて術は相手次第のもので、相手がその際《きわ》にある者でなければ出せないものでございます」

「そうか、そうか」

忠利はうなずくだけであった。

三

主水が細川家の家臣となったのは、それから間もなくのことであった。禄高は知行八百石だ。知行八百石というのは、武士が武術の技量だけで得る俸禄としては最高のものだ。柳生但馬守宗矩《やぎゆうたじまのかみむねのり》が一万二千何百石、名人越後といわれた富田越後守重政が加賀で一万三千石、槍の高田又兵衛が小笠原家で千石取っていた例を挙げる人があるが、柳生宗矩の一万二千何百石は将軍の剣術指南役としてあたえられたものではない。最初は豊臣家によって没収された本領二千石ほどを働きの次第では返してやると家康に言われて、徳川家のために豊臣家や石田三成にたいする隠密をつとめ、関ケ原役にも従事して武功を立て、役後本領を安堵したのが手はじめで、その後度々の武功や政治上の功績があって、あの身代になったのだ。

富田重政は、本姓を山崎という。彼の剣法の師匠富田治郎左衛門の娘を妻にもらって、師匠から姓を譲られて富田を名乗るようになったのだ。彼の生家山崎家は前田家が尾張荒子の小領主であった頃からの家臣で、度々武功を立て、前田家の身代が太ると共にその身代も太って行ったのだ。一万三千石はいわば父祖代々の勲功によって得たもので、彼の兵法の技術にたいしてあたえられたものではない。

高田又兵衛は単なる槍術家ではない。小笠原家の家老だ。知行千石は家老としての俸禄で槍の技術にあたえられたものではない。

小野次郎右衛門も、最初徳川家に仕えた時はわずかに三百石だ。

純粋に兵法の技術だけで得た禄としては、田宮流居合の田宮対馬守《つしまのかみ》長勝が紀州家で八百石というあたりが最高である。この小説より少しあとになるが、宮本武蔵が細川家に客分として仕えているが、格式は大番頭格、禄は実米三百石となっている。実米三百石というのは、知行地をもらってそこから租米として取り上げるのでなく、藩の米蔵から現米をもって三百石受取るのだ。したがって、標準の四公六民として七百五十石の知行取りと同じ程度の収入になる。

つまり、兵法の技術だけでは、七、八百石が最高なのである。松山主水はその最高の八百石をあてがわれたのであるから、その技量の卓抜さと、忠利の打ちこみようの深さとがわかるのである。

今日肥後に伝わっている伝説では、当時の人は主水のことを飯綱《いづな》使いであると言っていたという。

飯綱というのは、元来は山の名だ。信州上水内《かみみのち》郡にあって、戸隠《とがくし》山の東方にある海抜六千尺ほどの山だ。この山中に飯綱権現がある。祭神は一にウガノミタマであるといい、一に陀祇尼天《ダキニテン》であるといい、また勝軍地蔵だともいう。ウガノミタマと陀祇尼天とは、大衆の信仰では共に狐神ということになっている。同じ神様を前者では神道的に呼び、後者では仏教的に呼んでいるにすぎず、つまりは狐神だ。勝軍地蔵は愛宕権現の本尊である。

飯綱の法とは、この飯綱権現を信仰することによって得る妖術のことを言い、その妖術師を飯綱使いというのであるが、飯綱権現の本尊を狐神とするか、勝軍地蔵とするかによって、妖術の内容がちがって来る。前者は狐使いの魔術となり、後者は天狗の魔術となり、修験道《しゅげんどう》による法術の一つとなる。この山が修験道に関係の深いことは、謡曲

「鞍馬天狗」に、諸国の名山大山に棲《す》まいする天狗共を列挙した中に「信濃には飯綱の三郎」というのがあるのを以ても明瞭である。

飯綱神社の所伝では、鎌倉中期に水内《みのち》郡内の荻野《おぎの》城主であった伊藤兵部大輔忠綱とその子次郎太夫《たいふ》盛綱とが、共に飯綱権現のお告げによって、山頂に祭壇を設け、穀食を断って、精進潔斎して法を修したところ、神通自在の術を得、不老不死の神仙となって昇天したのが、飯綱の法のおこりということになっている。

しかし、後世の飯綱の法は、要するに魔術だ。隠形《おんぎょう》術、速歩術、飛躍術、幻術等をふくんだもので、忍術に似たものと思えばよい。したがって、偸盗《ちゅうとう》術にも通う。事実、古来飯綱権現は盗賊の守り本尊として、彼等の信仰が深いのである。

武術にも関係のないことはない。神道無念流の流祖福井兵右衛門嘉平《よしひら》は飯綱明神に参籠して発明する所があり、その流派を創始したという。

これは天狗道の方にも関係があって、権現の本尊を勝軍地蔵と見るのであろう。飯綱神社に参籠することによって兵法の奥儀を悟ったのは福井嘉平だけであるが、愛宕に参籠して一流を創始した兵法者は枚挙にいとまがない。「武芸小伝」や「武芸流祖禄」等の書をひらく人は、その多いのに驚くであろう。

この福井嘉平の門から戸ケ崎熊太郎が出、戸ケ崎門から岡田十松・斎藤弥九郎が出、斎藤の門から桂小五郎・高杉晋作・渡辺昇《のぼり》等の維新志士が出ている。

細川家の家中の人々が松山主水を飯綱使いであると考えたのは、軽捷無類、目にもとまらない働き方をする主水のわざが人間わざと思えず、魔法のように見えたからにちがいない。この時代の人は合理精神のとぼしいせいで、神秘や不思議にたいする信仰が強く、宮本武蔵なども当時の人に「飯綱使い」と言われたという。主水同様、隼敏目をうばうわざのためであろう。

主水の魔術師的働きについて、熊本に言い伝えられていることはこうだ。

現在熊本市新堀町の加藤神社のある場所に、主水は屋敷を賜わっていた。その屋敷の東側は切り立てたような高い崖になっていた。その崖にさしかかって、主水の屋敷から巨大な老松が枝をさしのばしていたが、主水は時々その松にかけ上り、枝から枝へ、ふところ手で悠々とわたり歩きながら四方を眺望して気ばらししたので、人々は目をみはり肝をひやしつつ仰いだ。「松山主水物見の松」といって、ずっと後世までのこっていたという。

一丈あまりの塀をおどりこえて見せたことがあり、三間半もある濠を走りかかりなしにとびこえて見せたこともあるという。

襖を横にして立てならべ、そのふちを鼠のように走り渡って見せたこともあるという。座敷から壁面に走り上り、天井をさかさまに歩いて見せたともいう。

またある時は直立した高い壁をヤモリのように這《は》い上って行き、途中にとまって蝙蝠《こうもり》の羽ばたくようなしぐさをして見せたともいう。

これらのことは口碑伝説にありがちな誇張もあり、ことさらに作為されたものもあるであろうが、天井をさかさまに歩くこと以外は、訓練の次第によっては出来ないことではないと思う。これだって、西洋の奇術師の中には底に吸盤がついた靴をはいてりっぱにやりこなすものがあると聞いているが、これはその靴をはかないかぎり出来ることではなかろう。

次にむずかしいのは直立した壁を這い上って行くことだが、これは作者の知人の知人が実見している。その人は医者だったそうだが、大正の初期、東京で開業していると、ある日風采のよい紳士体の男が来て、手を怪我したから手当してほしいと言った。右の手を横にざっくり切られている。よほどに鋭い刃物、たとえば剃刀様のもので切ったと思われる傷だ。

「どうしたのです」

ときくと、

「はずみですよ。座敷に坐っていて、うしろ手をついたら、ちょうどそこにさっき使ったまましまい忘れていた剃刀がありましてね。飛んださいなんです」

と、笑いながら答えた。

一応合点がいって、手当をしてやった。

紳士は全治するまで一週間ほども毎日かよって来たが、ある日、言う。

「いかがでしょう、ぼくの家の嘱託医になってくれませんか。家は若い者がいつも沢山ごろごろしているのですが、よく病気したり、喧嘩で傷をするんです。それを診てやっていただきたいのです。その治療代はもちろん払いますが、ほかに月々手当もさし上げます。いかがでしょうか」

学校を出たばかりの開業医で、はやらないでこまっていたところであったので、一議におよばず引受けた。

紳士はきちんきちんと手当もよこしたし、月々分の薬価も支払って、忠実に契約を履行したが、よこす患者はまことに少ない。気の毒になるくらいだ。多くは月に三人か四人、多い時でも十人をこえたことはない。それらは必ず紳士の名刺を持って来た。

患者共はすべて打身やすりむき傷や切傷等で、内科的な疾患はまるでなかったので、はじめのうち、医者は紳士の職業をばくちうちの親分かなにかだと思っていたが、間もなくそうではなさそうだと思うようになった。打身やすりむきは別として、切傷の全部が手首から先きにかぎられていて、しかも、かつての紳士の傷とそっくり同じにてのひらの真中をザックリと横にやられているものが数人あったからだ。

そこで、ある日、紳士が来た時、聞いてみた。

紳士は微笑した。

「おや、まだ承知じゃなかったんですか。大抵もうお気づきだと思っていましたに。実はね、あたしはスリの親分なんですよ。あの若いやつらはみんな子分です。ねらった相手がきついやつだと、やりしくじると、こちらの剃刀の刃をもぎとられて、あんな目にあうことがあるんですよ」

医者は恐ろしくなったが、こんな連中のこと、嘱託をことわるとどんな仕返しをされるかわからないとも思ったし、手当のうま味にも引かれたし、ずるずると嘱託医をつづけているうちに、大親分とうちとけた仲になり、時々その家に遊びに行くようになった。

ある日、遊びに行くと、見知らない男が来ていた。

「これはあっしの舎弟でしてね、こいつは大分荒っぽくて、これの方なんですよ」

親分は紹介して、指を曲げてみせた。

酒など出て、少し酔の出る頃、医者がその頃出て評判の小説であった「ああ無情」の中にある、警視蛇兵衛《じゃひょうえ》のために三方高い壁にふさがれた路地に追いつめられたジャン・バルジャンが、直立した壁をよじのぼって修道院の中にのがれた話をし、そんなことが出来るものだろうかと言うと、

「なんでもないことでさあ、お目にかけましょうか」

と、舎弟なる男は言った。

奥庭の土蔵の壁で実演して見せた。手足をひろげてペッタリと壁にくいついた姿勢で、手がかりも足がかりもないすべすべの白い壁面を、左右に身をよじらせながら千鳥がけにのぼって行くのが、ヤモリそっくりであったという。

この話を聞いた時から、作者は、軽量な人ならきびしい訓練をすれば、筋骨の緊張と、てのひらや腹部や股のあたりを凹ませて吸盤の働きをさせることによって、出来ないことではなかろうかと思うようになっている。

さて、軽捷無類である上に、こんなことまで色々と出来たというので、現在の熊本人の中には、忠利は主水を忍者として使おうと思って、八百石という高禄をあたえたのであろうと言っている人もあるが、これは忍者なるものの武家における地位を知らないから出た誤解である。

忍者の武家における地位は実に低いのである。忍びは卑賤者のすることであった。どうやら日本における忍術は帰化人の子孫が持ち伝えた技術らしく思われる節さえある。

忍者と一般武士の最も違う点は、その道徳である。江戸初期まで、一般武士にとって最も大事な道徳は「己れをいさぎよくする」ということであった。この徳目のためにはあらゆることを犠牲にしてよいとさえ武士は考えていた。従って、恥辱を忍ぶことはない。恥辱を受けたら直ちに報復するのが最も武士らしい態度とされ、万事休したら切腹すべきものとされていた。

しかし忍者は違う。忍術とは字義通りに忍ぶ術だ。どんな恥辱にあっても、どんな苦しみにあっても、忍び通すことが忍者の道であり、誇りもそこにあるとされた。自殺しておのれをいさぎよくするなど以てのほかのことであった。とうてい普通の武士の忍び得ることではない。卑賤者とされている者だから出来るのだ。だから、普通の武士なら敵に捕虜になった時、場合によっては切腹をめぐまれることもあるが、忍者はそんな名誉ある死はあたえられない。縛り首——後ろ手に縛られたまま首を斬られたのだ。現代の戦争で斥候は軍人としての名誉を重んじられて銃殺されるが、スパイは絞首刑に処せられるのと同じだ。

つまり、忍者は武家に奉公して二本さしていても、武士ではないのである。

そんなものにするために、八百石もくれて、りっぱな邸地をあたえて、上士《じょうし》としての待遇をするはずはないのである。

四

こんな話も伝わっている。

主水が細川家で取立てた門弟の中で最も卓抜であったのは、藩主忠利と、家臣では忠利の近習村上吉之丞の二人であった。

二階堂流の秘伝とする所は先ず平字法というのがある。これは一字法・八字法・十字法の三法の総称である。一・八・十の字は組み合わせると平の字になるからである。この三法の外の最も秘する所は「心《しん》の一法」である。

主水はこの二人に先ず一字法を授けたが、ある時、二人に同時に八字法を授けることになった。所は城内だ。いつのことであったか記述がないが、前後の関係上、たぶん小倉城であったように思われる。人の近づくことをかたく禁じて、三人は密室に入った。

忠利の近臣等は主命をかしこんで遠くはなれていると、しばらくあって、ドウと人のたおれるような音がして、間もなく三人が出て来た。忠利も吉之丞も全身しぼるがごと

き汗にまみれていたので、

「この短い間に、どんなことがあったのであろう」

と、近臣等はあやしんだという。

以上は撃剣叢談にある話だが、熊本ではこれにこんな話をつけ加えている。

この時、忠利の小姓寺尾求馬之助《もとめのすけ》はまだ少年であったが、忠利の命をきかず、密室に近づき、刀のつかに手をかけて中の様子をうかがっていた。

忠利は出て来てからこれを知り、激怒して叱りつけると、求馬之助はこたえた。

「松山殿は殿の御寵愛厚い人でござるが、新参者でござる。いかなる異心を抱きいるやもはかられませぬ故、用心のためにこうしていたのであります」

この求馬之助は、後に宮本武蔵が細川家に来てから取立てた高弟三人のうちの一人になった云々。

撃剣叢談は、また次の話を記述している。

主水の死後、村上吉之丞は細川家において第一の剣名をほしいままにしていた。

ある年の夏、熊本に旅の兵法者が来て、城下近い松原に露営し、毎日夜になるとかがり火を焚いてひとりで太刀撃ちする。そのありさまがまことにめざましい。たくましいからだに金箔で大きく紋を打った華麗なかたびらを着て、軽捷自在、飛ぶようである。

夏のことだし、涼みがてら見物に来る市民等が多かったので、忽ち高い評判になった。

「よほどの使い手ばいな。愛宕山の天狗様の生まれかわりのごとあるばい」

このうわさが、吉之丞に聞こえた。兵法熱心な男なので、仕合を申しこんだ。旅の兵法者は返事を保留しておいて、ひそかに吉之丞の技倆をさぐってみると、とても及びそうになかったのでそのまま熊本を立去った。

後でわかったが、この旅の兵法者は宮本武蔵であった云々。

この話は、この時代の兵法者気質《かたぎ》がよく出ているという意味で、まことによく出来ている。

先ず、兵法者が華麗な服装をしていたという点が一つ。戦国末期から江戸初期までの兵法者は、宣伝のために人に目立つ服装をしている者が多かったのだ。あるいは華麗な服装をし、あるいは異装をした。

塚原卜伝や佐々木小次郎は華麗ぜいたく派だ、甲陽軍鑑に、塚原卜伝のことをこう書いている。

「大鷹《おおたか》三もとすえさせ、乗りかえ馬三匹ひかせ、上下七、八十人ばかり召連れ歩き、兵法修業いたし、諸侍《しよざむらい》、上下共に貴むようにしなす」

微塵流の根岸兎角《とかく》、天流の斎藤判官伝鬼《でんき》は異装派だ。二人ともいつも山伏の服装をし、そのさま天狗のようであったという。

宮本武蔵もこの派だ。武蔵は総髪《そうはつ》の髪を腰のあたりまでのばし、常にかかとのかくれるほど長い白羽二重の着物を着、晴雨にかかわらず草履をはき、雨が降り出しても裾をかかげることもなく、走ることもなく、ビショビショとぬれながら歩いたという。着がえを持ったことがなく、古びれば新しく仕立てさせて着、手を洗っても手拭で拭いたことがなく、膝のあたりにこすりつけてすましたというのだ。

次の相手の技倆を調査してみて敵せぬと見ると逃げたこと。

これは当時の兵法者の心掛であった。兵法は敵に勝つための術だから、負けるとわかっているのに立合っては、なんのための兵法ぞやだ。

それに、当時の仕合は実質的には果し合いだ。負ければいのちがなくなり、流儀の名前もすたれた。

宮本武蔵は、吉岡一門と佐々木小次郎以外は一流の剣客と立合っていないと悪口を言う人がある。現に、武蔵はその門人青木丈右衛門が他流仕合用の木剣を所持しているのを見つけて、

「その方ごとき未熟な腕で他流仕合など以てのほかのことだ。おれほどの腕になっても出来るだけ避けているのだ。他流仕合など申しこまれたら、要領よく逃げることを工夫せい」

と、きびしく叱りつけている。

しかし、天寿を全うして一流の剣客となり、今にその名の高い人々は、皆自らの力をはかって自分より強い者との仕合を避け、名は高くても力は自分に劣るやつをたおして名声を高めつつ、鍛錬を重ね、実力を涵養《かんよう》して行った人々なのである。この思慮がなく、冒険ばかりしていては、一流になる前に殺されてしまう。

こんな工合に、撃剣叢談のこの話は、この時代の兵法者気質をよくあらわしている話ではあるが、事実談ではない。主水が死んで四年目に武蔵は細川家に召しかかえられている。逃げていたらこうはゆくまい。また、武蔵は当時もう相当な年だ。主水が死んだ時が五十三、細川家に仕えた時が五十七だ。松林なんぞで伊達なかたびらを着て夜な夜な太刀打ちなどするはずがない。まして、武蔵はその著「五輪の書」に、

「五十以上は尋ね入るべき道なくして光陰を送る」

と書いている。五十を越えてからは弟子に教授はしても、自分の修業はしなかったのである。

主水の秘伝の中に「平字法」と「心《しん》の一法」というのがあったと前に書いたが、この「心の一法」というのは、敵に働かせない法だとある。これは主水が人に伝える前に死んでしまったので、主水とともにほろんだことになっているが、「責而者草《せめてはぐさ》」の中に「石谷土入書《いしがやどにゅうしょ》」から井伊直孝のこんな逸話を抜き書きしている。

ある時、江戸城内で、将軍の近臣等が数人集まって雑談している時、一人が、

「この頃めずらしい兵法を見ました。見つめの法と申して、相手の刀脇差を見つめて、それを抜くことが出来ぬようにいたす法でござる。拙者は一見いたしましたが、たしかに相手は抜くことが出来ませせぬ」

と、言った。

すると、直孝がにがにがしげに言った。

「さような兵法は武士には用事なき兵法でござる。いまいましきことを聞いたるものかな。以後さような話は無用にされい」

人々はなぜ直孝がそんなに機嫌を悪くしたかわからない。説明をもとめた。

直孝は説明した。

「各〻が人をお斬りなさるとして、必ずことばを掛けてから斬りなさるか、それともいきなりうしろから斬りつけなさるか、いかが。必ずやことばなく斬りつけるを卑怯となさるであろう。武士たる者の勝負は、相手にも抜かせ、互いに力のかぎり斬り結んでこそ快いことでござる。然るを、当方ばかり刀を抜き、相手が抜けぬようにして斬るなど、人を後ろ手に縛り上げておいて斬ると同断でござる。武士には用事なき技」

この「見つめの法」と「心の一法」とは関係があるかも知れない。主水も細川家でだけ弟子を取立てたわけではあるまいから。

この話の出ている原典「石谷土入書」の著書石谷土入《いしがやどにゅう》は、石谷貞勝の隠居入道としての名だ。江戸町奉行をつとめ、直孝と同じ時代の人だ。十分に信用すべき書物である。

もし、「見つめの法」と「心の一法」とが同じもの、あるいは系統を同じくするものであるなら、「心の一法」は催眠術的なものであったに相違ない。とすれば、主水が飯綱使い的なことをしたというのも大いに合点が行くのである。

五

主水が細川家の家臣となってから九年目の寛永九年に、細川家は熊本に国がえになった。肥後一国に併せて豊後の鶴崎《つるざき》を領して五十四万石だから、十四万一千石加封されたわけだ。細川家上下のよろこびは言うまでもないことであったが、この少し前からこまったことがおこっていた。

当主の忠利と隠居の三斎忠興との間が円満を欠いて来たことである。

不和の原因は、今日ではわからなくなっている。とり立てて原因となったらしい事件がないのである。従って、平凡なようだが、新旧思想の衝突、相剋《そうこく》によるとの推察しか立たない。忠興は有名な風流大名で、茶道では利休七哲の一人といわれ、三斎流をひらいて祖となったほどであり、すぐれた審美感覚の持主で、その工夫したものは武具や日常の器具まで三斎好みと称せられて世にもてはやされた人であるが、生れつきの性格はまことにはげしく、時には狂気じみたところさえあった。こんな人がはげしい戦国の時代を生きぬいて来たので、はげしい性質は益〻はげしく、戦国の武人気質をそのままにのこしていたようである。

ある大名が家来を忠興の許につかわして、冑のデザインをもとめたところ、忠興はきげんよく引受けて、立物《たてもの》の図面など引いてやり、その台は桐にて、とさしずした。

使者は不審して、

「桐ではもろくて、折れ易くございましょう」

と、言ったところ、忠興は顔色をかえ、すさまじい形相となり、

「青の立物が折れるほど働いたらば、武士として本望であろう！」

と、どなりつけたという。はげしい戦国気質がよくわかるであろう。

一方、忠利の方は生まれつきおだやかな性質であり、年が若いだけに容易に太平の気風に同化し得たようだ。事実平和な時代の大名として民政上にすぐれた治績をのこしている。

二人のこの相違が、藩政上にも、家中の武士の取りあつかい方にも色々と意見のくいちがいを生んだのであろう。ともかく、不和になった。

なんといっても父子のことだから、普通の身分の者であったら大したことなくおさまったにちがいないが、大名や親分などと称する、つまり取り巻を多数持っている者同士の不和はかんたんには行かない。主人同士の不和はとりまき同士の反目となり、それはまたそれぞれの主人の感情に反映して、益〻激化の勢いをなすのを常とする。

忠興と忠利の間がそうであった。ついには隠居づきと当主づきとの間には、往々血なまぐさいことさえおこるようになったが、肥後へ移って、忠利が熊本に住み、忠興が八代《やつしろ》に住むようになると、対立反目の勢いは益〻はげしく、相去る十里をへだてて、家臣等は仇敵のように憎み合った。家の柱石ともいうべき老臣等はどちらについている者も、

この緊張をもみほぐすことにつとめたが、年若な者、身分の低いもの、つまり大部分の者にはなんの効果もなかった。

主水が忠興ににくまれる最初の原因となった事件は、この緊張した時期に生じた。

国がえがあった翌年の春の一日、主水は知行所に用事があって寵愛の小姓と若党一人、中間《ちゆうげん》三人を召しつれて出かけた。

知行所は熊本から南三里ばかりの隈《くま》の庄在にある。早朝に家を出たので、昼を少しまわった頃には用をすまして帰途につくことが出来た。

隈の庄は本街道をはずれている。一里ほど野道を行って、杉島《すぎしま》というところで本街道に出る。ここには緑川《みどりかわ》という大河がある。橋のない河だから渡舟《わたしぶね》に乗らなければならない。

その渡し場まで来た時、主水は川の堤の上で旅姿の三人の武士が酒をのんでさわいでいるのを見た。どうやら八代衆のようだ。熊本の城下か、もっと先へ行くためにここまで来かかったところ、堤の美しい若草がうららかな日に照らされているのを見て、つい一杯やりたくなってはじめたところ、酔とともに興が高まり、このさわぎとなったものと見えた。さわぎはいいとしても、おそろしく野卑な唄をうたい、ゲラゲラと高笑いし、まことに品が悪い。

堤の上とはいえ、街道からほんの四、五間しか離れていない場所だ。街道を行く人は皆あきれたような顔で見て行く。

（はしたないことをする。容儀には格別きびしい大殿のお耳に入ったら、ただごとではすむまいぞ）

と思いながらも、主水はそのまま過ぎて渡し場についた。

そこには舟の来るのを待っている百姓や町人が五、六人いたが、皆にやにや笑いながら堤の上のさわぎを見ていた。

主水は馬を下りて、中間《ちゅうげん》に口を取らせ、春草に腰をおろして煙草を吸いながら、対岸から舟の来るのを待っていると、堤の上のさわぎはいよいよ狂い立って、ついには一人が肌ぬぎになっておどりはじめた。にがにがしさが昂《こう》じて来て、主水はやりきれない気がして来た。「やめろ！」とどなり出したくなるのをやっとこらえていた。

やがて、舟がかえって来た。

主水はさしずして、先ず馬と馬中間とをのせ、次に自ら乗った。つづいて百姓が乗り、さらに若党とのこりの二人の中間とが乗りこんだ。するとその時、堤の上の三人が。

「待った！　待った！　待った！」

と叫びながら、斜面をおりて来た。列をつくって、のりこむ順を待っている百姓町人をおしのけておいて、ドンと飛びのった。

衝撃で舟がゆれたので、酔っている足許は頼りなく、倒れそうになって、やっとこらえた。だのに、酔に目がくらんで見えないのか、二人目も、三人目も、やみくもに飛び乗って来た。たまるものではなかった。先頭がうつ伏せにたおれた上に二人目がおっかぶさり、三人目はその上をもんどり打って、主水の従者等の中にころがりこんで来た。草鞋をはいた両足が、船べりを背にして向い合って坐っている中間二人の膝に、したたかな打撃と共にのっかった。

ここでその男が過失をわびたら何事もなくすんだのであろうが、酔のためか、ぶざまなころがりようをしたきまり悪さのためか、どうせ中間と侮ったためか、のそりと起き上ると、ただゲラゲラと笑った。すると、他の二人も笑い出した。いかにもおかしくてたまらないように。

「御無礼でございましょう。ごあいさつなさりませ」

中間の一人が腹を立てて、とがめた。

素直にわびたら、この時でもおそくはなかったろう。しかし、相手ははたと笑いやめると、

「なにい!」

と目をむいた。

「所侍《しょざむらい》にむかって、推参な! 主人がついているとて強がるな!」

と、ののしった。

おさえにおさえていたにがにがしさと不快とが怒りとなって、一時に爆発した。

「無礼者!」

とさけぶと、従者等の上をひらりとおどりこえたと見えたが、どこをどうしたか、三

人は悲鳴を上げ、はきおとされたように川におちこんだ。

水際だから深くはない。三人はもがきながら立上ったが、まるで抵抗力を失っていた。あごをへんにだらんとした長い顔になって、アワアワと不明瞭なうなりを上げていた。あごを蹴はなされているのであった。

主水は、おどろき、あきれ、驚嘆し、恐怖している町人共を舟にのせ、

「拙者は松山主水だ。遺恨があるならいつでも参られい」

と、三人に言って、渡し守をうながして舟を出させた。

このことが、どこからどう聞こえたのか、忠興という人はスパイ政治が好きで、いつも多数の目明しを領内に放っていたというが、その連中の報告によるのであろうか、いつか忠興の耳に達した。

忠興は主水にこらしめられた三人を召出してくわしく事情を聞き取った上で、きびしい訓戒を加えたが、同時に主水にも腹を立てた。

(およそ武士たるものを訓戒するには、道がある。下々の者共の見ている前で、そのようなこらしめをするということがあるものか。武士の面目をつぶさせて、どうして下民に侍共の、引いてはわしの威が立とう。ことさら、三人はわしの家来だ。それを思うなら、出来ることではないはず。きゃつ、当主たる越中守殿の威さえ立てば、隠居であるわしの威などどうでもよいと思うているのじゃろう)

忠興の性質は強烈で、執拗だ。主水にこらしめられた三人を、次ぎつぎに刺客として、

その年のうちに、主水の許におくった。主水はこれを一人のこらず討取って、死骸はひそかに邸内に埋めた。

主水ははじめ忠興の自分にたいする怒りを知らなかったが、これによって知った。場合によっては当主以上の権力のある隠居に、こうまでにくまれていることを知りながら、主水が依然として細川家にとどまっていたのは不思議であるが、当時の武士気質《かたぎ》で、意地になっていたのかも知れない。あるいは忠興としては正面切って処罰するのは出来ないことで、秘密に刺客を送るくらいが精々だ、刺客ならいく度いく人よこそうと、必ず討取り得ると、たかをくくっていたのかも知れない。

主水は三人を討取った後も油断はしなかったが、その後は何ごともなく一年経て、寛永十二年になった。

その年の夏、参覲交代で上府している忠利から、忠興の許に飛札《ひさつ》がとどいた。忠利の世子六丸は今年十七になるが、この度将軍家思召しによって江戸城内において将軍家の前で元服することになったについて、父君も御列席遊ばされるよう台命がありました故、至急に御出府下されたいというのである。

これは将軍のなみなみならぬ優諚《ゆうじょう》とされていることだ。忠興は、早速出府することにしたが、家老長岡佐渡に使いを立て、

「この度の上府は急ぎの旅故、多数の供を従えがたい。ついては、道中用心のため、越中守殿の兵法指南松山主水を借りて行きたい」

と、申し渡させた。

筋道の立った所望だ。佐渡は一議におよばずお請けの返答をして使者をかえし、主水を自邸に呼んで、この旨を伝えた。

(来たな)

主水は胸の引きしまるのを覚えたが、

「かしこまりました」

と、即座に答えて、出発の日どりその他のことを聞いて辞去した。

彼は至って冷静であった。さすがに忠興の執拗さにはおどろいたが、不安は少しも感じなかった。時々刺客をよこすのとちがって、こんどは道中ずっと敵にとりかこまれているのだ。危険は従来に数倍するが、病気でもしてよほどな重態におちいらないかぎり、また毒飼いでもされないかぎり、何人が来ようと、またいつどこから来ようと、必ず斬り抜けられると、ぜったいな自信があった。

が、ふと、

(ひょっとすると、おれに失策させて、それを言い立てて腹を切らせ、あるいは罪死させようとのたくらみがあるかも知れんぞ)

と、考えた。

おそろしい想像であったが、最もあり得ることかも知れなかった。

しかし、この想像にも冷静を乱さなかった。

(気をつけることにしよう。いくらおれがにくければとて、柄のないところに柄をすげて罪におしおとすことはお出来にはなるまい。御賢明のおん名が高く、天下の耳目の集まっていらせられる大殿だ)

と、薄笑いしながら考えた。

六

出発は六月半ばであった。忠興は八代から一旦熊本まで出て来て、そこで供ぞろいを立てなおして出発した。供の人数はなるほど少く、百人ばかりしかなかったが、重立った者は皆八代衆《やつしろしゅう》の精鋭ともいうべき者共であった。

主水は心中うなずいて、心を引きしめたが、うわべは少しも平素とはかわらなかった。

どこの大名でも、参観交代する時の道筋は堅く一定している。よほどの理由があって、特別に幕府の許可を得ないかぎり、変更はゆるされない。細川家の道筋は、阿蘇をぬけて竹田を通り、豊後の鶴崎に出、ここから瀬戸内《せとうち》を大坂まで舟行し、大坂から陸路東海道を取ることになっている。

鶴崎には四日目についた。主水は寸分の油断もなく旅をつづけて来た。大体無事であったが、ただ一度、阿蘇の山中でこんなことがあった。途中の休息の時であった。草鞋の紐をしめなおしていると、不意にうしろに殺気を感じた。しかし、そう感じた時には、主水は目の前の岩をおどりこえて二間も向うに飛んでふりかえった。

昼下りの夏の日の中に、四十年輩の大男が立っていた。庄林十兵衛という男であった。

主水はそのひげの多い顔に青白い殺気がふるえているのを見た。しかし、それは一瞬のうちに消えて、おどろいたような顔になり、つづいて微笑した。

「いかがなされた。えらいおどろかれたようだな」

からかうように言う。

主水も笑った。

「兵法者の心掛です。六尺以内に背後から言葉なく近づく者は、皆害意があると思っているのでござる。もう一尺近づいておられたら、拙者は貴殿を斬っていましたろう」

十兵衛はひげの中の紅い口をあいて、からからと笑った。

「おそろしいことを言われる。こわや。めったに貴殿のお側には近づけませぬな」

「先ずそうお考えになってよろしい」

「以後はきっと心得るといたそう」

庄林はまた笑って立去った。

見送って、主水はなるほどと思った。

庄林十兵衛は、肥後の前の領主であった加藤家の遺臣で、加藤家のほろんだ後、細川家に召しかかえられた男だ。十兵衛の兄庄林隼人佐《はやとのすけ》は加藤清正の二十四将の一人として聞こえた豪勇の士であったが、十兵衛もその弟たるに恥じない剛の者で、この時代肥後薩摩地方に盛行していた体捨《たいしゃ》流の剣法と夢想流の棒術とに達し、共に上手の名が高いのである。忠興がこれに討手を命ずることは、最もうなずけることであった。

鶴崎からの船は三隻。主水は守護役であるから、当然忠興の船にのる。十兵衛は船手頭を命ぜられて、これも忠興の船にのる。

鶴崎を出て何日目のことであったか、記録は備中《びっちゅう》沖の水島灘《なだ》においてのことであるという。にわかに海上がしけて来て、船の動揺がはげしく、船中の人々は皆船酔に苦しんだ。

酔わないのは主水だけであった。彼は一上一下木の葉のように翻弄されてはげしく動揺する船中を、ふところ手して悠々と歩いて見まわっていたが、船尾の舵のところに水手《か》《こ》共にとりかこまれて、船手頭の庄林十兵衛まで苦しげな顔をしているのを見ると、むらむらと嘲弄したくなった。こんなざまで、おれを討取ることを引受けたのかと思った。

「庄林殿、大分お苦しいようだな」

「まことに無念なこと。貴殿はまた船にお強いな」

「強いのは船だけではござらん。ごらんなされよ。こうだ」

舷側の上にとび上ると、はば五寸ほどしかないその上をさらさらと走りわたり、ぐるりと船を一巡してかえって来た。

「いかが？」

「軽業のようなことをなさる」

庄林はせい一ぱい皮肉を言った。

「軽業師がやれば軽業、兵法者がやれば兵法のうち。ではこんなのはどうでござる」

動揺してやまない帆柱に飛びつくや、一気にてっぺんまでよじ上り、そこからふわりととび下りて来た。餌をついばみに舞いおりて来た鳥のようであった。

「いかが？」

「益〻軽業じゃ」

「はは、ではかようなのはいかが」

船首に向ってはね飛んで行った。一はねに三間ほども飛ぶ。途中に一段高く忠興の居間がしつらえてある。その屋根のはじにはね上ったかと思うと、もう向うに飛びこえていた。船首まで行って、同じようにしてかえって来た。

「いかが？」

「けしからんことをなさる！」

と、庄林はいきなりけしきばんだ。

「ほう？　こんどはお腹立ちか」

「いかにおのれの能に誇ればとて、お居間の上を飛びこえるということがあるべきことか。不謹慎、不忠、言うべきことばを知らぬふるまいでござるぞ」

主水は、しまったと思った。これは十分処罰の理由になり得ることだ。場合によっては死罪にさえ。しかし、こうなっては、おしきるよりほかはない。居なおった。

「これは思いもよらぬおことばをうけたまわる。今仰せられたおことばは、容易ならぬことでござるぞ。貴殿は拙者を不忠呼ばわりなさるが、身お船手頭の役にありながら、これしきの風浪に正体《しょうたい》を失って身動きも出来ぬなど、責任をわきまえていると申せようか。人を不忠呼ばわりなさるは、おのれの悪を蔽わんためとしか思えませんぞ。今、万一、万一でござるぞ、大殿にうらみを含む者があって、唯今この船に襲い来《きた》るようなことがあったら、拙者の外にはこれを防ぎ得る者はないではござらんか。拙者だけがお役に立つのだ。不忠であろう道理はござらん」

言いまくられて、庄林はだまった。

「口は気をつけてきくものでござるぞ」

言いすてて、主水はおのれの席にかえった。

その後も、主水は警戒をおこたらなかったが、格別なことはなく、江戸についた。

七

六丸の元服は予定通り七月二十三日に行われ、将軍の名の一字を授けられて光利《みつとし》（後に光貞、更に光尚《みつなお》）と名のった。

忠興はこの後もなお江戸に滞在し、歳末には将軍が手ずから鉄砲で撃ちとった白鳥を授けられなどして、翌年正月に帰国した。

当時細川家は江戸城の石垣普請を命ぜられて、正月の八日からそれにかかっていた。

忠興はこの帰国にさいしても、主水を召連れたいと所望したが、忠利は、普請の監督見まわりの際いつも主水を召しつれていますこと故、余人をお召連れ下さい、いかほどなりとも人数は出します、と、ことわった。

「そなたはあれをきつく気に入ってお出でのようだな」

と、忠興は皮肉を言った。

「気に入っているというほどのことはございませんが、あれほどの兵法者は天下にも少のうございますから、警護させたいのでございます」

「そなたの警護にはなっても、わしの警護にはならぬといわれるのだな」

忠利はこまってしまった。

「普請場の見廻りに多数の供を召しつれましては、人の口もいかがと思われますし、公儀へのはばかりもありますので、ごく少くしているのでございます。しかし、それほどあの者を御所望でございますなら、お召連れ下さいますよう」

「いや、それほど所望でもありません」

にがい気持で、父子は別れた。

石垣普請は四月の末におわった。忠利は五月半ば帰国の途につき、七月の初旬に熊本についた。早速、八代に出かけて、父のきげんをうかがった。

忠興はきげんよく迎えて、よもやまの話をしていたが、ふと言った。

「そなたが気に入りの松山主水、あの者は達者でいますか。召しつれて帰ってまいられたのでありましょうな」

「達者でおります。連れてかえってございます」

「あの者について、こんなことを聞きました」

忠興は去年の出府の途中の水島灘であったことを物語った。

「頼もしいとも言えますが、こう申す者もいます。人の本心は機微の間にあらわれるものだ、主人の居間の屋根を飛びこえるなど、かねて主人を主人と思わぬ不敵な心がある故、それがつい出たのだと。わしはもちろんこのことばを信じはしませぬがな。ハハ、ハハ。この場かぎりの話として聞いておかれよ」

忠利は父が主水に不快な感情を持っているのをはじめて知った。帰国の供をさせなかったのを怒っているのだろうかと思ってみたが、それならば自分にこそ怒るべきで、主水を怒るのは筋違いだと思った。居間の屋根を飛びこえたのは、不謹慎にはちがいないが、せまい船中のことだ、大目に見てもいいことだと思った。ふだんからの両方の家来共の反目が、八代の者共をしていろいろと言い立てさせたのだろうと思った。父が主水をしりぞけるようにもとめていることは明らかだが、忠利はそうする気にはなれない。主水ほどの剣士は家の飾りにもなるもので、これに暇をくれるなど、思いもよらないと思った。

しかし、こうまで言われた以上、全然捨ておくわけには行かない。そこで、熊本にかえると、主水を呼び出した。

「その方、去年、三斎様のお供をして出府する時、しかじかのことがあった由だな」

「恐れ入りました。たしかにございました。いたずらがすぎたのでございます」

「それについて、三斎様からしかじかの仰せがあった。かれこれ申し上げる者があると見える。それで、おわびにまいるよう。ことがことだ。おわびすればそれでことなくすむ」

忠利の見通しはあまいと言わねばならぬ。しかし、彼は忠興から送られた刺客三人を主水が返り討ちして人知れず始末していることを知らないのである。

主水はむずかしいことになるに相違ないと覚悟した。しかし、一応、さりげなく、

「かしこまりました。お心をわずらわし奉って、申訳ございません」

と答えて引退ろうとした。

忠利は呼びとめた。

「心得ておろうが、庄林十兵衛にとりつぎを頼むがよいぞ」

忠利は庄林の言い立てだと見たのであった。

「はッ」

主水は平伏した。

八

彼は終身男色ばかり愛した。この点いくらか普通の人とちがっているが、当時として

は今日の人の考えるほど変っていたわけではない。当時はそんな人がずいぶんいたのだ。特に武道に執心の深い人に多かった。足利幕府の管領であった細川政元・上杉謙信・宮本武蔵・関根弥二郎等々。

主水は八代に行くにあたって、寵愛の小姓某（名が湮滅している）だけを連れた。八代にはかねて知っている光円寺という一向宗の寺がある。住職宗順《そうじゅん》はもと細川家の臣で小山伊左衛門といって、二百石取って郡奉行までつとめた人物だ。主水は宗順が俗人であった頃から親しい仲であった。

寺は八代の町はずれ松江村にある。主水はここを宿にして、翌日、庄林十兵衛を訪ねて、拝謁のとりなしを頼んだ。

「それはよいところにお気づきになりました。貴殿がその気になって下されば、拙者もうれしいことでござる。早速におとりもち仕る。貴殿はお宿許にてお待ち下さい。吉左右《きっそう》のほどはすぐお知らせいたす」

庄林は心から喜んで、いそいで登城の支度をした。

主水は光円寺にかえって待っていると、夜に入って、庄林が悄然《しょうぜん》とやって来た。おゆるしがないというのだ。

「しかしながら、気長くお待ち下さい。なお拙者お願いをつづけますから」

気の毒げに言いなぐさめてかえって行った。

主水は所詮はだめだと思ったが、忠利のさしずを受けて来ているのだ。あきらめて帰って行くわけには行かない。光円寺に滞在をつづけて待った。

しかし、ゆるしは中々下らない。庄林も骨を折ってくれているようだが、効果はない。

一月ほどの後、ついに庄林は言った。

「せっかく拙者を頼って来ていただき、拙者もお引受け申したのでござるが、もはや拙者の力ではおよび申さぬ。心苦しくはござるが、これきりでおことわり申したい。余人にお頼み願いたい」

庄林の苦しさは主水にもよくわかっている。これまでの礼を言ってかえした。

主水はなお運動をつづけた。つづけねばならなかった。住職の宗順に頼んで色々な人を紹介してもらって、とりなしを頼んだ。宗順自身もお目見えの出来る身分であるのを利用して運動した。しかし、いずれも効果はなかった。

一説によると、忠興は主水に目通りをゆるし、そのわびを聞いてゆるすと言ったが、その後でこんなことを言ったという。

「そちは色々神変奇妙な術をいたすというが、千里眼などもいたすか」

「いたさぬことはございません」

「それでは、余にそれをやってみせい」

「かしこまりました」

主水の前に三重の大重箱が運ばれて来た。

「この中に入っている物をあてよ。一重目は何と見る」

主水はしばらく瞑目して、答えた。

「食物にして食物にあらず、形は木の葉のごときものであります」

あけてみると、菊の葉の形をした干菓子《ひがし》を木でこしらえたものであった。

あたったのだ。一座はどよめいた。

「次は？」

また瞑目して答える。

「長虫にして長虫にあらず、紐の類でありましょう」

あけると、幔幕をしぼる房つきの紐が蛇がとぐろを巻いたようにわがねてあった。

「あたったな。次は？」

「……人間でございます。容易ならぬ人物。姦佞邪悪、常に姦謀を抱いて、殺気満々たる人物でござる」

「しかとさようか」

「よも見あやまりはございますまい」

「よし、あけろ」

人の名を書いた紙ぎれが入っていた。「松山主水」と書いてある紙ぎれ。

主水がはっとした時、忠興は大喝した。

「それ、討取れい！」

八方から家臣が襲いかかった。

主水はそれを斬りぬけて光円寺にかえった。家臣等は光円寺を取りまいたが、主水を恐れて踏みこむ者がなく、数ヵ月包囲のままであった云々。

面白い話だが、これは信ぜられない。主水一人を恐れて数ヵ月も包囲のままでいるなどのことを、はげしい忠興が許すはずがない。家来等にしても当時の武士気質はそんなものではない。第一、この話には類話がある。江戸の享保頃名人易者として有名であった平沢左内が、ある席であてものをして、

「人間でござる。世にあって無用無能の人間でござる」

と言ったところ、自分の名を書いた紙が入っていたので面目を失ったという話。

恐らくは、いつの時代かに、こんな話をとり入れて、話上手な人が作為したものであろう。

さて、主水は光円寺にいて運動をつづけている間に病気になった。なんの病気であるか、伝えるところがないが、日々に重く、よほどの重態となった。

九

十月十日のこと、日ははっきりしている。

忠興は庄林十兵衛を呼び出した。

「おれはいつぞや、そちに主水を討果すように申しつけたな」

「はっ」

十兵衛はひたいをたたみにすりつけた。

「忘れたのではあるまいが、その方は人を斬る刀を持たぬのであろう」

皮肉である。十兵衛は汗になった。

忠興はうしろの刀掛から刀をおろして、さし出した。

「これをやる」

十兵衛は夢うつつの気持でそばにより、両手で受けた。数ある愛刀の中で、忠興が最も愛しているものだ。無銘だが、兼光といわれている。

十兵衛はまた平伏した。

「行け」

十兵衛は退出して、一旦わが家にかえった。

庄林は主水に義理がある。主水にお目通りのとりなしを頼まれて引受けながら果し得なかったのだ。責任を感じている。

(おれが軽はずみで、思慮が浅いためだ。去年上意討ちの仰せを受けていながら、また水島灘であんなことがありながら、主水に頼まれたからとて、おれはすぐその気になった。その上、こんどは主水を討たねばならぬ。主水はうらむにちがいない。軽蔑するにちがいない……)

しかし、すぐそれをふり捨てた。

（どうせ、普通に討取れる相手ではない。おれも死ぬのだ！）

家族等と訣別して家を出た。

光円寺について、玄関に立って案内を入れると、前に来て知っている小姓が出て来た。

「おお、これは庄林様」

見知っていて、ニコリと美しい笑いを見せる。

「拙者が来たととりついでもらいたい」

「主人は病気でございます。枕も上らぬ重態でございます」

「御病気？　それはそれは。しかし、当方はかまい申さぬ。御病間でおやすみのままでよろしい。おとりつぎ下され」

「見苦しい様体になっております。とてもお会い出来ませぬ。少し快気に向いましたらお出で下さいますよう」

小姓は一礼して奥へ去る。

庄林は玄関を出たが、主水の居間は知っている。玄関わきの中門を入って庭にふみこみ、さらに奥へと進んだ。奥庭の庭石のかげにうずくまっていると、小姓が廊下伝いに来て、主水の居間に入った。報告している声が聞こえる。

庄林はのそりと立上った。縁に近づいて刀を抜いた。とび上るや、障子を蹴はなして室内にとびこんだ。

「あッ」

と、小姓が叫ぶ。

伝説によると、主水は両方に襟と袖のある夜着をかぶってどちらが頭がわからないようにして寝ていたというが、それはこういう伝説によくある作為であろう。

庄林はとびこみざまに、こんもりと盛り上っている胴中をめがけて、からだごみに突いて行った。したたかな手ごたえがあった。

「上意だ！」

と、さけんだ。

「狼藉」

小姓がさけんで斬りかかって来た。

「のけい！　上意だ！」

かわしたが、主水のしこみであろう、鋭い攻撃だ。かわしきれずに、したたかに肩先をきられた。

「狼藉！　狼藉！　狼藉！　……」

小姓はかん高い声をはり上げながら、すき間もなく斬りかかって来る。庄林は主水につきさした刀をぬいて戦った。

主水は起き直った。おちつきはらって、枕許の手拭を取って腹部の傷をしめつけた後、庄林をののしった。

「卑怯者め！　上意討ちだとて、声もかけずに斬りつけてよいものか。それに拙者は越中守様の御家来ではあっても、三斎様の家来ではないぞ。上意討ちを受くべきいわれはない。もの知らずめ！」

庄林は小姓との戦いに懸命で、応答しているひまもない。

「うぬのその根性が、うぬのその根性が……」

というばかりであった。

主水は枕刀をとって鞘をはらった。二人の戦いぶりを見て小姓に助言する。的確な助言だ。肩のいたでに弱ってもいる。庄林ほどの男が、次第に受太刀になり、縁に退き、庭に退いた。小姓はふみこみはげしく斬りこんで来る。

主水は床から這い出、縁に出て、なお助言する。

死闘はなお数十分つづいた。庄林はのどがかわいて、戦いながら縁の曲り角にある手水鉢に近づいた。すると、主水が小姓に言った。

「庄林は水を飲みたがっている。しばらく猶予せい」

小姓は刀をひかえた。

庄林は急には飲もうとしなかった。

「のむがよい。武士の情だ。おれはそなたのような卑怯はせぬ」

ついに、庄林はひしゃくを取ってのんだ。油断なく小姓と主水に目をくばりながら。

「はは、うまいか」

主水は笑った。

庄林はさらにのんだ。

その時であった。主水は大喝した。

「それ!」

猛然として小姓は攻撃をかけた。

庄林はひしゃくを投げつけたが、もうその時には、小姓の刀が首筋深く食いこんでいた。たおれながら叫んだ。

「卑怯!」

「卑怯はそちらのことよ」

主水のそのことばが庄林に聞こえたかどうか。たたみかけてまた切りこんで来る小姓の刀が庄林の胴を深く斬った。

「とどめをさせい!」

主水は言って、とどめをささせると、小姓を側にまねきよせ、いとしげにその背を撫でながら、

「あっぱれ、でかした。あっぱれ、でかした……」

と言っていたが、次第にその声が薄れたと思うと、ガクリと前にのめった。

「殿様、殿様、殿様……」

小姓がおどろいて抱きとめ、呼びさまそうとした、が、もう呼吸がたえていた。

忠興は十兵衛の死をあわれみ、妾小山《おやま》の菩提寺である盛光寺智照院に葬った。忠興は正夫人ガラシヤ玉子を愛することが深く、ガラシヤの死後はじめて妾をおいたが、それはこの小山ひとりであった。その菩提寺に葬ったのであるから、いかに忠興が十兵衛をあわれんだかがわかるのだ。また、十兵衛の墓碑の前の水鉢に、おのれの茶室のつくばいの水鉢をあたえた。のどを渇かしながら死んだのをあわれんだのであろう。

なお、この翌年の夏の夜、十兵衛の一子半十郎は、球磨《くま》川の堤で納涼中、なに者かに槍に刺されて最期をとげた。主水の門人等のしわざであろうといわれている。主水の墓は光円寺に建てられた。住職宗順が立てたのである。しかし、墓碑は現在所在不明になっている。庄林十兵衛が最後に水をのんだ手水鉢は近年発見されて、寺に保存されているという。

（付記）

この稿は作家小山寛二氏に教示される所が多い。小山君は光円寺の出である。

男一代の記

一

小川で若い娘が馬を洗っていた。薄にごりした春の小川である。青い麦畠と真っ黄い菜の花畠がつづいて、空のいたる所でひばりが鳴いて、一里ほど向うに、ぽかりと桜島の見えている野中である。

娘は手拭をかぶり、筒袖《つつそで》の木綿着物の裾《すそ》を膝の上までまくり上げて、真上に来た日に強く反射し、ごぼんごぼんと鳴りながら流れる水に入って、栗毛の馬をせっせとわらだわしで洗っていた。きりきりと小手まわしよく、いかにも甲斐々《かいがい》しい感じだった。娘がはげしく水をしゃくり上げるたびに、水は不規則な波紋を作って強く光り、目にしみるように白いふくらはぎやもものあたりに、ふるえながら反射した。

不意に馬蹄の音が聞こえて来た。娘はなにげなく顔を上げてそちらを見た。思いもかけず近くせまって、馬を駆ってくるりっぱな武士と、そのあとからお供と見えて、尻からげして元気一ぱいの壮漢が五人、徒歩《かち》で走って来つつあった。おどろいて裾をおろし、岸の若草の上にひざまずいた。薄く日やけした頰に羞《はじ》らいの色が散り、濡れて赤い手を地についた。

馬上の武士――島津義弘《よしひろ》は、片手に長いあごひげをしごき、持前のこわいようによく光る目でぐっと見て、軽く会釈《えしやく》をかえして駆けすぎた。軽いほこりを巻いて、五人の壮漢もすぎる。娘はそのあとを見送ったが、すぐまた川に入って馬を洗いつづけた。
十五、六分の後、義弘は武家町を抜けて、館の馬場に出、からたちの垣根にそって馬を走らせていたが、馬を並足にして、大蔵《おおくら》、大蔵、と呼んだ。供の中から、一人が走りぬけて来て馬によりそった。
「お前あの女を見たか」

「どの女でごわす」

「馬を洗っていた女じゃ」

「ああ、あれは女でごわしたか」

「お前は見なんだのか」

「見たことは見もしたが、女じゃとは気がつきませなんだ」

「見て見えんのか。なんちゅう目じゃ」

若者はむっとした顔になった。

「無理を仰せられもす。殿様はお馬でごわすが、拙者らは徒歩《かち》でごわす。ついて走るのが精一ぱいで、女なんぞを気をつけて見るゆとりはごわはん」

義弘は舌打ちして、

「よし、退《さが》れ。お前じゃいかん」

と、別な若者を呼ぼうとした。大蔵は退らなかった。にらむような目つきで見上げて、

「拙者ではいかんとは、お役に立たんとおっしゃるのでごわすか。おめおめと退るわけ

にはまいりもはん。御用を仰せつけていただきもす」

義弘はまた舌打ちしたが、思いかえしたらしく、急に皮肉な顔になった。

「それでは申しつける。あの女の身分、名前、親の名前を調べて来い」

「かしこまりました」

大蔵はくるりと向きをかえ、全速力で走り去った。大蔵は色の真黒な男である。猛烈な顔をしている。全身力のかたまりのように隆々たる筋骨をしている。天秤棒のように長い両刀をさしている。その彼が、高々と尻からげし、異風な撥鬢《ばちびん》頭を春風に吹かせて飛んで行くところは、ちょいと壮観だった。

小川のほとりには、もうあの娘はいなかった。誰かに聞こうにも、そのへんに、人影はなかった。

「さて、どうしよう」

当惑して突っ立っていたが、とにかく、あの村まで行ってみようと、四、五町向うの、桃やあんずの花の咲いている部落をめざして歩き出した。

しらみつぶしに聞いて行くつもりで、先ず取っかかりの家からはじめると、腰の曲った百姓のおやじが出て来て、おどおどと、

「根っから存じもさん。あの川には皆が馬を洗いにまいりもすので。へえ」

といった。

数軒、どれもこれも同様だった。

そのいく軒目、これは小さいながら屋敷がまえになっていて、粗末だが門もあった。小身の武家の住いなのだと思われた。

門を入って真直ぐに行けば母屋の入口にかかり、右にそれれば土蔵にならんで納屋《なや》と厩《うまや》があり、その前は穀干場になって、多数の妻妾《さいしょう》を引き連れた雄鶏が胸をそらして遊歩していた。大蔵が入って行くと、急に警戒の叫びを上げて妻妾らを呼び集め、大急ぎで、しかし、威厳を保ちながら厩の裏手をさして退却を開始した。すると、その厩の角を曲って、ひょいと出て来た女があった。

「あ、この女じゃった」

と思った。見ていないつもりだったが、見覚えがあるから見ていたのだろう。しかし、美しいことにはこの時はじめて気がついた。娘は小がらなからだつきであるが、ひきしまって、かっちりとよく実った木の実を思わせた。色は浅黒いが、生き生きと血色がにおい立って、目の光が活発だ。全体として、新鮮で、ぴちぴちした感じだ。なぜか、大蔵はからだ中がぽかぽかとあたたかくなり、楽しい衝動が胸にあった。

娘はびっくりしたように黒い目で見ていたが、とつぜん、さっと赤くなると、逃げるように引っこんで行きかけた。

「これ、これ、ちょっと聞きたいことがある」

と、大蔵はあわてたが、娘は追われるように走り出した。

「おい、おい、逃げてはいかん。ちょいと待て」

といいながら、のそのそついて行った。厩の角をまわると、鶏に荒されないようにまわりをサラでかこった菜園があって、娘はその菜園と厩の壁との間の空地を走って、厩についてそのかげにかくれた。なおのそのそと追って行こうとしたが、ふと、その菜園の中に一人の男が突っ立ってこちらを見ているのに気がついた。その男はおこったように強い目でこちらを見ていたが、大蔵と目が合うと、すぐなごんで、おお、と微笑してみせた。

「中馬殿《ちゅうまんどの》ではございもはんか」

「おお、おぬしの家はここか」

と大蔵も言った。

矢上《やがみ》権之助《ごんのすけ》というこの男は、二、三年前、南薩《なんさつ》の方から城下勤めになって来たのだが、やっと士籍《しせき》に列しているという低い身分だ。顔は知っていても、交際はなかった。

矢上は菜園を出て来て、大蔵の前に立った。

「なにか御用でしょうか」

「今のあの娘はおぬしが家の者か」

「妹でごわすが……」

「名は？」

「なにか御無礼でも働いたのでごわしょうか」

「いや」

大蔵はお館《やかた》の命令によって調べに来たのだと説明した。それが何を意味するか、矢上にはすぐわかったらしく、表情にうごくものがあった。

「名は草乃《くさの》、今年十八になりもす」

「有難う。それでは急ぐから失礼する」

あいさつして門前の通りまで出た時、ふと、あの娘は殿様のものになるのだと思った。いきなり、胸が波立ち、心のどこやらに火がついたような気持がおそって来た。かげろうの燃えている、新芽の出そろった生垣にはさまれた、その通りをにらんで立っていたが、いきなり足早に引きかえした。

矢上は厩の前の穀干場に立って妹とむかい合っていた。けげんそうに大蔵を見た。妹はまた逃げて行こうとした。

「待ちなさい。ちょっと話がある」

それでも娘は逃げようとしたが、兄がそれをとめた。大蔵は真直ぐに二人のそばに歩みより、にこりともしない生真面目な顔で言った。

「相談がある。この人を拙者の妻にくれんか」

とっぴ至極のことばだ。意味がわからなかったらしく、兄妹ともにぼんやりしていた。大蔵はたたみかけた。

「ぜひもらいたい」

矢上はおどろき、つっかえながら言った。

「お前様は……と、との様の……仰、仰《おお》せつけで……」

「そうじゃ、殿様の仰せつけでまいったのじゃが、まいって見て、妹御を見たら、おれがほしくなったのじゃ」

「しかし……」

「おいが妻たるべき女はこの人以外にはなか。この人の夫たるべき男はおい以外にはなか。それはもう明らかなことじゃ。じゃから、どうしても貰わんければならん」

「圧制《あっせい》なことを言われる。なにを証拠に、妹の夫たるべき人がお前様以外にはないといわれるのでごわす」

矢上は必死にはねかえし、顔色をかえていた。大蔵はどんと自分の胸をたたいた。

「この胸が証拠じゃ。妹御が人の持物になると思ったら、おいのこの胸が波立って来た。火がついた。生まれてこの方覚えのない不思議な気持じゃ。この人はおいが妻にならねばならん人じゃ」

矢上は皮肉に笑った。

「ひとり合点《がてん》もよかかげんにしていただきもそ。波立って来ようが、火がついて来ようが、それはお前様の胸だけのこと。妹の心になんの関係がごわす。おかしなことを言われる」

「ひとり合点ではなか。おいのこの異様な胸のときめきと火が伝わらんはずはなか。この人の胸にも同じときめきがあり、同じ火が燃えているはずじゃ」

この熱心で大まじめな力説にもかかわらず、矢上が吹き出したので、大蔵は腹を立てた。

「なぜ笑うのじゃ。おいは笑われんければならんようなことを言うたおぼえはなかぞ……」

「これが笑わんでおられもすか。お前様は殿様の仰せを受けられて……」

「だまれ！　殿様々々と、それを言えば、おいが恐れ入るとでも思っているのか。殿様がこの人をほしがりなさるのは栄耀《えいよう》の食味《しょくみ》に飽いた人の茶漬好みじゃ。おいがこの一筋の心とくらべものになるか。それとも、妹を殿様に奉《たてまつ》って出世のかけはしにしようと言う根性か」

一語々々、爆発するような大蔵のことばに、矢上は当惑し、圧迫されつつも、また切りかえした。

「お志は有難かことながら、本人がどう申しもすか」

「そんなら聞いてみてくれ。すぐ聞いてくれ。おいは立会っとる」

猛烈な顔を一層猛烈にして、娘の顔にうごく表情の一筋も見のがすまいと、鋭く目をすえた。娘は真青になっていた。小がらなからだも、可憐な目も、咲きかけた花のように初々《ういうい》しい唇も、おどおどとふるえていた。

しぶしぶとささやくように、矢上が妹に、

「……今聞く通りじゃが……」

と言うと、娘のふるえる眼はちらと大蔵の胸のあたりまで上り、また伏せられた。長いまつ毛がふるえ、なにか言おうとして、唇がけいれんした。大蔵ははげしく胸がさわぎ立ち、全身の血が冷え、はてしない地獄の底にぐんぐんおちて行くように感じた。

「あたし、この方のところへまいりもす」

ふるえる、とぎれとぎれのことばは、たしかにそう聞かれた。大蔵の心は地獄の底から一気に極楽の只中に舞い上った。こごえきっていた血が湯のように熱くなって、ひびきを立てて全身を流れはじめた。

「それ見ろ!」

と、居丈高になって叫び、

「有難う! 大事にしもすぞ! 可愛がりもすぞ!」

と、娘の前に頭を下げた。青ざめていた娘に血の色がさし、依然として目は伏せられていたが、口許にかすかな笑いが浮かんだ。大蔵はその微笑をどんな花よりも美しいと感じた。

「さあ、こいで話はきまった。異存はあるまい」

矢上は残念そうだったが、うなずかないわけには行かなかった。

「では、まいろう」

と、大蔵は娘をうながした。これには、矢上ばかりか、娘もおどろいた。

「まいろうッて、どこに?」

「おいどんが家へじゃ」

矢上はあわてた。

「それはなりもはん。一体、嫁取りには嫁取りの作法というものがございもす。こうして圧制に話をきめるさえあるに、今すぐ連れて行こうなど……」

矢上の顔には怒りの色があったが、大蔵ははげしくさえぎった。

「それは常の場合のことじゃ。殿様が恋敵《こいがたき》じゃ、作法なんぞにかかわっておられるか」

大蔵の立場としては道理だ。けれども、矢上は一応またねばった。

「しかし、猫をやるにも、干魚《ほしか》一袋、鰹節一本つけるのはならわしでごわす。なにはなくとも、夜具の一揃い、たらいの一つぐらいは持たせてやりとうごわす」

「そげなものはほしくなか。おいがほしかのは御本尊だけじゃ。それでも持たせてやりたいというなら、あとからよこしてくれればよか。――さ、お出でなさい。お連れする」

大蔵は娘の手をひいて歩き出し、二、三歩行ってから、矢上をかえりみて、

「めでたいな、めでたいな」

と言い、そう言いつづけながら歩きつづけた。

家に帰ると、大蔵は、

「嫁をもろうて来もした。殿様のお声がかりでもろうた嫁でごわす。可愛がって下され」

と言って、草乃を老母にひきあわせ、それから、館《やかた》に向った。

義弘は居間にくつろいで坐っていた。桜島がつい目の前に見える書院である。

「わかったか」

待ちかねた風であった。

「わかりもした」

「なにものであった」

「拙者の妻でごわした」

「――そちの妻？　そちはまだ独り身ではなかか」

「今日《こんにち》唯今もらいもした」

肩を張り、力みかえっている大蔵を、義弘はあきれて見つめていたが、急にいまいましげな顔になった。

「誰にことわってもろうた」

「これよりお届けしようと思っているのでごわす。御家中の矢上権之助の妹草乃、当年十八、良縁と思いもしたので娶《めと》りもした。以上、お届けいたしもす」

「阿呆め！　なんちゅうやつじゃ」

義弘はにがにがしげに、またおかしげにこう言った。

二

若い夫婦の間は円満だった。四年の間に男二人の子供が生まれた。しかし、いいことだけではない。悪いこともある。大蔵の老母がふとした風邪がもとで、嫁の手厚い看護の甲斐もなく死んだ。さらに、城下侍から国分《こくぶ》の外城侍《とじようざむらい》にうつされた上、くらしむきがひどく悪くなった。いずれも、もって生まれた彼の性質が招いたことだった。直情径行で、人を人臭いとも思わない彼は、重臣らをしのぐことが多く、その度に減知《げんち》の処分になり、最初二百石ほどあったものが、わずかに五十石になり、おまけに地方落ちの身になったのである。地方落ちは別段苦にはならなかったが、くらしむきが悪くなったのには弱った。最初から五十石の家ならそのつもりで予算も立てられるが、急速度に減知されて行ったので、まるで加減がわからず、知行地の百姓らに年貢の前借を重ね、三年目の秋の末には、他の家ではその年の年貢が入って来てさんざめいているというのに、中馬家《ちゆうまんけ》には一粒の貢入《こうにゆう》もないという有様であった。

その日、大蔵は朝から銃猟に出かけ、夕方近く帰って来ると、草乃が今年生まれた子供を抱いたまま、ぼんやり囲炉裡《いろり》のわきに坐っていた。大蔵は腰にぶら下げたその日の獲物を炉ばたに投げ出し、酒がほしい、と言った。草乃は目を伏せた。へんじをしなかった。

「一ぱいのみたかのだ。買って来い」

「お鳥目《ちょうもく》がございもはん」

「借りて来たらよかろう」

「酒屋ではもう貸さないと申しておりもす」

「なぜそげな不都合なことを言うのじゃろう」

「あの店にはもう去年から一文も入れておりもはん。しぶしぶでもこれまで貸してくれたのが不思議なくらいでございもす」

ふるえる声がここまで言って、若い妻は泣き出した。

「……お酒どころか、今夜炊《た》くお米がなかのでございもす」

憮然《ぶぜん》として、大蔵は妻の泣いているのを見ていたが、急に立上り、

「そげなことで泣くやつがあるか。なかならなかで、そう言えば、おいが都合してくるのじゃ。馬鹿なやつじゃ」

一旦脱した刀をさして家を出た。

彼の足はお米蔵のある場所に向った。この地方で納められる租米《そまい》を鹿児島に持って行くまで集めておく蔵であった。

お米蔵はこの地方に多い太古の火山灰の堆積して出来た丘の麓にあった。杉や、樟《くす》や、椎《しい》や、樫《かし》や、そんないろいろな種類の巨樹がしげり、樹木のない所は熊笹《くまざさ》の密生している丘だ。麓の一部を削り平げて、そこに二十棟ほどの長い土蔵が白い壁をならべている。

年に一度の租入季節には土蔵の並びの前にある役所に、常駐の役人と、城下から出張して来る役人がいて、一々俵を解かして厳重に計量した上で収蔵するのであった。

おりしも、その時期にあたっていたので、このお米蔵に通ずる道は百姓らで一ぱいであった。ある者は牛の背にのせてのたりのたりと、ある者は馬の背にのせて勢いよく鈴の音を立て、ある者はおのれの背に負うてよろめきながら、刈りわたした田圃《たんぼ》の中の道を、租入の米を運びつつあった。

大蔵はわき道からその道に出ると、大手をひろげて、

「ここからあとの米はおいが家に運べ。おいがいただいたのじゃから」

とさけんだ。突拍子のなさすぎる言葉だったので、人々にはよくわからなかったが、横紙破りで通っている大蔵の力《りき》みかえってのさけびだ。皆ぴたりと進行をとめた。前にいる者まで立止まった。

「お前らはよか。それはおいがのではなか。早くお蔵に持って行くがよか」

と、手をふって行かせ、またこちらに向いて、

「お前らはこの道からおいが家に持って行くのじゃ」

と、自分の出て来た道を指さした。

百姓らは動かなかった。互いに目を見合わせていた。ずっと後にいる百姓らは、なにか事がおこったとは思いながらも、

「どうしたんじゃ」

とか、

「早く行かんか」

とかいって犇《ひし》めいていた。大蔵はまたどなった。

「早くせんか。おいが殿様からいただいたのじゃ！」

近くにいた百姓らはぴくッと肩をふるわせ、目を伏せた。やがて、先頭に立ったのが、示された道の方に曲ると、皆それにつづいた。

大蔵はそこへ突っ立ったまま、時々、

「おいの家に運ぶのだ、殿様からもらったのだ」

と大きな声でどなった。だから、遠くにいていきさつがわからないで、不服そうな様子をしていた者も、一応顔つきだけは納得した様子になった。

およそ五百俵ほどのものが通りすぎた頃、大蔵は手をふった。

「よし！　それまで。あとはお米蔵に行け」

家に帰って来ると、大蔵は百姓らをさしずして、埃《ほこり》のほかにはなんにもない土蔵を掃除させた後、米を運びこませた。土蔵は忽ち一ぱいになったので、さらに台所の土間から天井裏、座敷の一部にかけて積み上げさせた。

このおびただしい米の搬入に、草乃は目をまるくしているばかりだったが、間もなく大体の推察をつけた。おどろきは恐怖にかわった。彼女は、庭に立って百姓らをさしずしている夫の周囲を、下の子供を胸に抱きしめ、おろおろと歩きまわり、なにか言おうとしては言えずにいた。三つになる長男は長男で、このにぎやかさにすっかり興奮して、人々の間をなにやらさけびながら、鼠のようにちょろちょろと走りまわっていた。

「皆に一ぱいやってもらわんければならんから、酒を買うて来い」

大蔵は草乃にこう言い、馬を持っている百姓の一人に、お前は馬に二俵積んで、女房のあとについて行けと命じた。

いく樽かの酒が来る頃に、米のしまつもすみ、日も暮れた。大蔵は庭にかがり火をたき、樽のふたをぬいてならべた。

「さあ、いくらでも飲みたいだけ飲め」

彼はおも立った百姓の一人に、次のような証文を書いてわたし、役人共がなにか言って来たら、これを見せよ、といった。

借用候一札のこと

一　八木《やぎ》五百二十三俵也

右殿様より恩借候のこと実正なり

年月日

中馬大蔵

百姓らは不安だったにちがいない。しかし、大蔵の平生を知っている。くどく言うことはおそろしかったし、そのうち酔が出てくると、こんないい酒をたらふく飲ませてくれる大蔵の気前のよさが大へん有難くなった。とにかく書いたものをもらっているのだからと安心した。

「えらいごちそうさまになりもした。お礼を申しもすだ。旦那様も、奥様も、へぇ、ごめん下されまして」

と、礼を言ってかえって行った。唄声や、なにやらわけのわからない酔いだみた叫び声が、とっぷり暮れた外に、ややしばらくつづきながら遠去《とおざか》って行った。

この事件は忽ち大問題になった。役人らが入れかわり立ちかわりやって来て、厳重なかけ合いをはじめた。大蔵は酒をあおりながら、大はだぬぎの胸毛のもじゃもじゃ生えた胸をたたきながら応対した。

「おいは子供の時からお家にたいしていのちがけの御奉公をしている。戦場での武功の数々は、おはん方みんな知っていよう。そのおいが、親ゆずりの二百石の知行《ちぎよう》を、あれやこれやとへずられて、今ではたった五十石になっている。それをとやかく言うのではなか。おいはちっとも苦にしておらんのじゃ。というのは、おいは殿様に米をあずけているつもりでいるからじゃ。困ったら殿様からもらって来ればよかと思っているからじゃ。おいは食う米がなくなった。だから、もらって来たまでのことだ。当分一年くらいはこれでしのげよう。なくなったらまたいただく。そのかわり、戦さがはじまったら、一番乗り、一番槍は引受けておいがする。きれいに勘定が合うではなかか」

事件は早速城下に報告された。重役らは処置策を相談した。彼らの大部分はかねてから不遜な大蔵に好意を持たない。決議は切腹を命ずるということになったが、しからば上使と検視役に誰をつかわすかという段になって行きなやんだ。

素直に応ずるはずのない相手である。絶倫の勇士である。

「おいはいやじゃ」

と、すねて暴れ出した日には手がつけられない。といって、たった一人の処刑のために多数の人をつかわしたとあっては名にかかわる。協議は数日つづいた。

ある日、協議の席に、義弘から使いが来て、一同そろって来るようにといって来た。なにごとであろうと、急いで行ってみると、義弘は、

「中馬大蔵のことだがな」

と、切り出した。相談がすっかりまとまってからと思って、事件はまだ報告してなかったのである。重役らははっとした。誰がお耳に入れたろうと思った。

義弘は言いにくそうに、とぎれとぎれの言葉でつづけた。

「あいつは途方もなか乱暴者で、こんどもなにかしでかしたということじゃが、本心はまことによか男じゃ。あれがほんの子供の時分から召使っていて、わしはよう知っとる。その上、度々の武功がある。豊後陣《ぶんごのじん》でわしの危難をすくったことは、そち達もよう知っていよう。それほどの者に、飯米《はんまい》にもこと欠かせたというのは、わしの落度じゃ。それで、まことに申しにくいことじゃが、こんどだけは、穏便《おんびん》な処置をするということにま

いらんじゃろうか。わしの顔にめんじての。こうして頼むによっての」

義弘の声は少しうるんで聞こえた。膝に手をつき、頭を下げた。

重役らは恐縮して引退った。相談はやり直しとなった。しかし、法の面目は立てなければならないので、出水郷《いずみごう》に移すということにして、やっと始末がついた。

三

出水郷は薩摩西北部の海岸地帯にあって、肥後に境を接している。この物語の時代、肥後は北部に加藤清正があり、南部に小西行長がおり、共に猛将の名が高かったので、出水は薩摩北端の要地として、島津家では猛士勇卒をすぐって屯田《とんでん》させて万一に備えていた。だから、大蔵がここに移されたのは、処罰の意味以外に、適材を適所におくという含みもあったのであろう。

出水に移った翌年、朝鮮役がはじまった。大蔵は義弘にしたがって渡海し、足かけ七年の滞韓の後帰国し、その間度々抜群の武功があったので、知行は昔の二百石にかえされたが、城下への帰還はゆるされず、依然として出水にいなければならなかった。

朝鮮から帰って来た翌々年の陰暦九月はじめ、南国ではまだ暑い日のつづく頃のある日、大蔵が自宅を遠く離れた野良に出て、秋蒔《ま》きの野菜を作るためにせっせと畠を打ちかえしていると、とつぜん、大きな声で叫びながら街道を走って行くものがあった。鋤《すき》をやすめ、腰をのばしてその方を見ると、一町ほど向うの街道を、鎧櫃《よろいびつ》を背負い、槍をかいこんだ男が、なにやらしきりに叫びながら走って行く。なにを言っているのかわからない。語尾の「……ぞう、……ぞう」というだけが聞きとられた。つづいてまた一人来、さらにまた一人来た。

大蔵は鋤を投げすて、畠のふちのセンダンに立てかけておいた両刀をつかむや、畠、畦道《あぜみち》、藪のきらいなく、斜めに追いかけたが、その間に三番目の男のさけびをはっきりと聞きとった。

「はじまったぞう、はじまったぞう」

といっているのである。

大蔵の足は飛ぶように速くなり、街道におどり上るや、忽ちのうちに追いつき、ならんで走りながら聞いた。

「おい、なにがはじまったのじゃ」

「いくさじゃ、いくさじゃ」

遠い道を駆けて来たと見えて、汗とほこりで真黒になっていた。

「なんのいくさじゃ」

「石田治部少《じぶしよう》が大坂の秀頼様のために江戸内府と戦おうというのじゃ」

中央に近い土地の人には石田三成の挙兵はそれほど唐突なものではなかったろう。なんとない予感ぐらいはあったにちがいない。しかし、遠い薩摩には相当重大な情報も届くことが少く、届いても、波紋の中心を遠ざかるにつれて波の動きが弱くなるように、きわめて微かなものとなって聞こえ、従ってまるで予想されていなかった。はじまってからも、その報告のとどくのにひまがかかった。けれども、報告がとどくや、聞き伝えた武士らは、主家の指示を待つまでもなく、それぞれに支度して出発したのであるが、この武士らはその最も早い連中だった。

大蔵はなおその武士にならんで走っていたが、少し退ったと見るや、武士の鎧櫃に手をかけ、力まかせにうしろに引いた。武士はあおむけにたおれた。

「なにをする!」

おどろきながらも腹を立て、足をばたばたさせて起き上ろうともがいた。おどりかかって、先ず槍をもぎとり、鎧櫃をうばいとり、さらにふところをさぐって路銀《ろぎん》をかすめとった後、本人をつかんで、田圃の中にたたきこんだ。相手はよくみのって色づきかけた稲田をざわざわとさわがせながら怒りののしり、起きてこちらに来ようとしては足をとられていら立った。その間に大蔵は鎧櫃を背負い、槍をかいこんだ。

「おいはこの村の中馬大蔵じゃ、おぬしはおいが家へ行き、おいが道具を持ってつづけ!」

とどなり捨てて走り出した。

当時、薩摩からは島津義弘が大坂に上っていたが、戦争を予期してのことではなく、単に大名の一人として豊臣家に奉仕するための滞坂《たいはん》だった。この義弘が石田方に味方しているのか、江戸内府に属しているのか、大蔵はもちろん知らない。けれども、そんなことは問題ではなかった。はじまった以上、いずれかへ味方して参戦するにちがいない。一刻も早く駆けつけるべきであるとしか考えないのである。

走りに走り、駆けに駆け、疲れてどうにもならなくなれば、路傍のくさむらの中であろうと、人家の軒下であろうと、横になって眠り、さめるやまた走りつづけ、九州路六十五里、中国路百二十里、近畿路三十五里、合わせて二百二十里の長程を十三日で走破した大蔵が、関ケ原の島津陣営へ到着したのは、戦いのはじまる前日の昼頃、本国からの到着では三人目であった。一番目と二番目は、彼が畠に働いている時叫んで通った二人で、彼はそれを追いぬこうとして必死にあせったが、どうしても追いぬくことが出来なかったのである。

本国から到着の人数は追々にふえて、戦いのはじまるまでには百五人ほどになったが、それを合わせても、士分三百七十余、下人共を加えても総勢やっと五、六百人であった。大蔵に装具をうばわれた男は十四、五番目に到着した。大蔵の鎧櫃を背負い、大蔵の槍をたずさえていた。

「やあ、早や早やの着到めでたいな」

と、大蔵が出迎えると、ぷんとふくれて見せたが、

「武士の習いぜひもなかことだ。まあ、おこるな。あすは戦さだ。死ぬかも知れんのだからな」

と、大蔵が肩をたたくと、笑い出してしまった。

「こげん勝手な男おりゃ知らんわ」

この話は忽ち陣中にひろがって、いたるところに笑いの渦《うず》を巻きおこした。

明くれば慶長五年九月十五日、天下分け目の大会戦が行われたが、その結果は人の知るごとく、西軍惨敗、西軍に属する島津勢もまた敗走したのである。しかしながら、この敗軍にあたって、島津勢は「島津の退口《のきぐち》」と称せられる退却法をとり、日本戦史上比類なき名誉を打ち立て得た。彼等は潰走《かいそう》する味方の軍勢と逆に、あたかも敵に向って進撃するが如き方向を取って、敵の陣前を斜めに横切り、追いすがる敵軍を、見事な統制をもった戦いぶりで打ちはらい打ちはらい戦場を離脱し、伊賀の山中に入り、突如として上野の城下にあらわれ、大和路に出て、泉州堺に出、堺から海路本国に向った。

その上野の山中を彷徨《ほうこう》している間のことである。最初の五、六百の人数は戦死したり、はぐれたり、落伍したりしてわずか五十人になっていた。彼らは急ごしらえの山駕籠に義弘をのせ、代る代るにかついで、エッシエッシと山をよじ、岨道《そばみち》をめぐり、谷をわたり、林をわけて走りに走ったが、最も苦しんだのは食うもののないことだった。各人携帯の行糧は二、三日のうちになくなり、あとは猛烈な饑餓《きが》に責められながら難行軍をつづけたが、そのうち、足軽の一人が、なにか大きな包みをかついで、時々人目をしのんでその中のものを小刀で切りとっては食っているのを見つけた。

「貴様なにを食っとるのじゃ。ひとりだけで食うとは薄ぎたない奴じゃ。出せ」

と叱りつけると、足軽はきまり悪げに首すじのあたりをかいて、

「旦那方の召上るようなものではございもはん」

「貴様食っとるじゃなかか。出せ」

「へえ、だって——馬でございもす」

「馬——」

「馬の片腿《もも》で。そいで恥かしゅうござりますので」

「馬の片腿じゃろうが、なんじゃろうが、こげな時ゼイタクは言わん。それに、馬なら高麗陣で食ったことがある。あれアうまかもんじゃ。とにかく出せ」

とり上げてみると、栗毛の馬の後足が片ッ方、蹄もついたままのものだった。それを少しずつそいで食うことにしたが、分配役にあたった男が、義弘のところへも持って行こうとすると、大蔵は血相を変えて飛び出した。

「おはんそれをどこへ持って行くのじゃ」

「どこって、殿様に上げるのじゃ」

「殿様に上げてはならん。それはおいどんらが兵糧なんじゃ」

相手は愁然《しゅうぜん》として言った。

「わしもこげなものをさし上げたくはなかが、おひもじかのは我々とお変りあるまいからのう。こげな際だ、しかたはなかじゃないか」

ほかの者も、そうだそうだとうなずいた。皆涙ぐんでいた。が、大蔵は猛烈な勢いで

がなり立てた。

「おいどんな恐れ多かと思うて言うているのではなかぞ！　殿様は駕籠にのって楽をしてござるのじゃ。ひもじかくらいしんぼうさっしゃるのはあたり前じゃ。我々は駕籠をかついで難儀しているのじゃ。それは我々の兵糧じゃ」

人々は顔色をかえて腹を立てた。

「あさましかこと言やるな。殿様にひもじか思いをおさせ申して、どうしてうぬののどには食べ物が通るのじゃ」

大蔵はせせら笑った。

「うぬらが鼻先思案の忠義ではそのへんのところが行きどまりよ。ド根性がひよわかためよ。殿様にさし上げてみろ、おいは承知せんぞ」

「承知せんとはどげんするというのじゃ、舌長《したなが》な！」

「舌長とは小癪《こしやく》な！」

ヒゲ蓬々《ぼうぼう》、頬骨荒れ立って、目ばかりぎらぎらと光る隼人らは、手のひらに食いこむばかりに刀のつかや槍の柄をにぎりしめて大蔵に迫った。大蔵はぱっと飛びのき、崖ぎわの大きな岩を小楯《こだて》にとり、槍を八双《そう》にふりかぶった。斜めな赤い陽のさしている山合のなだれに、息づまるばかりに殺気がこめ、今は血の雨が降らずにはやまないかと見えた時、駕籠の中から義弘が声をかけた。

「これこれ、なにをくだらんことで争っている。おいは馬の肉なんど食わんぞ」

一同はどうと居坐り、声を上げて泣き出した。ただ一人、大蔵だけは歯を食いしばって突っ立っていたが、いきなり、

「ええい！　なにがかなしか！　なにを泣く！」

とどなって、駕籠に駆けより、先棒の下に肩を入れ、足をふんばり、

「さあ、行くぞ！　あと棒をかつげ！」

四

関ケ原から四十いく年、寛永二十年に、大蔵は八十一になっていた。家督は五十になった時、長男にゆずり渡し、本宅を離れた土地に隠居所を建て、老妻とともに一僕《ぼく》一婢《ひ》を召しつかって、気楽な余生を送っている身だった。

年を取るにつれて、彼は至って品のよい老人になった。作りそこねた仁王像のように逞《たく》ましく荒々しかった体つきは清らかに肉が枯れ、雪のように真白な髪や眉とよく調和して、高歩する皓鶴《こうかく》のような趣きがあった。けれども、豪爽《ごうそう》な気宇はいささかもおとろえず、つい五、六年前も、近所で人を斬って土蔵にこもった者があって、人々が捕りあぐねた時、大蔵は小脇差をさし、杖をついて出かけて行き、人々のとめるのを無理に蔵を開けさせて中に入るや、一撃して相手をたおした。斬りかかって来たのを、受けもかわしもせず、相手の肩を打ち、肩の骨を打ちくだいたのである。

「おそろしい爺さまじゃ」

と、人々は舌をまいた。

この年の九月中頃のある朝のことだった。大蔵が裏庭に出て薪を割っていると、草乃がやって来た。草乃も今は七十三、いいお婆さんになっていた。爺さまや、と呼びかけた。大蔵は斧《おの》を杖につき、額の汗をぬぐいながら妻の顔を見た。

「鹿児島の二《に》才衆《せしゅう》じゃというて、今玄関に三、四十人来られましての。今日は関ケ原の戦さのあった日じゃが、もうあの時の人々は皆《みんな》亡くなられ、今では爺さまだけにならしやった、ついては、修行にもなること故、ぜひ爺さまに関ケ原の思い出話を聞かせていただきたかと思うて来た、というてござりもすがの」

ああ、そうか、今日は関ケ原の戦さのあった日だったか、と大蔵ははじめて気がついた。

「みんな上下《かみしも》を召しましての。昨日の朝鹿児島を立って、ずっと歩いて来なさったといわれもす。三十里という道をわざわざ……」

「わかっとる」

大蔵はうるさそうにさえぎり、斧をすて、庭から玄関にまわった。若武士らおよそ四十人が、肩衣《かたぎぬ》の肩の線を波のようにならべて、ひっそりと立っていた。すがすがしく、また森厳《しんげん》な情景だった。大蔵はその前に立った。

「わしが大蔵でごわすが」

波をたたんだような肩の線が一斉にそよいでおじぎをし、真先きに立った一人が進み出て口上をのべかけた。大蔵はさえぎった。

「話はわかっている。ようお出でであった。よろこんで御所望に応じよう。先ずお上りなされ」

妻に人々を座敷に通すように言って、井戸ばたに行き、顔を洗い、つめたい水をかぶってからだを清めた。

から紙・障子をとりはずした二間つづきの座敷に、森《しん》と居ならんでいる若者らの前を、おのれも上下姿となった大蔵はしずかな足どりで通って、上座敷の床を背にして坐った。

「遠路のところを、よくこそお出でであった。故人の苦戦のあとをしのんで、おのれの修行の資《もと》にしようとの心掛のほど感じ入り申した」

大蔵の声は、その気象と同じくまた衰えず、剛毅な力と朗々たるひびきとを持っていた。若者らは一人々々名乗った。大蔵はきびしい目で見つめて軽くうなずいた。

「おはん方の中にはわしのごく懇意であった人の孫殿がずいぶんおられるようじゃ。その中には関ケ原で戦死した人もあれば、逃げて帰るに苦労をともにした人もある。まことになつかしい」

感動にふるえる胸をしずめるために、しばし瞑目した後、

「それではじめるか」

大蔵は膝に扇子を立て、しわぶき一つして、語りはじめた。

「そもそも関ケ原と申すは……」

大蔵の声はここでたえてつづかなかった。見ると、うつむいていた。肩衣の肩がふるえ、ぼんのくぼに小さく結んだ白いもとどりがふるえていた。おどろいたことに、膝に涙がしたたりつつあった。大蔵は懐紙《かいし》を出して涙をぬぐって姿勢を正した。

「見苦しい様を見せ申した。不覚でござった。……さて、そもそも関ケ原と申すは……」

また声がたえた。

うつむいて、ふるえて、泣いていた。

「そもそも関ケ原と申すは……」

いくどやり直そうとしてもつづけることが出来なかったが、とつぜん、大蔵は、

「ええい！　不覚！　ごめん！　わしは泣くぞ！」

と絶叫するや、懐紙を顔におしあて、声を放って泣き出した。

この以前から、ぎりぎりの所までしめつけられていた若者の胸は、こうなってはもうたまらなかった。一人がウッとうめいて顔に手をあてると、一人のこらず声を上げて泣き出した。

その頃から、大蔵は泣きやんだ。不思議な冷たさと悲哀《ひあい》に似た色とがその顔にただよっていた。彼はその異様な表情で人々の泣く様を見ていたが、やがて、

「遠路をわざわざ来ていただいたにもかかわらず、なんの話も出来ず、まことに申訳ご

ざらぬ。お笑い下され」

とあいさつし、音を立てない足どりで別室に消えた。

五

鹿児島の若者らは、飯の御馳走になって夕方近く帰途についた。彼らの胸には感動の名残《なご》りが生き生きと揺れ、心が楽しかった。

「千言万語にまさる涙であった」

「わざわざ来た甲斐があった」

といく度もくりかえしながら夜道を歩きつづけた。

このことは一種の美談となって鹿児島城下にひろがり、忽ち領内に伝わって、聞く人々を感動させた。けれども、本人の大蔵の様子は、この事件以来、目に見えて変って来た。居間にこもって庭に出ることさえ少く、しんとしてなにごとかを考えこみ、時々深いためいきをついていた。夜は夜でたえず苦しげにうめき、時々歯ぎしりをしながら寝返りを打った。その歯ぎしりも、寝返りも荒々しく、なにものかに向って腹を立てているようであった。

こんな風だったので、顔には急速に老衰の色が濃くなり、気力もまた衰えて行きつつあるようであった。草乃にとって、こんなことは連れそって五十いく年、はじめてのことであった。うっかり立入ったことを聞くと叱られるにきまっているので、はらはらしながら見ているだけであったが、たまらなくなって、ある日口に出した。

「おりゃもういかん」

大蔵はもそりとこたえて、またためいきをついた。かんたんなそのことばが、おそろしく絶望的なものに聞かれて、草乃は胸がつめたくなったが、わざと平気をよそおって聞いた。

「なにがいかんのですぞな」

「不覚じゃった」

「なにが不覚だったのですぞな」

「おりゃ泣いて話が出来んじゃった」

あんなことが原因だったのかと、草乃はおどろきもすれば、安心もした。

「なにを言いなさります。悲しければ泣くのはあたり前のことですに。それに、二才衆《にせしゅう》は、どげな話を聞くよりもためになったと、大へんよろこんで帰って行かれたといいますに」

草乃はあの話が全薩摩に伝わり、この郷でも聞き伝えて人々を感動させているといって慰めた。しかし、大蔵は慰まなかったばかりか、おそろしくいまいましげな顔になった。

「どいつもこいつも女根性になり下りおったのじゃ！」

とどなり、ぷいと立って、手荒く障子をあけて縁側に出、しばらくよく晴れた秋空を見つめて突ッ立っていた後かえって来た。不安と疑惑で途方にくれている老妻の顔を見ると、はげしい調子で説明を加えた。

「泣くというのが、なにがよかことか。土台、涙というものは人をだます曲者《くせもの》なのじゃ。他人をだますだけでなく、おのれ自身までだますのだ。人間の泣くのは心がはげしく感ずるためだが、一度泣きはじめると、泣くのが楽しいために泣くのだ。あの時、おりゃ戦死した朋友どものことや、飢えに苦しんだことや、追手におびえたことや、郷国《くに》のことを思って心細かったことや、一時に胸にせまって、つい涙をこぼしてしもうたのだが、あとは涙に溺れてしまった。おいがような情《じょう》のこわか人間でも、またこの年になっても、ものに感じて泣く心がのこっていたかと、それがうれしくなったのだ。なんたる惰弱なことか。あの際、おいは二才衆に、一ぶしじゅう、細大もらさず話をしてやらなければならなかったのだ。だのに――おいほどの男も、年を取ればこんなにひよわくなるものかと、おいはそれが情なくてならんのだ。それに、あの二才衆も二才衆だ。あいつら関ケ原の戦さ話をこれまでいくらか聞いてはいるにしても、本当のことはなんにも知りはせん。戦さ話ほどウソ話のまじるものはなかからだ。だのに、なに一つ聞きもせんのに、わしが泣いたからとて一人のこらず泣いてしもうた。泣くということがあるものか。涙というものはハヤリ風邪に似ていてうつりやすかもの故、おいが涙がうつっただけのことだ。おまけに、泣いたがうれしくて、よか気持になって帰って行っとる。なんたる甘ちょろい根性か。しっかり聞いて、心にきざみつけてこそ修行というものだ。頼もしか若者というものだ。説教坊主のウソ八百の説教におろんおろんと泣いてジュズをもんで念仏となえるそこらの百姓婆アどものようなことで、なにが修行。たのもしからぬ根性だ。その上、今聞けば、国中こぞってほめているという。胸くその悪い。どいつもこいつも、女根性になり下ったのよ。おいは腹が立つ。おいはもう生きている精《せい》がなくなった」

なんと慰めても大蔵のきげんはなおらず、冬のかかりになると、

「おいは近いうちに死ぬるかも知れん」

などといって老妻をおどろかせた。草乃がかなしげな顔をすると、

「死にたかことはなかがの」

と言った。

その年はじめての霜がおりた朝だった。いつも朝の早い大蔵が、その朝は日が出ても起きず、床の中から台所にいる草乃を呼びよせて、言った。

「婆アどの、おいは今日死ぬるぞよ」

またはじまった、と草乃は少しうるさかったが、大蔵の様子がひどくまじめで、

「皆を集めてくれ」

と言ったので、不安になった。

「おやじ様、お前様どこぞお悪いのか」

「悪くはなか。しかし、今日は死ぬる。皆に集まってもらってくれ」

草乃の不安は大きくなった。まさかという気はしたが、ひょっとするとほんとかも知れないと思った。彼女は大急ぎでヘヤを出て、作男を呼び、息子らのところをはじめ、親類縁者へ、すぐ来るように言って来いといいつけて、夫のところへ帰って来た。

「酒のしたくをしといてくれや」

と、大蔵はいった。草乃は笑い出した。

「なんですぞい。お前様、皆と一緒に酒もりがしとうてあげなことをお言いでありましたのかいな」

けれども、大蔵はあくまで真面目だった。

「うんにゃア。皆に飲んでもろうて、それを見ながら死にたかのじゃ」

「まだあげなことを言うていなさる。飲みたかなら飲みたかと、あっさり言いなされば よかのに、人おどかしなことばかり言いなさって」

草乃はまだ笑っていた。こんな調子で言っていないと、不安でならなかった。

彼女は台所で酒の支度にかかった。下女を酒屋に走らせ、自分は裏の菜園から野菜をとって来てきざみはじめた。時々庖丁の手を休めて奥の居間の方に耳をすました。一ぺんなぞなんにも聞こえないので、そっと行きかけると、とたんにせきばらいの声が聞こえて来た。

「なんという爺さまだろう、人さわがせな」

草乃は腹を立てた鶏のように、ぶつぶついいながらも、下男がかえって来たら鶏を二、三羽つぶさせなければならないと思うのだった。

昼を少しまわった頃から、人々が集まって来た。せがれ三人、娘一人、その聟《むこ》、孫共、聟や嫁らの縁家の人々、二十五、六人という人数だった。

彼らは爺さまが今日死ぬと言っていなさるという知らせで、大急ぎで駆けつけたわけだったが、その爺さまは床についてはいるものの、一向平生とかわりのない様子だったので、皆安心した。大蔵も、死ぬなどということは口にせず、たえずにこにこ笑っていた。

大蔵は枕許《まくらもと》で酒をはじめさせた。

「爺さまはこれがしたくて、人さわがせなことを言い出されたのじゃよって、皆たんと飲んでさわいでおくれ」

と、草乃は言った。大蔵も起き上って、膳につき、二、三杯のんで、また床に入った。皆いいきげんに酔って、唄などが出る頃、大蔵は寝ながら、ぽつりぽつりと語り出した。

「わしはこの頃ずっと世の中がシャクにさわっていてのう。なにもかも面白うなくなっていた。わしのような昔人間にしてみれば、今の世の中は結構すぎる。ぬるい湯に入っているようにからだが方々ムズがゆくなってくるのだ。こげな世の中ゆえ、人の鍛《きた》えもあまく、なまくらなのじゃと腹が立ってならんのじゃ。しかし、つい今のさっき、これでよかのじゃと気がついた。わしらの若い頃の世の中は、油断もすきもならない、きびしい、せっぱつまった世の中だった。こちらが取らねば取られる、こちらが食わねば食われる、というはげしか世の中だった。火を摺《す》るようだった。いつも気をはりつめて、寸分のゆるみも出来なんだ。早か話が、婆さまをわしがもらう時よ。婆さまも今でこそまるめた渋紙のようなまずい面をしてござるが、若い時は可愛い顔をしてござってな、野川で馬を洗っているのを殿様に見染《みそ》められて、お側に召出されようとしたほどだった。それを、わしが横合からチョロリと取ってしまったのだ。そうしたからこそ、おのれらのような子供も出来、おのれらのような孫も生まれたので、めでたいようなものの、こげな油断のならん世の中は、やっぱり結構な世ではなかでのう——今の方がよかのよ。今の方がよかのよ」

その時、銚子をかえに行っていた草乃が入って来て、少し酔った声で言った。

「なにをおかしなこと言うていなさるのです。孫子の前で、恥かしかですがな」

大蔵は笑った。

「アハ、アハ、婆さまが恥かしかというてござる。アハ、アハ……」

大蔵はなお笑いつづけていたが、ふとその声がたえた。そのたえようが尋常でなかったので、人々がのぞきこんでみると、目はあいているが、まるで動かず、呼吸もしていないようだった。人々はあわてた。

「爺さま、爺さま」

と呼びながらゆすぶった。

すると、なにか陶器のかけらのような目と、くぼみ皺んだ眼窩《がんか》にたまっていた涙がほろりとこぼれて、枕にしみをつくって吸いこまれた。

――こうして、中馬大蔵《ちゅうまんおおくら》はその生涯を閉じた。

解説

磯貝勝太郎

こんにちの男性は、女性が元気で、強くなったのに対して、弱よわしくなり、男性的気概に欠けているといわれており、豪快で、剛勇《ごうゆう》な快男子は少なくなった。だが、戦国時代末期から江戸時代初期にかけては、そのような快男子を雲がわくように輩出した。

海音寺潮五郎の文学の特色は、〝男はいかにあるべきか〟という男性美学の文学化にあり、武士の豪快さ、剛勇さ、潔さが讃美され、大義を重んずる武士のきびしさ、至純さなどが、鮮烈な色彩美をおびて書かれている。

大正二年（一九一三）、生地の大口《おおくち》村（現在の鹿児島県大口市）の小学校を卒業後、島津義弘《よしひろ》の城下町であった加治木《かじき》中学校（現在の鹿児島県立加治木高校）に入学した海音寺潮五郎は、毎日、学校に行くのがこわかった。戦国時代のころの武士と同様に、豪快、剛勇の気風があり、武士の典型ともいうべき薩摩隼人《さつまはやと》の気質をもつ桐野利秋《きりのとしあき》（西郷隆盛に愛され、その懐刀《ふところがたな》といわれた人物）のような快男子の上級生が多数おり、その言動が荒あらしいため怖かったのである。だが、彼らと接するうちにその豪快さに心を洗われることがしばしばあり、しだいに、親しみを感じるようになった。

加治木高校の正門を入ると、左手に石碑が建っている。そこには、

〃私の人間美学はここで形成された。当時の校風が、男はいかにあるべきかを私に教えた。私はその美学に従って生き、その美学を文学化しつづけて、今年七十四という歳になった。　昭和五十年三月記〃

と、海音寺潮五郎の自筆で記されている。この文学碑は、昭和五十二年四月、加治木高校が創立八十周年を迎えるにあたって建てられたのである。この碑文で明らかなように、海音寺潮五郎の生涯を通しての性格の芯《しん》は、加治木中学校で形成され、後年の海音寺文学に大きな影響をあたえている。

太平洋戦争が終ったのち、すでに、男性の柔弱のきざしが目立つようになった昭和二十五年（一九五〇）、男性の軟弱化を憂いた海音寺潮五郎は、戸伏太兵《とぶしたへい》と共に、同人雑誌「GōRō（豪朗）」を創刊している。〃豪朗〃とは、「GōRō」のサブタイトルともいうべき、“LES GAULOISERIES”に拠《よ》る。

Les Gauloiseries は、古代ゴール人の土性骨《どしょうぼね》の強さと、そのユーモア精神をさすもので、粗野にして豪邁《ごうまい》、剛直な彼らは、ユーモア精神に富んでおり、自分たちをかっこよく見せようとする性格がつよかった。Les Gauloiseries は、こんにちのフランス人の性格やフランス文学のなかに流れている。その Les Gauloiseries を文学のなかにとり入れて、柔弱化した男性の気概に活を入れようとしたのは戸伏太兵であった。その提案に賛同したのが海音寺潮五郎である。古代ゴール人気質の〃豪邁さ〃と〃明朗さ〃は、戦

国時代の武者気質《かたぎ》と薩摩隼人の気質に相通じるので、誌名を「GōRō」と命名したのである。

「GōRō」の最終巻（第9号　昭28・3）には、小説も掲載されているが、主としてエッセイが載っている。豪朗の作風を反映させた作品には、『明治太平記』（「読売新聞」昭26）、『蒙古来たる』（「読売新聞」昭28～29　のちに文春文庫に収録）などの長編小説がある。蒙古襲来という国難を透徹《とうてつ》した史観（このことばを造語したのは海音寺潮五郎である）で、スケール大きく描いた長篇力作『蒙古来たる』の河野通有の人物像には、特にその影響が著しい。

本篇『かぶき大名　歴史小説傑作集2』に収録されている作品の中では、表題作「かぶき大名」の水野藤十郎勝成《かつなり》、「阿呆豪傑」の曲淵勝左衛門《まがりぶちしようざえもん》、「戦国兄弟」の岡田長門守重孝《しげたか》と岡田庄五郎義同《よしあつ》、「酒と女と槍と」の富田蔵人《くらうど》高定、「男一代の記」の中馬大蔵《ちゆうまんおおくら》などの人物像に豪朗の気質が反映されているといえよう。

「かぶき大名」は、豪胆で放逸な戦国武将、水野藤十郎勝成の活力と波瀾に富んだ生涯をあざやかに映し出しており、精彩を放つ中篇である。十六歳の初陣《ういじん》から五十以上の合戦を体験し、その都度、手柄を立てるが、豪放な性格ゆえに喧嘩が原因で、羽柴、佐々、加藤、黒田の諸家を転々とする。二十一歳の時に京にのぼり、遊女との快楽《けらく》を知ってから日夜、遊びまくった。黒田家に仕えたころには、備中国山田の惣社《そうじや》明神で三村家の姫君お才を見そめて、駆け落ちして結婚。中年になると、歌舞伎遊女の出来《でき》島《しま》隼人《はやと》との情痴におぼれ、あげくの果てに、莫大な金を投じ、歌舞伎を興行させるという伊達《だて》ぶりを発揮する。

戦さにも恋にも豪放で、こらえ性のない伊達男、勝成であった。当時は歌舞伎踊りが盛んで、出雲の阿国《おくに》が人気を得ており、家康の次男、結城《ゆうき》秀康が阿国の二世にうつつを抜かして家康に叱られた話は有名だが、惚れた阿国の二世の芸を興行させるということはしなかった。子供のころから文芸に親しみ、成長するにつれて、俳諧、書画、能、謡《うたい》など多芸で、芸能趣味があった勝成は、出来島隼人の歌舞伎興行の演出までおこなっている。このような勝成の芸能趣味は、戦国の武者気質で、融通性がなく頑固一徹の父親、惣兵衛との不和をもたらしたのである。家康の生母のお太《ひろ》は、勝成の父惣兵衛の姉にあたるので、武勇の人、家康は、母方の血統を継いでいるといえよう。

「酒と女と槍と」の主人公、富田蔵人高定も、勝成に似て、女と槍にいのちを賭けて豪放に生きた伊達者だ。〝槍の名人〟といわれた彼は、亡き関白豊臣秀次への追腹《おいばら》を切るための建札を京の辻々に立てている。伊達者として有名なので、大勢の見物人を集めて興行するのだ、とおもわれたのは当然である。白の死に装束で、白絹をたたんで鉢巻し、白い紙でつかを巻いた備前三原ノ住正家《じゅうまさいえ》の刀を腰にさし、淡雪と名づけた白葦毛《しろあしげ》の馬にまたがって、追腹を切る千本松原におもむいた。伊達男の演出だ。ところが、多数の人との別離の盃《さかずき》を交わすうち、殉死の機会をのがしてしまい、〝追腹のしそこない男〟〝日本一の不覚人〟とよばれ、生きながらの亡者となる。

世捨人となった高定は、歌舞伎女の采女《うねめ》に慕われ、その暮しに生き甲斐を見つけるのだが、前田利長からの招きを受けたのち、大聖寺《だいしょうじ》城の城攻めで、大功をあげて討死する。豪勇剛直の彼は、常に前田家中で蔭口をたたかれたので、汚名をそそぐため壮烈な死をとげた。高定が鉄砲で狙い撃ちされて、膝を打ちぬかれ、城中屈指の勇者たち三人を相手に争っている時、前田勢の連中は、手助けをせずに、高定をわざと見殺しにしている。いかに前田家中の人たちが彼に冷たかったかがわかる。高定については、『野史』（嘉永四年、一八五一）に略述されている。『野史』に拠った作者は、采女との逸話に潤色を加えた以外、ほぼ史実通りに高定について書いている。

「戦国兄弟」の岡田長門守重孝、義同の兄弟も豪邁な戦国武士だ。阿呆殿様といわれた織田信雄《のぶかつ》の策謀に乗せられた重孝の死にざまは、壮烈な死の美しささえ感じさせる。戦国武士の美学は、悲運にして死ぬさいに、かっこよく死ぬことであった。兄の重孝を謀殺され、憤懣《ふんまん》やるかたない義同は、前田・加藤両家を転々とする。加藤清正の家来となった義同が、長上下《ながかみしも》の一件に根をもつ清正から烏《からす》を配られたさいに、おこなった仕返しは、戦国武士の意地を示して痛快だ。重孝を殺された遺族たちが、城に立てこもって主君信雄に反抗の勢いを見せたのも戦国武士の意地立てである。当時の遺族や同族の結びつきは強固で、身内や一族に何か起こったときには、理非のいかんを問わず、直ちに団結して主君にさえ武力反抗している。

「阿呆豪傑」の豪邁不屈の勇者、曲淵勝左衛門は、かたくなな性格で、世人の意表をつくような傍若無人《ぼうじやくぶじん》の言動をおこなう変人だった。彼を最初に召しかかえた武田信玄の老臣、板垣信形《のぶかた》の板垣家を主筋《しゆすじ》と考えて、同家の主《ぬし》でもある武田信玄に仕えようとはしなかった。武田家の法では段銭《だんせん》をおさめねばならぬきまりであった。信形の嫡子、弥治郎に仕えていた勝左衛門は、弥治郎から段銭をおさめることを催促されると、先代の信形からそれを免除されていたことを主張して腹を立て、弥治郎の素ッ首を打ち落すことを決意したりする。しかも、信形の死後、不覚者の弥治郎が信玄によって誅殺《ちゆうさつ》されると、勝左衛門は信玄を主の仇《あだ》として打ち殺す、と高言している。信玄は勝左衛門を途方もないばか者で、ものの道理などさらにない男だが、忠義な狩犬《かりいぬ》だとおもって特に目をかけていた。信玄が阿呆豪傑の勝左衛門を許容していたのは、頑固一徹さの根底にある義理がたさと、おのれの道理を主張する果敢な態度などを買っていたからだ。信玄は〝勝利の鍵は人にある〟と信じて、知恵の足りない人間でも、手柄を立てればその者を巧妙に使える器量の武将であった。

「男一代の記」は、豪快にして直情径行ゆえに、人を人とも思わなかった出水《いずみ》郷士、中馬大蔵の人物像が躍動している短篇だ。主君、島津義弘が見染めた娘の身分、名前などを調べることを命ぜられた大蔵は、その娘を一目見て、自分の妻にすることを決めてしまったり、妻となった草乃《くさの》が炊《た》く米もないと嘆くと、米蔵に納めるため租入《そにゆう》の米を運んでいる百姓たちに命じて、大胆にもその租米《そまい》を自宅に運び込ませたり、相手の思わくなどまったく考えないで、豪放闊達《かつたつ》な行状をくりかえして泰然自若としている。

薩摩隼人の逸話を収録する『薩藩旧伝集』に拠《よ》ると、関ヶ原の戦いが起こるや、関ヶ原に一刻も早く駆けつけようとあせった大蔵は、道中で金に困り、掏摸《すり》をしながら駆けつけたという。犯罪行為なのだが、当時は、薩摩隼人の心意気を示すものとして許容されたのである。租米の件も切腹に値する行為だが、大蔵の言い分にも多少の道理がある。そうだからこそ、島津義弘が不問にさせたのだ。直情径行で、横紙破りの豪の者、大蔵の処世観には合理主義的な一面があったことも事実だ。

「日もすがら大名」は、磐城平《いわきだいら》藩主、内藤帯刀《たてわき》忠興《ただおき》の近習頭《きんじゅがしら》、土方《ひじかた》大八郎が島原の乱に陣中見舞におもむいたさいに、壮烈な討死をしたことを発端として、大八郎の忠興に対する疑いが明らかにされる疑惑物語。八年前、忠興が若い奥女中の雪絵に、ふといたずら心を動かしたため奥方の嫉妬心を刺激して、薙刀《なぎなた》で追いかけられるという事件を起こした。その後、薙刀事件を奇縁として雪絵を妻とした大八郎が、彼女の妊娠をめぐる疑惑に苦しんだ結果、疑惑についての忠興宛の遺書を残こして、島原の陣中見舞の時に故意に討死してしまう。

その薙刀事件については、『武家秘録』に、つぎのような記述がみられる。

「天光院殿ハ大力ニテ嫉妬深ク物荒キ御方ニシテ立タセ玉フ時ハ頭髪地ニ及ブト云或日忠興公近習役土方大八ヲ従ヘ暮六時分奥ヘ入ラセラル奥方召仕ノ女手燭ヲ執リ奥方諸共ニ錠口マデ出迎ヒ玉フ公手燭ヲ執リタル女ノ手ヲ握リ玉ヘハ奥方早クコレヲ見付ケ奥ヘカケ込長刀ノ鞘ヲハヅシ公ヲ目ガケ表ヲサシテ追欠ラル公大ニ驚キ跡ヲモ見ズ

逃ゲ去玉フ……」

この記述文のあとには、大八が機転をきかせて、忠興のふりをして斬られ、軽傷を負ったおかげで、忠興が危機をのがれたこと、後に奥方の天光院殿は身代りの知行として、二百石を大八に賜るように忠興に依頼していることなどのいきさつが簡潔に書いてある。忠興夫人の天光院殿が、「大力ニテ嫉妬深ク物荒キ御方ニシテ……」という記述からは、忠興が奥方の嫉妬心の強いことや、男のように大力があり、荒あらしい女性であることに手を焼いていたことなどがしのばれる。

『武家秘録』にはつぎのような逸話も載っている。

焼きもちやきの天光院殿は、忠興の妾が妊娠したことを知ると、「お前は殿様の御子を宿したそうだが、まことにめでたいことである。安産できるように腹をさすってあげよう」といって、化粧の間に連れ込み、身体をあお向けに寝かせ、かねて用意してあった大きな火熨斗《ひのし》(昔のアイロン)に火を入れて、腹をなでたので、その妾は死んでしまったという。このエピソードからは、天光院が嫉妬深くて、残酷な女性であったことがわかる。

『武家秘録』を種本《たねぼん》としたとおもわれる作者は、嫉妬殺害事件をとりあげず、薙刀事件のほうを素材として、主従間の疑惑物語「日もすがら大名」を書いたのであろう。大八郎が島原への陣中見舞の機会を死期と定めて、遺書を送る設定などには巧みな創作手法が凝らされている。

「乞食大名」の出羽山形の最上《もがみ》家家老、鮭延越前《さけのぶえちぜん》は、主君義俊《よしとし》の暗愚《あんぐ》ゆえに最上家が没落したのち、彼の人徳を慕う旧臣たちと乞食生活を送った数奇な乞食大名として描かれている。だが、残存する史料には越前が旧臣たちと乞食の生活を送ったという記述はない。彼の悲運は最上義俊に仕えたことにはじまるが、自身の頑固な性格が義俊との不和を生んだからだという説もある。越前についての残存史料はきわめて少ない。ことに最上家没落後、土井家に奉公するまでのいきさつを記述した史料は、おそらく、『市井《しせい》雑談集』くらいのものであろう。

それによると、最上家を立ち退くとき、越前に従う者が九人おり、彼らは約束事をしたという。最初に奉公先を決めた者が皆の世話をすることを示し合わせたのである。まず奉公先の決まったのが越前であった。約束にしたがって、越前は九人を土井家に引き取った。誠実で、無欲な彼は千石の禄を十で割り、九人に百石ずつあたえた。九人は越前の臣僕同様となり、諸用をおこなった。一生を不犯《ふぼん》で終えて、後継ぎがなかった越前のために彼らは鮭延《けいえん》寺を建立した。そのいきさつを記述した『鮭延寺開起之縁起』によると、自分に従って土井家に仕えた十八人に、土井家から給された千石を分与し、彼らの間を寄食して廻って、その無欲恬淡《てんたん》の生涯を終えたという。

「小次郎と武蔵の間」は、有名な大名、細川忠利《ただとし》に召し抱えられた剣豪で、飯綱《いづな》使いだと噂された松山主水《もんど》と忠利の父忠興《ただおき》、佐々木小次郎、宮本武蔵との関連について述べている作品である。主水の剣法に関係があるといわれている飯綱の法について、作者は飯綱権現を信仰することによって得る妖術のことだ、と述べており、飯綱権現の本尊を狐神とするか、勝軍地蔵とするかによって、妖術の内容がちがって来るという。前者は狐使いの魔術となり、後者は天狗の魔術となり、修験道《しゆげんどう》による法術の一つとなるのである。両者のうち、後者は注目にあたいするといえよう。飯綱というのは元来が信州の山の名で、修験道との関連が密接である。修験者の山伏は、山野に臥《ふ》して睡《ねむ》り、山野で荒行をおこなったので、本来は山臥《やまぶせ》とよばれた。彼らは民衆の支持を得るために山間の薬草で諸病を治す医術や催眠術、あるいは気合術などの、いわゆる修験道の三術を修行によって体得しており、加持祈禱《かじきとう》によって、治療、出産のための法力や悪霊、盗賊からの害をまぬがれる呪法などをおこない、世間の畏敬《いけい》と信頼を得ていた。

中国から真言密教が渡来すると、山伏たちは真言密教の呪術、呪法と催眠術や気合術を習合させ、山伏兵法《ひようほう》を発達させた。飯綱使いとよばれた主水は、山伏兵法を体得していた。彼の「心《しん》の一法」という兵法は、気合術と催眠術によって、相手を金縛《かなしば》りのような状態にしてしまう超能力にほかならない。修験道でいう「不動金縛りの術」である。民衆にとって、山伏は天狗のようにおもわれていたので、山伏の三術は、天狗の魔術といわれたのは当然である。主水の「心の一法」という兵法は、佐々木小次郎や宮本武蔵などの強い相手には使えなかった。ことに武蔵にはそうであった。武蔵の気合術は、「真言の功力《くりき》」を応用したものといわれ、刀を使わず、声のみで相手を気絶させることも可能であった。気合は精神力の発露であり、肉体にそなえる力と同様の効果を相手におよぼすことができるので、気合の掛け声は無形《むぎょう》の神剣といわれた。

武蔵には非凡な兵法者の身にそなわる気圧があったとおもわれる。気圧とは身辺にめぐらせている気魄の磁場のことである。相手が害気をもってその中に踏みこもうとしても寄せつけない気魄が満ちているため兵法にすぐれる主水といえども、彼の太刀は武蔵の体にふれることは不可能であったであろう。海音寺潮五郎は「小次郎と武蔵の間」の第四章の中で、

「微塵流の根岸兎角《とかく》、天流の斎藤判官伝鬼《でんき》は異装派だ。二人ともいつも山伏の服装をし、そのさま天狗のようであったという。宮本武蔵もこの派だ」

と述べている。

武蔵と同時代を生きた駿河徳川家の家老、渡辺幸庵《こうあん》は、その著書『幸庵対話』の中で、彼が江戸から駿府へもどる道中で、山伏姿の武蔵と出会った、と書いている。武蔵と修験道と真言密教の関連はあったにちがいない。武蔵の気圧や気合術は、山伏の鍛練、修行によるものであるとおもわれるからだ。

（文芸評論家）

文春文庫

かぶき大《だい》名《みよう》
歴史小説傑作集《れきししようせつけつさくしゆう》2

定価はカバーに
表示してあります

2003年2月10日　第1刷
2003年6月5日　第2刷

著　者　海音寺潮五郎《かいおんじちようごろう》
発行者　白川浩司
発行所　株式会社文藝春秋
東京都千代田区紀尾井町3-23　〒102-8008
TEL 03・3265・1211
文藝春秋ホームページ　http://www.bunshun.co.jp
文春ウェブ文庫　http://www.bunshunplaza.com

落丁、乱丁本は、お手数ですが小社営業部宛お送り下さい。送料小社負担でお取替致します。

印刷・凸版印刷　製本・加藤製本
Printed in Japan
ISBN4-16-713541-8

文春文庫

海音寺潮五郎の本

（　）内は解説者

海音寺潮五郎
加藤清正（上下）
文治派石田三成、小西行長との宿命的な確執、大恩ある豊家危急存亡の苦悩——英雄豪傑の象徴のように伝えられるこの武将の鎧の内にあった人間の素顔を剔抉する傑作歴史長篇。
か-2-19

海音寺潮五郎
乱世の英雄
上杉謙信は高血圧で武田信玄は低血圧だった。豊臣秀吉は成功者なら誰でもする少年時代の苦労話をなぜしなかったかなど、歴史通の著者が披露する楽しい歴史裏話がいっぱい。
か-2-26

海音寺潮五郎
実説武俠伝
宮本武蔵は本当に強かったのか。国定忠治は最後はメカケにも愛想をつかされてしまった……など、無類の歴史好きが史実のうらにひそむおもしろい話をふんだんに語る。（瀬戸口忍）
か-2-28

海音寺潮五郎
史談　切り捨て御免
西郷隆盛を失脚させたのは、大久保利通の誰にも気づかせないほど巧妙な計画によるものである……歴史に深い造詣を持つ筆者が史実をもとに思考をめぐらせた興味津々の話を満載。
か-2-29

海音寺潮五郎
吉宗と宗春
将軍継嗣問題のしこりから、八代将軍吉宗と尾張中納言宗春はことごとく対立した。綱紀粛正し倹約を説く吉宗を嘲笑うように遊興にふける宗春。その豪胆奔放の果ては？（磯貝勝太郎）
か-2-32

海音寺潮五郎
二本《ふたもと》の銀杏《ぎんなん》（上下）
幕末黎明期、身分秩序が揺れ始めた薩摩の国。時の家老調所笑左衛門に抜擢された若き郷士・上山源昌房の、社会改革に邁進し、道ならぬ恋に懊悩する姿を赤裸々に描く。（磯貝勝太郎）
か-2-34

文春文庫

時代小説セレクション

（　）内は解説者

泡坂妻夫
自来也小町 宝引の辰 捕者帳
蛙一匹百両の絵が消えた……。あれよあれよと値の上がる吉祥画を専門に狙う怪盗・自来也小町。珍事件に蠢く影は？ 辰親分の胸のすく名推理！ 妙趣あふれる名品七篇。（細谷正充）
あ-13-9

泡坂妻夫
凧をみる武士 宝引の辰 捕者帳
小判を背負った凧の謎……表題作ほか、「とんぼ玉異聞」「雛の宵宮」「幽霊大夫」の全四篇を収録。江戸情緒溢れる事件に、お馴染み神田千両町の辰親分が挑む。（長谷部史親）
あ-13-10

泡坂妻夫
朱房の鷹 宝引の辰 捕者帳
将軍様の鷹が殺された。ご公儀の威光を笠にきた鷹匠に対する庶民の恨みと思いきや……。表題作ほか「笠秋草」「面影蛍」など全八篇。江戸情緒満載の人気シリーズ第四弾！（寺田博）
あ-13-11

安部龍太郎
バサラ将軍
新旧の価値観入り乱れる室町の世を男達は如何に生きたか。足利義満の栄華と孤独を描いた表題作他「兄の横顔」「師直の恋」「狼藉なり」「知謀の淵」「アーリアが来た」を収録。（縄田一男）
あ-32-1

安部龍太郎
金沢城嵐の間
関ヶ原以後、新座衆の扱いに苦慮する加賀前田家で、家老の罠に落ちた武辺の男・太田但馬守。武士が腑抜けにされる世に、義を貫かんと死に赴く男たちの美学を描く作品集。（北上次郎）
あ-32-2

浅田次郎
壬生義士伝《みぶぎしでん》（上下）
「死にたぐはねえから、人を斬るのす」——生活苦から南部藩を脱藩し、壬生浪と呼ばれた新選組の中にあって人の道を見失わなかった吉村貫一郎。その生涯と妻子の数奇な運命。（久世光彦）
あ-39-2

文春文庫　最新刊